CÓMO MATAR HOMBRES Y SALIR AIROSA

KATY BRENT

CÓMO MATAR HOMBRES Y SALIR AIROSA

Cualquier forma de reproducción, distribución, comunicación pública o transformación de esta obra solo puede ser realizada con la autorización de sus titulares, salvo excepción prevista por la ley. Diríjase a CEDRO si necesita reproducir algún fragmento de esta obra.
www.conlicencia.com - Tels.: 91 702 19 70 / 93 272 04 47

Editado por HarperCollins Ibérica, S. A.
Avenida de Burgos, 8B - Planta 18
28036 Madrid

Cómo matar hombres y salir airosa
Título original: How to Kill Men and Get Away with It
© 2022 Katy Brent
© 2023, para esta edición HarperCollins Ibérica, S. A.
Publicado por HarperCollins Publishers Limited, UK
© De la traducción del inglés, HarperCollins Ibérica, S. A.

Todos los derechos están reservados, incluidos los de reproducción total o parcial en cualquier formato o soporte.
Esta edición ha sido publicada con autorización de HarperCollins Publishers Limited, UK.
Esta es una obra de ficción. Nombres, caracteres, lugares y situaciones son producto de la imaginación del autor o son utilizados ficticiamente, y cualquier parecido con personas, vivas o muertas, establecimientos comerciales, hechos o situaciones son pura coincidencia.

Diseño de cubierta: Caroline Lakeman at HQ © HarperCollinsPublishers Ltd.
Imágenes de cubierta: Shutterstock.com

ISBN: 978-84-19883-53-7
Depósito legal: M-19006-2023

Para todas las mujeres que alguna vez han
vuelto a casa con las llaves entre los dedos.

Y para mi madre, que me enseñó
lo que significa ser una mujer fuerte.

Cuando nos golpean sin motivo, debemos devolver el golpe con mucha fuerza; realmente lo pienso, con tanta fuerza como para enseñar a la persona que nos golpeó a no volver a hacerlo.

Jane Eyre, Charlotte Brontë

Parece que podría hacer cualquier cosa cuando estoy apasionada. Me pongo tan salvaje que podría herir a cualquiera y disfrutarlo.

Mujercitas, Louisa May Alcott

PRÓLOGO

UN APARTAMENTO, BELGRAVIA, LONDRES, EN LA ACTUALIDAD

Antes de que todo empezara, pensaba que acabar con la vida de alguien sería fácil. Bastaría con presionar adecuadamente la tráquea del infortunado para que quedara sin fuerzas, como cuando un gatito se queda dormido de repente.

Nada más lejos de la realidad.

Cuando advierten que están a punto de morir, luchan con uñas y dientes.

¡Y joder cómo luchan! Es asombroso cómo incluso los peores monstruos del mundo se desesperan por seguir viviendo. ¿Están preocupados por lo que vendrá después? ¿Sienten ya el fuego del infierno golpeándoles la cara?

Es lo mismo que le pasa al monstruo con el que estoy ahora. No comprende que, esposado en la cama, es inútil que luche. Lo más fácil para él sería dejar que pasara. En vez de eso, se retuerce, se agita y se hace daño.

Le doy un tirón fuerte con la media de nailon que le he enrollado alrededor del cuello y veo cómo sus ojos se abultan y se retuercen, como si intentaran escapar de su cabeza. Me gustan estas medias, tienen piedrecitas en la costura trasera que te dan un agarre excelente. Entonces, sus ojos estallan, y el blanco se vuelve completamente rojo.

Me gusta cuando hacen eso.

Ojos rojos, labios azules, piel pálida y amarillenta. Ah, y unos magníficos tonos de púrpura más tarde, cuando la sangre se acumula en las partes más bajas del cuerpo. La paleta de colores de la muerte es realmente bonita.

—¿Qué se siente? —le digo—. ¿Aprieta mucho? Así es como te gusta, ¿no?

Intenta decir algo, pero le sale gutural y amortiguado. Me inclino sobre él y le quito la otra media de la boca, sosteniendo mi cuchillo (un Shun de 350 libras, acero japonés recién afilado) contra su garganta. Quiero oír sus últimas palabras.

—Por favor, mis hijas...

—Creo que sabes exactamente lo que sienten por ti en este momento.

—Eres una jodida zorra.

—¿Acaso hemos follado? —Y le doy un último tirón con la media que le rodea la garganta para dejarlo definitivamente sin aliento.

Otra cosa importante sobre la asfixia es que lleva mucho más tiempo de lo que piensas. Llevo seis o siete minutos a horcajadas sobre él, aplastándole la tráquea, y apenas ha perdido el conocimiento. Pienso en la copa de Montrachet que me espera en la otra habitación.

Entonces se queda quieto.

Me inclino hacia delante y le miro. Parece que por fin se ha convertido en un miserable pellejo relleno de huesos. Aprieto mi pecho contra el suyo y dejo caer mi oreja sobre sus labios.

Silencio.

Le bajo los párpados y me siento a admirar mi trabajo. Esta es mi parte favorita. Tiene un aspecto infantil y apacible, tumbado sobre el lino blanco.

Casi inocente.

Casi.

Tengo que admitir que ella tiene razón. Parece auténtico de esta manera. Además, así no hay sangre. La sangre es muy difícil de limpiar. Ni siquiera Mrs Hinch[1] tiene un remedio realmente eficaz contra ese tipo de manchas. Una vez no me quedó más remedio que quemar unos pantalones preciosos color crema de Max Mara porque no había manera de quitársela.

Mi ropa es sagrada. Y, francamente, me niego a pasar por eso.

---

[1] Mrs Hinch es una *influencer* británica especializada en consejos domésticos, muy en la línea de los trucos que ofrece La Ordenatriz.

1

GREENSPEARES, CHELSEA, JUNIO

Me doy el gusto de desayunar fuera. En realidad, es algo que hago con frecuencia; la mayoría de los días salgo a dar un paseo y tomo un batido. Pero esta vez voy a comer algo. Son solo champiñones sobre una tostada. Y he dejado casi toda la tostada.

Estoy en mi asiento favorito: el sillón rosa fucsia que está más al fondo del local. Es el mejor lugar para observar a la gente y fingir, durante quince o veinte minutos, que soy como ellos. Desde hace tiempo, es mi lugar preferido para relajarme.

Estoy a punto de darle un trago a mi café natural de origen ético con leche de almendras sin azúcar, llenando mis pulmones con el increíble aroma de los granos recién molidos, con mis ansiedades a punto de esconderse en un rincón de mi mente, cuando oigo:

—¡Kitty! ¿Kitty Collins? ¡Oh, Dios mío! ¡Es ella!

Luego un chillido que me agarrota todos los músculos del cuerpo. Veo a dos adolescentes delgadas, con cejas perfectas, acercarse a mí antes de que pueda dar el más mínimo sorbo.

—Dios mío. ¡Esto es increíble! ¿Podemos hacernos un selfi contigo? ¿Por favor? Solo serán dos segundos, como mucho.

Dios... Ahora no, por favor. De verdad que ahora no. Levanto la vista y veo que me observan mientras intento dar un sorbo a mi café. Pero no lo consigo. No me gusta comer ni beber delante de otras personas.

Mi nivel interno de enfado se acerca peligrosamente al ámbar. Solo quiero tomarme algo tranquilamente. Sin público. En lugar de eso, cierro la revista que estaba leyendo (en realidad no) y les sonrío. Una gran sonrisa, enseñando todos mis dientes y con un brillo extra de alegría en los ojos. Solo para ellas.

—¡Por supuesto que sí! —digo, con la sonrisa que mis millones (sí, millones) de seguidores conocen de mi Instagram. Pero la sonrisa no consigue calmar la irritación que ha comenzado a palpitar dentro de mi cabeza.

Las chicas se apretujan a mi lado (en el asiento para dos), con sus iPhones enfocando nuestras caras y pasando los filtros con la prestidigitación de un mago. Me doy cuenta sin mirarlas de que están posando y poniendo morritos para parecer sexis. Los «me gusta» proporcionan un intenso subidón de dopamina. Lo entiendo.

Pero quiero zarandearlas.

Violentamente.

Probablemente no tengan más de catorce años, pero con el maquillaje aprendido en YouTube que llevan aparentan fácilmente diez años más. ¿Acaso los adolescentes de hoy en día ya no pasan por una fase incómoda? Una repentina mezcla de lástima y envidia me invade, clavándose en mi carne como mil diminutas microcuchillas. Tienen la piel tan hidratada y tersa que parece etérea. Me contengo para no alargar las manos y acariciarlas.

Porque eso sería raro.

—He hecho un pedido de ese té adelgazante que recomendaste el mes pasado —dice la chica uno.

Tardo un momento en darme cuenta de que me está hablando a mí. ¿Qué té? Ella lee claramente la confusión en mi cara, un milagro, teniendo en cuenta la cantidad de bótox que me han inyectado. Y no, el bótox no es completamente apto para veganos, pero no hay por qué ser tan estricto...

Y yo hago lo que sea por mi cara.

—¡Hiciste una dieta de desintoxicación con té! —exclama la rubia de ojos castaños lastrados por unas pestañas postizas espesísimas—. Dijiste que fue como una limpieza física y espiritual. ¡Y que perdiste dos kilos en una semana! —Suspira como si hubiera alcanzado el nirvana.

Sus ojos brillan como Louboutins de charol y me miran de la misma manera que yo miro la página de novedades de Net-a-Porter.

Me siento mal.

—Oh, Dios, no. No hagas eso —le digo—. No es para chicas tan jóvenes como tú. Por el amor de Dios, ¿de dónde vas a sacar esos dos kilos que pretendes perder? —El único sobrepeso de esa chica es el de sus pestañas... Pero no. No me importa cuánto me paguen los idiotas flacuchos del té. No seré cómplice de desórdenes alimenticios en las chicas. No—. El agua embotellada con un chorrito de limón es mucho mejor para una limpieza de colon.

Me miran fijamente y me pregunto si voy a tener que explicarles lo que es una «limpieza de colon» mientras algunos de los residentes más destacados del SW3 comen su tostada de aguacate a nuestro alrededor. Pero ellas están más interesadas en sus contenidos para las redes sociales que en mí. La chica dos, con unos pómulos por los que pagaría a alguien con una jeringuilla, se hace unos cuantos selfis más. Luego me pide que le haga un par de fotos en las que parezca que no está posando. Madre mía. De repente, la chica uno grita y agarra a la dos por el brazo.

—Tenemos que irnos o nos perderemos los mejores puestos de Portobello —dice—. Ya sabes cómo se pone Jynx si llegamos tarde. Muchas gracias por las fotos, Kitty. Ha sido un placer conocerte.

Se despiden con una sonrisa y salen corriendo. La chica dos

sostiene el teléfono en alto, grabando su viaje para encontrarse con quienquiera que sea Jynx para su Insta/TikTok/Snap. Las observo mientras se alejan por la calle, ajenas a los hombres que se giran hacia ellas al pasar, observando sus caderas esbeltas mientras caminan.

Suspiro profundamente. He creado un monstruo imparable. Una señora mayor que está sentada cerca de mí no deja de mirarme. Probablemente ya sea hora de que me vaya a casa, lejos de la gente.

Mi café se ha quedado frío y con una pinta nada apetecible, así que pido otro para llevar y comienzo el corto paseo de vuelta a mi bloque de apartamentos en Chelsea Embankment. Mi teléfono recibe una notificación de Instagram diciéndome que me han etiquetado en una publicación.

Me encontré con esta belleza en #Greenspears. ¡Qué chica! #KittyCollins #Chelsea #superdulce.

Varias notificaciones más llegan a medida que los seguidores de las chicas (que se llaman Eden y Persia, claro que sí) responden:

¡Oh, Dios mío!
¡Qué suerte habéis tenido!
¿Ha sido amable?
¿A qué huele?
Apago el teléfono.
No lo soporto.

2

APARTAMENTO DE KITTY, CHELSEA

Cuando llego al edificio, ya estoy de un humor de perros. Me duelen todos los huesos cuando mis tacones repiquetean sobre el caro suelo de mármol y sonrío al conserje de turno. Pero tengo que hacerlo, forma parte de mi «marca». Nadie quiere seguir a una zorra maleducada y malcriada en Instagram. Por suerte, hoy está Rehan, uno de mis conserjes favoritos. Se levanta para saludarme.

—Siéntate, Rehan —le digo, regañándole—. No soy la maldita reina.

—Tal vez no, pero tú eres la princesa de mi torre a la que debo proteger —me responde con una gran sonrisa.

Suelto una risita y miro para otro lado. Mi reacción no es nada feminista, pero a él le gusta. Y yo necesito gustarle.

—Parece que hoy va a hacer un día estupendo. —Me mira por encima del hombro y entrecierra los ojos en dirección al sol. Ya hace un calor incómodo a pesar de que aún no son las diez de la mañana. No comparto su entusiasmo por el calor, me irrita y me hace sudar. Mi camiseta ya está pegada a mis axilas y ahora me arrepiento de no haber pedido algo helado en la cafetería.

—Maravilloso —digo mientras asiento con la cabeza.

Rehan llama al ascensor y yo entro.

—Por supuesto, usted es el sol más brillante por aquí, señorita Kitty.

Entonces la puerta se cierra, dejándole fuera. Mi sonrisa falsa se esfuma de mi cara y me masajeo las mejillas con alivio. ¿Por qué salir a tomar un café supone tanto esfuerzo?

El ascensor me lleva directamente a mi ático. Sí, ya sé que suena a pija y malcriada, pero fue un regalo de despedida de mi madre antes de que huyera al sur de Francia con su amante tras la desaparición de mi padre.

Y a nadie le amarga un dulce, aunque sea para edulcorar el abandono, supongo. Como todas las otras jóvenes promesas que viven por aquí, tengo dinero. O mejor dicho, mi familia tiene dinero. Mucho dinero. Mi bisabuelo era Christopher Collins (más conocido como Capitán Collins), fundador de Collins' Cuts, los productos cárnicos ultraprocesados que se ven en todos los congeladores y supermercados del país. Los animales muertos no son precisamente la forma más glamurosa de ganar dinero, pero gracias a los pavos, vacas y cerdos del Reino Unido, mi familia es inmensamente rica. Aunque ahora solo quedamos mi madre y yo.

Así que, aparte de las cosas de las redes sociales, no tengo mucho que hacer, y ese vacío existencial se ha ido expandiendo insidiosamente en mi vida queriendo más y más de mi atención. Intento llenarlo haciendo actividades como la gente normal. Dos horas de yoga y una hora de pesas o cardio con mi entrenador personal cada día. Viajo y me alojo en hoteles exclusivos. A veces incluso gratis, si los promociono lo suficiente en mis redes. Voy a fiestas y a promociones y bebo champán y veo a otras personas drogarse en los lavabos. Salgo de las fiestas del brazo de hombres atractivos y practico sexo borracha y sin remordimientos. Publico *stories* en las redes sociales dando consejos de maquillaje, probando dietas y rutinas de ejercicio, mostrando qué tipo de bragas son las que hacen que tus piernas parezcan más largas y el culo respingón y alabando productos que ni siquiera he probado. Esa es mi existencia.

Y me odio por ello.

De verdad que sí.

Entonces, ¿por qué no paro?

¿Quién sabe? Una combinación de tráumas infantiles y la dopamina instantánea de los *likes* y los comentarios. Nunca he sido capaz de esperar a la gratificación. Ni siquiera mi terapeuta de doscientas cincuenta libras la hora ha podido llegar al fondo de eso.

El pasado fin de semana estuve en Marbella con mi amiga Maisie (607.000 seguidores), donde pude probar un adelanto de los nuevos trajes de baño de La Perla que me habían enviado de su próxima colección. Anoche subí las fotos. Mi favorita es la del biquini naranja del atardecer, mirando al mar. El color del bañador resalta mi bronceado, mi pelo tiene un toque playero y la pose hace que mis pechos (naturales, gracias) parezcan tan perfectos como pueden serlo unos pechos no operados.

Tetas perfectas. Vida perfecta. Supongo que esa es mi «marca».

Abro Insta en mi MacBook y empiezo a desplegar los nuevos comentarios, dando un largo sorbo a mi café. Pero noto un sabor extraño en la boca y me dan arcadas de repente.

Es leche de vaca.

Le quito la tapa y miro dentro del vaso de papel. El líquido es espeso y asqueroso, plagado de grasa y hormonas de vaca. Respiro lenta y profundamente y resisto las ganas de tirarlo contra la pared y estropear el carísimo trabajo de pintura de Janine Stone, terminado el mes pasado.

Cuando consigo tranquilizarme, vuelvo mi atención de nuevo a Insta y a mis seguidores. Ellos me harán sentir mejor.

Wow. Eres tan guapa, Kitty. Por dentro y por fuera.

Qué vista tan hermosa. 😊😊

Eres simplemente impresionante.

¡Me encantan los bañadores! ¿Cuándo estarán disponibles en las tiendas?

Ojalá hubiera podido frotarte el protector solar en la espalda, nena.

Perfección.

Estáis guapísimas. ¡Disfrutad!

¡Hola, Kitty! Nos encantaría enviarte nuestro café adelgazante para que lo pruebes. ¿Podrías comprobar tus DMs, por favor? ¡Un abrazo!

Y como esos, un montón de mensajes más.

Ojeo varias páginas de comentarios, abriéndome paso entre las risas y el tsunami de *emojis*, antes de ver algo que me deja los huesos helados:

Me encantaría ver la sangre derramada sobre esa arena tan blanca. Después de cortarte el cuello.

Ha vuelto.

Esta vez se hace llamar de otra manera, pero sin duda es él. El asqueroso que se pasó la mayor parte del año pasado enviándome mensajes. Su foto de perfil le delata. Es la misma que usaba antes: una imagen deformada de un torso femenino desnudo, envuelto en una cuerda como si fuera un trozo de carne de ternera. Sin cabeza, sin extremidades.

Suspiro.

Tener un acosador es la confirmación de que te has convertido en un *influencer* de verdad, pero ¿por qué no puedo tener uno que sea majo y que me envíe cosas bonitas? ¿Por qué tengo que tener uno de esos bichos raros que fantasean con usar mi sangre como lubricante mientras se masturban? Cierro el portátil de golpe y doy vueltas por la cocina, preguntándome si debería llamar a la Policía y contárselo. La última vez que recurrí a ella no sirvió para nada y no quiero volver a pasarme horas en una comisaría apestosa repasando lo mismo una y otra vez. No, gracias.

En lugar de eso, llamo a mi amiga Tor (850.000 seguidores), a la que recurro siempre que tengo una crisis.

—¿Te apetece un brunch? —le pregunto directamente en cuanto contesta—. El Asqueroso ha vuelto.

—Oh. Vaya. ¿Nos vemos en Bluebird en una hora?

3

CAFÉ BLUEBIRD, CHELSEA

—Lo más importante —dice Tor mientras se toma su (¿tercera?) mimosa. Su voz se vuelve aguda y chillona, como siempre que se pasa un poco bebiendo— es que no vea que tienes miedo. La última vez manejaste muy bien la situación. Que esta vez no sea diferente, nena.

—No tengo miedo —digo.

—Bueno, tal vez un poco sí deberías —me dice—. Podría ser peligroso. Lo mejor será que le denuncies.

—¿Para qué? Solo me dirán que le bloquee. Entonces se creará otra cuenta y volverá a hacer exactamente lo mismo. Probablemente no sea más que un hombre muy triste y aburrido que vive en el trastero de su madre. Seguramente en Croydon.

Tor se encoge de hombros y ataca sus huevos *Benedict* con sorprendente voracidad. Parece que el alcohol le ha abierto el apetito. Me estremezco cuando clava el cuchillo en las gelatinosas cúpulas amarillas, las revienta y deja que la yema rezume como si fuese pus.

—Eso me recuerda... ¿Viste esta semana *Dr. Pimple Popper*[2]? Explotó uno tremendo.

---

[2] *Dr. Pimple Popper* es un programa de Telemadrid donde la doctora Sandra Lee explota espinillas.

Tor me pone los ojos en blanco.

—Mira, ahí está Ben. ¿Le hago señas para que se acerque?
—Ya se las está haciendo, así que no sé por qué se ha molestado en preguntarme.

—Señoritas. —Ben (3.100.000 seguidores) es el hermano de nuestra amiga Hen. Sí, Ben y Hen.

Rezuma igual que los huevos de Tor mientras acerca una silla sin que nadie se lo haya pedido y se sienta entre las dos. Se cree un supermodelo desde que colaboró con una marca de moda masculina de segunda categoría. A ver, no está mal si te gustan los chicos muy muy guapos que se acicalan y miran a las mujeres todo el día. Hace poco se hizo un tatuaje en un brazo y eso me recuerda a una taza que vi en Etsy que decía: *No importa cuántos tatuajes te hagas, siempre serás el mismo capullo del montón.* Me da escalofríos. Sobre todo porque parece Hen con peluca.

—Las dos estáis muy guapas esta mañana —rebuzna clavando sus ojos directamente en mis tetas. Luego se digna a mirarnos a la cara a Tor y a mí—: ¡Vosotras también tenéis buen aspecto!

Tor suelta una carcajada que espero que no sea sincera.

Sonrío dulcemente, pero lo que realmente quiero hacer es agarrar mi cuchara y sacarle los ojos, para luego aplastarlos como el aguacate de mi tostada.

—La pobre Kitty vuelve a ser acosada por ese maníaco —le dice Tor a Ben, aunque él no la escucha. Está demasiado ocupado intentando ver algo por debajo de los tops de las camareras cuando se inclinan sobre las mesas—. Yo le he aconsejado que siga como si nada, para que él crea que no le afecta.

—Y no me está afectando —intento intervenir.

—Totalmente de acuerdo —asiente Ben, reclinándose en su silla, con la arrogancia y seguridad que solo un hombre blanco y rico puede poseer—. Espera. ¿Qué?

—¡Que el acosador de Kitty ataca de nuevo! —Tor frunce el ceño—. ¿Siempre has sido tan irritante?

Ben asiente y toma un panecillo de la panera de la mesa. No pienso comer ni un solo trozo más de esa panera. A saber dónde han estado sus manos.

—Sí, nena, por eso ninguna de vosotras saldrá conmigo. —Se ríe, y Tor vuelve a poner los ojos en blanco. Acabará mareándose si esto sigue así—. Lo que necesitas es una noche de juerga y hacerte algunas fotos picantes. Demuéstrale a ese enfermo que no te importa. Se volverá loco —dice, señalándome con la cabeza.
Seguro que Ben tiene alguna anécdota nefasta sobre por qué su teoría funciona, pero ahora mismo no estoy de humor para su particular misoginia.

—¡Deberíamos salir esta noche! —A Tor le vale cualquier excusa para salir y emborracharse. Incluso que yo esté siendo acosada por un loco es motivo de celebración para ella—. Se lo diré a Maisie y a Hen. No hemos tenido una noche de chicas en condiciones desde hace siglos.

Por «siglos» se refiere a una semana y media. Antes de que Maisie y yo nos fuéramos a Marbella. Pero me mira con cara de cachorrito, y sus ojos son tan grandes, marrones y suplicantes que hasta a mí me resulta imposible resistirme.

Ben estira el brazo y rodea el respaldo de mi silla.

—Podría acompañarte y fingir que soy tu novio si quieres. ¿Qué te parece, Kits? Se asustaría con un tío tan viril como yo a tu alrededor.

Ben se peina siempre en la peluquería y se tiñe las pestañas.

—Gracias por tu ofrecimiento, pero no es necesario.

Y así es como queda decidido que una noche de chicas es exactamente lo que necesito. Sin olvidarme de publicar algunas fotos picantonas para demostrar que no voy a dejarme intimidar por los jueguecitos de un pirado. Es lo último que me apetece hacer esta noche, pero mis amigos pueden llegar a ser muy persuasivos.

Por algo nos llaman *influencer*s.

Para ser sincera, no soy la mayor fan de las noches de chicas. De hecho, las detesto con toda la frialdad de mi corazón, pero he aprendido a tolerarlas. Aparte del tópico de la unión femenina, lo peor de estas noches es que inevitablemente acaban girando en torno a los hombres. O Maisie se encuentra sollozando en el baño por un capullo que la ha dejado. O Hen y Tor estarán al acecho de cualquier cosa con pulso y pene. Hablo de mujeres finas y educadas, que han viajado mucho, pero ponedlas a un tiro de piedra de un cromosoma Y con un poco de pelo en el pecho y todo acaba como si estuviésemos en una despedida de soltera en Magaluf.

Lo visualizo y apenas puedo contener mi excitación...

4

CALLOOH CALLAY, CHELSEA

Empezamos la noche en Callooh Callay, que es uno de los pocos lugares que puedo tolerar sin querer apuñalar a alguien en el ojo con un agitador de cócteles.

Al llegar nos encontramos con bastante gente. La mayoría está fuera disfrutando de la calurosa noche de verano. Pedimos un cóctel y nos fijamos en quién está por allí. Tor saluda con la mano a un grupo de chicas, a las que llamamos Las Extras. No somos muy amigas, pero parecen omnipresentes en las noches de fiesta y en nuestros comentarios. Las he buscado en Insta, obviamente, y sus números de seguidores no son particularmente impresionantes. Más de una debería aprender un par de cosas viendo mi vida maquillada.

Después de los primeros cócteles les sigue otra ronda, luego una botella o dos de Veuve, creo que ha sido Maisie quien la ha pedido, más cócteles y, alguien, posiblemente yo, sugiere que nos metamos unos cuantos chupitos.

Las cosas se ponen un poco borrosas después de eso. Hacemos muchas fotos con nuestras bebidas y luego decidimos cambiar de sitio. Nuestra siguiente parada es otro bar, donde tomamos más cócteles y se nos acoplan tres tíos que, ahora que lo pienso, quizás hayan pagado nuestras consumiciones. Así que obviamente piensan que se han ganado el derecho preferente.

Le susurro algo a Tor sobre quitárselos de encima, pero ella se ríe.

—¿Por qué, Kits? Si son muy graciosos.

Debe de estar borracha. Me vuelvo hacia Maisie, pero se ha echado encima de uno de ellos y se ríe como una descosida mientras habla con él, enseñando todos los dientes y haciendo gestos exagerados con las manos. Yo estoy un poco aplatanada. Me ha tocado quedarme pegada a la barra del bar con el otro tío, que no para de atormentarme hablando de su apasionante trabajo en el sector inmobiliario. Se refiere a sí mismo como «empresario», vamos, que es el típico imbécil.

Aburrida, miro a mi alrededor en busca de Hen, pero no está por ninguna parte. Estoy atrapada con el más pesado y prepotente del trío. Me mira de manera lasciva, se queja de su novia y no deja de ofrecerme bebidas que yo vierto discretamente en la planta que tengo al lado. Espero que el alcohol no haga daño a las plantas. No suelo beber mucho alcohol en las noches de fiesta, la verdad. Me gusta mantener el control. Los borrachos son capaces de hundir su propio barco, y yo no quiero que nada arruine la vida que he construido. Hay secretos que ni siquiera mis mejores amigos conocen. Solo me emborracho cuando quiero olvidar.

Y lo hago sola.

En fin, volvamos al presente y al cerdo que suda a mi lado. Me ha puesto la mano en el muslo desde que nos sentamos y, cada vez que me alejo, él se acerca más. Así que ahora estoy arrinconada en la esquina del sofá en el que estamos, con sus dos brazos bloqueando cualquier posibilidad de escapar. El malestar me revuelve el estómago y me vuelve a doler la cabeza. Todo este horrible asunto del acosador debe de estar afectándome más de lo que pensaba. Reprimo rápidamente mis pensamientos y me dirijo al baño para calmarme.

Y para retocar mi maquillaje, dicho sea de paso.

Cuando entro en el baño, me encuentro con Hen frente a un espejo aplicando iluminador a su rostro ya perfecto.

—Parece que has ligado —dice sin dejar de retocarse—. Está bastante bueno.

—También tiene las manos muy largas. Y novia —le digo mientras ella sigue admirando su reflejo.

—¡Uf! ¿Pero qué les pasa? No entiendo a algunos tíos. —Me da un apretón comprensivo en el hombro antes de volver al bar. Me echo agua en la cara e intento concentrarme en la respiración, luchando contra los golpes en el cerebro y la ansiedad en el resto del cuerpo.

A eso de las 00:30 de la madrugada ya estoy harta. Todo el mundo habla de ir a un club, pero solo de pensarlo me entran náuseas. Demasiados cuerpos y poco desodorante. Necesito algo de espacio para pensar qué voy a hacer con lo de mi acosador.

Veo a Tor sentada sola en una esquina. Parece ser la única de mis amigas lo suficientemente sobria como para hablar con ella.

—Oye, me voy a casa —le digo nada más situarme frente a ella.

Saca el labio inferior, fingiendo enfurruñarse.

—Oh, ¿por qué no vienes con nosotros al club, Kits? Será muy divertido, te lo prometo.

Niego con la cabeza.

—Solo quiero tomar una taza de té verde y meterme en mi cama. Pero gracias por obligarme a salir esta noche. He hecho unas fotos estupendas para Insta. —Le paso mi teléfono y ella mira las fotos que he colgado: posando con una bandeja de chupitos, un cóctel servido en media sandía y haciendo poses típicas de Instagram para mostrar nuestros atuendos increíblemente caros.

¡Por Dios! ¡Es todo tan desesperado!

—Buen trabajo. Estás increíble. Vale, vete ya. Yo le diré a los demás que te has ido. Será mejor que no te encuentres con Maisie, está muy borracha y hará lo que sea para obligarte a que te quedes. Ya sabes cómo se pone.

Me río. Cuando Maisie está borracha cree que si le dices que no en realidad quieres que insista hasta que te convenza.

—¿Estarás bien? —pregunta Tor—. Mándame un mensaje cuando estés en casa, ¿de acuerdo? Así me quedo más tranquila.

—Lo haré, no te preocupes —le prometo, y le doy un abrazo antes de agarrar mi bolso y dirigirme a la puerta, lanzándole un beso al salir.

Mi apartamento está a poca distancia a pie de la mayoría de nuestros locales favoritos, aunque suelo volver en coche. Sobre todo cuando, en algún lugar, hay alguien escondido que quiere usar mi sangre para hacer morcillas.

Pero esta noche necesito aire fresco, bueno, aire espeso y húmedo, pero aire al fin y al cabo, para despejar mi cabeza de pensamientos sobre el Asqueroso y el estrés general de pasar una noche acorralada y manoseada por alguien al que le había dejado bien claro que no me interesaba. Eso es exactamente por lo que no me gusta salir.

No tardo en arrepentirme de mi decisión de volver a casa caminando. Me duelen los pies por los tacones, y me pregunto si no habrán sido diseñados específicamente por los hombres para que las mujeres sean más fáciles de atrapar.

Las calles están oscuras y por todas partes me acechan posibles agresores imaginarios. Oigo al menos dos silbidos de lobo y cruzo los brazos sobre el pecho, tratando de esconderme, de hacerme pequeña. Acelero el paso, lo que no es fácil con estos tacones. Intento relajar la respiración, sosteniendo las llaves entre los dedos a modo de nudillera improvisada. Busco a tientas el teléfono en el bolso, pero no lo encuentro.

Joder.

Me lo he dejado en el bar. ¿Debería volver a por él?

Ahora estoy más cerca de casa que del bar, así que ya me ocuparé de eso por la mañana.

Pero joder.

Mientras me fustigo a mí misma por cometer un error tan de novata, no me doy cuenta de que hay un hombre detrás de mí bastante cerca, casi pegado a mi piel, hasta que me agarra de la parte superior del brazo. Con fuerza.

El susto me hace dar un grito ahogado y, al girarme, veo al manoseador de antes sujetando una botella de vino como si fuera un arma.

Está cabreado.

—Te has ido sin despedirte. Y te has dejado tu bebida a medias —me dice—. Me parece una descortesía. Sobre todo teniendo en cuenta que he pagado yo. —Me tiende la botella—. Adelante. Bébetela ahora. Muestra un poco de gratitud, zorra engreída.

Me zafo de su agarre y doy un paso atrás.

—Escucha, te agradezco mucho que me hayas invitado, pero eso no significa que te deba nada. Y no está bien que me sigas así. Me voy a casa. Deja de seguirme. —Le doy la espalda y sigo caminando, intentando recordar cómo mantener la calma.

—¡Te has reído de mí! —grita a mi espalda. Entonces oigo el ruido de cómo golpea el vidrio de la botella contra el cemento y la humedad me salpica por las piernas desnudas. Me doy la vuelta para mirarle y me sonríe. La botella rota está a centímetros de mis pies.

—¿Me acabas de tirar eso?

Se acerca.

—Sé quién eres. Eres esa tipeja de Instagram. Ahora entiendo por qué has estado actuando como si tuvieras un palo metido por el culo toda la noche. Crees que eres demasiado buena para mí.

Me mantengo firme, aunque ahora soy muy consciente de la

fuerza de sus musculosos brazos y de los cinco o más centímetros que me supera en altura. Algo dentro de mí empieza a agitarse, desperezándose tras un largo sueño, alejando mi miedo de un zarpazo.

El muy canalla, ni siquiera sé su nombre, se acerca más a mí. Hasta que lo tengo delante de la cara. Tan cerca que puedo oler su aliento a alcohol y gingivitis. Me agarra de los brazos y me empuja hacia atrás hasta que estoy pegada al muro bajo que separa el terraplén del agua turbia del Támesis.

—Podría hacerlo ahora mismo. Eso te daría una lección por ser una asquerosa desagradecida.

Mis rodillas comienzan a temblar cuando él se inclina más hacia mí. Tiene razón, podría hacerlo fácilmente si quisiera.

Podría violarme. Podría estrangularme.

Podría arrojar mi débil cuerpo de mujer al agua y luego ver cómo me sacan del río en las noticias. Otra mujer asesinada porque no hizo lo que quería un hombre.

Pero no seré yo.

Esta noche no.

Levanto mi rodilla derecha entre sus piernas con toda la fuerza que puedo. Mucha, gracias al yoga y todo lo demás. Él gimotea de dolor y me suelta, llevándose las manos a la entrepierna. Se tambalea, borracho y aturdido. Le pongo las manos en el pecho y lo empujo lejos de mí. Con fuerza. Se tambalea hacia atrás, incapaz de mantener el equilibrio, y gira sobre sí mismo, cayendo sobre la acera. Ni siquiera levanta las manos para frenar la caída. Su cara va a quedar hecha un desastre.

Ups.

Me preparo, esperando a que se levante. Pero no lo hace.

Doy unos pasos hacia él, esperando que un brazo me agarre el tobillo.

Pero no pasa nada y esto no es una película de terror. Es peor.

Un riachuelo de líquido oscuro y espeso rezuma por el cemento hacia mis pies.

Sangre.

Me inclino para verle más de cerca, todavía asustada de que esté a punto de saltar.

Un gran fragmento de cristal le atraviesa el cuello como un carámbano. Ha caído justo sobre la botella de vino rota. Se ha incrustado en una de las grandes venas carótidas y le ha arrancado media cara.

Hace un ruido gutural tan fuerte que me sobresalto.

Luego, silencio. Silencio.

Silencio.

¿Dónde está todo el mundo? ¿Dónde están los que salen de fiesta? ¿Y la gente que necesito que me ayude? Las calles están oscuras y vacías. Algo extraño a esas horas para la noche londinense.

La sangre sigue bombeando de su cuerpo. Fluye hacia mis zapatos, hasta que los alcanza.

Doy un salto hacia atrás para no mancharme y continúo mi camino a casa.

Bien.

En un caso así, no se puede llamar a una ambulancia, ¿verdad?

5

APARTAMENTO DE KITTY, CHELSEA

El timbre de la puerta me despierta de un sueño tan profundo y agradable que casi me olvido de la noche anterior. Me pongo la bata, un kimono de seda de Wolf & Badger, y camino por el pasillo hasta la entrada.

Veo a Hen a través del videoportero, así que abro para que pueda pasar. Es temprano, mi reloj inteligente marca las 8:34. No es normal que Hen se levante antes del mediodía después de una noche de fiesta.

—¿Cuál es la emergencia? —le pregunto en cuanto entra en casa.

—Solo pasaba por aquí. He salido a correr —dice mientras le doy un vaso de agua del surtidor de agua purificada—. Anoche te dejaste esto en el bar. —Saca mi teléfono del bolsillo oculto de su chaqueta Lululemon.

Lo había olvidado por completo. Ya sabéis, por lo del hombre muerto y todo eso.

—Oh, Dios, gracias, Hen. No me di cuenta hasta que llegué a casa.

Ella me mira fijamente.

—¿Estás bien, Kits? Lo normal es que no te despegues de ese trasto.

—¿Qué? Oh. Sí, estoy bien. ¡Seguramente iba más borracha de lo que pensaba!

—Bueno, tienes que tener más cuidado —dice después de un largo trago de agua—. Podrías haber tenido alguna emergencia. Podrían haberte secuestrado y asesinado, ¿y cómo te pondrías en contacto con nosotros?

—Si estoy muerta, no a través del chat de WhatsApp, desde luego.

Hen se ríe.

—No me obligues a ponerte un microchip, como a un perro. —Se traga el resto del agua—. ¡Oooh! ¡Tal vez deberías tener un perro! ¿O un hombre?

—Tu hermano me ha ofrecido sus servicios como guardaespaldas —le digo, y Hen hace una mueca.

—Él no es el perro que tú necesitas. —Se ríe—. Bueno, voy a seguir con mi carrera antes de que haga más calor. ¿Puedo llenar mi botella de agua rápidamente?

—Claro, no hay problema.

—Gracias, Kits —dice cuando termina. Ya junto a la puerta, se despide. Me da un beso en la mejilla y me saluda desde el ascensor antes de que nos separen las puertas de acero.

Bromas con Hen aparte, no me puedo creer que me haya olvidado de mi teléfono. Y luego que me haya olvidado de haberlo olvidado. No tiene batería, por supuesto, así que voy al salón y lo enchufo. Me acurruco en uno de los sofás, el Claridge en color Belfast Stone de Jonathan Adler, y espero unos segundos a que cobre vida.

Abro la aplicación de noticias, pero tengo que bucear mucho para encontrar lo que busco. El cuerpo fue encontrado por un hombre que volvía a casa tras una noche de juerga. Por lo que veo, el juerguista está siendo tratado por su estado de *shock*, pero la muerte de Matthew Berry-Johnson no está siendo tratada como sospechosa. Un portavoz de la Policía Metropolitana ha declarado: «Podemos confirmar que no estamos buscando a nadie en relación con la trágica muerte de Matthew Berry-Johnson. Se llevará a cabo una autopsia, pero parece que estaba muy intoxicado y murió como resultado de un desafortunado accidente. Hacemos un llamamiento para que se ponga en contacto con nosotros cualquier testigo que haya visto al señor Berry-Johnson en la noche de ayer».

Una rápida búsqueda en Facebook me dice que ha dejado una novia triste: Hayley. Reviso sus fotos. Muchas noches con amigos. Muchas vacaciones también. Es joven y guapa. Volverá a amar, sin duda. Algunas fotos del idiota. También parece que tienen una hija. De dos o tres años. Mejillas regordetas y pelo rubio, siempre sonriendo. Se llama Lucy. Amplío algunas de sus fotos. Es muy feliz.

Me alegro de haber matado a su padre.

Ahora ella tiene la libertad de crecer sin ser marcada por él. Puede ser quien ella quiera. No tendrá que enfrentarse a la verdad sobre él.

Que era un tramposo. Un mentiroso. Un peligro.

Podrá seguir viéndole como un ser perfecto en sus recuerdos.

Ojalá tuviera yo esa versión inmaculada de mi propio padre.

Dios, quería tanto a mi padre cuando tenía esa edad. Era mi héroe y lo adoraba absolutamente. Sabía de todo y conocía a todo el mundo. Siempre tenía alguna anécdota graciosa o algo fascinante que contarme. Me contaba curiosidades como que los cerdos tenían una anatomía similar a la de los humanos. Los mismos órganos torácicos y abdominales que nosotros.

No como las vacas, con sus cuatro estómagos. Me parecen unos bichos muy raros.

Él alucinaría si supiera que ahora se están trasplantando con éxito corazones y riñones de cerdos a seres humanos.

Uno de mis «recuerdos de papá» favoritos es de cuando tenía siete u ocho años. Estaba triste porque me había perdido la feria de verano del colegio. Siempre me había gustado ir porque era una feria de verdad, con noria, atracciones y manzanas de caramelo, no una triste mesa hecha con caballetes llena de pasteles caseros con mala pinta en el vestíbulo del colegio.

Había estado enferma de amigdalitis, así que, cuando me recuperé, mi padre organizó una feria en nuestro jardín, con payasos, trapecistas y más cosas. Incluso había una máquina de algodón de azúcar. Fue el mejor día de mi vida. Todo el mundo en el colegio habló de ello durante meses. Todavía sale de vez en cuando en las conversaciones. Hasta que la gente recuerda que papá es ahora una «persona desaparecida» y todo se vuelve un poco incómodo. Ojalá no fuera así. A veces me gustaría hablar de él. Dejar que todo lo que necesito decir salga a la luz.

Pero claro, no puedo.

Mi madre, en cambio, siempre ha sido muy distante. Nunca dudé de su amor, y sigo sin dudarlo, pero se pasaba días enteros en la cama o ausente durante semanas con la excusa de estar haciendo algún retiro. Parecía cansarse de la vida con mucha facilidad y sufría de terribles y frecuentes migrañas. Curiosamente, esos síntomas han desaparecido por completo ahora que vive en la Costa Azul, con mucho dinero y un hombre quince años más joven a su lado. Pero no puedo enfadarme porque ahora sea feliz.

Cuando era muy pequeña, solía rogarle que me llevara a sus viajes, pero ella se limitaba a darme un beso en la cabeza antes de salir por la puerta con sus enormes gafas de sol Chanel colgadas de la nariz.

Al final desistí de preguntar.

Las cosas cambiaron entre mi padre y yo cuando llegué a la adolescencia. Empecé a ser muy consciente de la procedencia de nuestro dinero y cada vez me molestaba más que no fuera algo más glamuroso.

El padre de Ben y Hen, James Pemberton, es un pez gordo en la industria de la música, y ellos no paraban de salir con estrellas del pop y de asistir entre bastidores a los mejores conciertos. Yo también iba con ellos, pero no era lo mismo.

El padre de Maisie era piloto de F1 y todavía sigue trabajando, pero no me preguntes qué hace exactamente. Ni cómo. Debe de tener unos mil años ya. Su madre fue una famosa modelo en los ochenta, y Maisie y su hermana, Savannah, pasaron la mayor parte de su adolescencia en lugares como Mónaco, paseando en megayates llenos de supermodelos.

La madre de Tor la adoptó en Sierra Leona cuando era un bebé. Sus padres biológicos habían sido asesinados, y Sylvie Sunshine-Blake, cantante, actriz y embajadora de la ONU, se llevó a casa a la preciosa niña de la que se había enamorado durante una visita televisada a un orfanato.

Esa es la historia oficial.

Tor no está tan convencida y cree que su adopción no fue más que una maniobra de relaciones públicas, impuesta a una Sylvie desconcertada porque todo el mundo lo estaba haciendo en ese momento. Hay montones de fotos en Internet de una Sylvie joven y sorprendida, en parte guerrera ecológica y en parte madre de la Tierra, posando con su bebé. Y no es casualidad que Tor fuera la Niña Más Bella del Mundo. Muchas veces se ha preguntado cómo sería su vida si hubiera nacido con el paladar hendido o algo así. Tor se lleva bien con Sylvie, son muy amigas, pero el vínculo que tienen no es del todo maternal. Sylvie es como una hermana mayor que está un poco loca y que idolatra a Tor. Todos la idolatramos.

A lo que iba. Cualquiera de las historias de mis amigos es mucho más interesante que la de mi familia con la carne.

Papá intentaba entusiasmarme con la idea de matar animales llevándome a rastras a sus mataderos y plantas de procesamiento de carne, donde apenas conocía los nombres de las personas que trabajaban para él. No hay nada como pasar un buen día en un matadero el Día de Llevar a tu Hijo al Trabajo.

—Es tu herencia, Kits —me había dicho una mañana especialmente desagradable después de ver cómo dos matones se reían mientras disparaban a una vaca con una pistola de perno que ni siquiera la mató. Luego la llevaron a algo que llamaban el Área de Sangrado, la colgaron de las patas traseras y la degollaron.

Lloré.

Papá me rodeó los hombros con el brazo y me alejó de aquel inmenso charco de sangre.

—No llores —me susurró. Por un instante pensé que se preocupaba por mí o por la vaca. Pero no quería que su personal viera a su hija llorando por un animal muerto. Era la primera vez que veía sangre derramarse de algo que momentos antes había estado saltando y dando patadas.

—A esto se le llama «aturdimiento» —me había dicho papá mientras yo vomitaba en un comedero.

El olor metálico de la sangre de vaca era tan potente que me llenaba la boca y la nariz. Era un buen nombre. A mí sí que me dejó aturdida.

No he vuelto a comer carne desde ese día.

6

CREMATORIO HONOR OAK, SURESTE DE LONDRES

No sé qué es lo que me hace pensar que ir al funeral de Matthew Berry-Johnson es una buena idea. Es en el SE4, para empezar. ¿Y realmente debería relacionarme con lo que pasó esa noche? Obviamente la respuesta es no, pero hay una parte de mí que no puede mantenerse alejada. La culpa la tienen los vídeos de Facebook de esa preciosa niña cantando *Let It Go* sin preocuparse por nada.

Necesito saber que hice lo correcto.

Necesito saber que alejarme mientras se desangraba no me ha convertido en un monstruo.

El funeral se celebra diez días después de que encontraran su cuerpo. Circulaba por todo Facebook, así que no me costó mucho averiguar dónde tendría lugar. Aún no estoy segura de qué espero conseguir presentándome allí. Tal vez quiera asegurarme de que era realmente tan horrible como parecía y que no era solo un chaval que se había puesto un poco plasta tras haber bebido demasiado.

Mientras me pinto los labios, me lo quito de la cabeza.

No es una excusa.

Desde hace miles de años, los seres humanos son capaces de comportarse civilizadamente. Si las noches de borrachera nos convirtieran en animales, todos estaríamos cagándonos en las calles, matándonos unos a otros y comiéndonos los trozos de nuestros cuerpos, en lugar de esperar (casi) pacientemente en las colas de los kebabs y los taxis.

Me pongo mi clásico vestido funerario de Chanel y unas enormes gafas de sol *vintage*. Tengo preparada mi tapadera por si alguien pregunta quién soy. Es sencillo: «Me ayudó a comprar un local comercial y quiero presentarle mis respetos».

Subo a un Uber para ir al crematorio y, durante el trayecto atravesando Londres, pienso en que los de la funeraria no lo habrán tenido fácil para arreglarle la cara después de la laceración de la botella. He intentado no pensar en cómo el lado de su cara parecía carne cruda colgando.

Cuando por fin llegamos, me encuentro con bastante gente, lo que me deja momentáneamente atónita. Pero entonces todos suben a sus coches y taxis y me doy cuenta de que no han ido allí por Matthew Berry-Johnson.

El crematorio es tal cual como os podéis imaginar. Ladrillos insípidos, cubiertos de flores y crucifijos, tratando de parecer algo espiritual y no solo un enorme horno y una chimenea. Todavía hay algunas personas deambulando por la puerta; veo a la novia, Hayley, pero no a la niña. Una lágrima de sorpresa se escapa de mi ojo izquierdo. Agradezco que Hayley haya decidido que el funeral del padre de su hija no sea un acontecimiento para las redes sociales. Me preocupaba que los vídeos de una angustiada Lucy aparecieran en Insta, TikTok, Facebook, etcétera, de Hayley, solo para conseguir «me gustas» por compasión.

Cuando la mayoría de la gente ya ha entrado, me escabullo y me siento en uno de los asientos de las últimas filas, junto a una señora de mediana edad que sostiene una caja gigante de clínex. Una de esas enormes de cartón, que suelen encontrarse en las habitaciones de los familiares en los hospitales. Está claro que piensa llorar mucho. Me ve, me dedica una sonrisa acuosa y me ofrece la caja. Niego con la cabeza.

—Trabajé con él —me susurra—. Era un chico encantador.

Intento relacionarlo con el hombre que amenazó con violarme y no le encuentro ningún sentido. Asiento con la cabeza, ofreciendo mi propia sonrisa acuosa. El oficiante, o como quiera que se llame, empieza a hablar de la vida de Matthew Berry-Johnson. Está claro que nunca lo conoció, pero nos regala esa falsa alegría que solo los oradores de funerales pueden lograr, sobre lo mucho que amaba la vida, el críquet, su familia, Lucy, junto con la violencia hacia las mujeres y las niñas.

La última me la he inventado.

Luego nos ponemos todos de pie y cantamos algún himno del que no conozco ni la letra ni la melodía, pero tampoco la conoce la mujer que está a mi lado, así que al menos estoy en buena compañía.

El maestro de ceremonias regresa y recita un elogio preparado de antemano que describe a Matthew como un compañero cariñoso, un padre devoto y un hijo, hermano y colega muy querido. Hayley y una mujer mayor lloran ahora lágrimas de nivel bíblico y el sistema límbico de mi cerebro quiere que me levante y grite que me tiró una botella de vidrio cuando me negué a darle lo que quería.

Por supuesto que no se lo di. Quienquiera que hizo de Matthew Berry-Johnson el imbécil que era no fue ninguna de estas personas. Al menos no individualmente. Y están de luto por un hombre que aman.

Apuesto a que incluso el maldito Hitler tenía a una o dos personas que lo lloraban.

Entonces Hayley se levanta, flanqueada por una mujer de edad similar, una hermana o amiga, supongo. Se limpia los ojos. No tiene rímel en la cara, así que supongo que se ha puesto extensiones de pestañas.

«¿Vas a ponerte pestañas rusas, cariño? ¿Tienes alguna ocasión especial?».

«Sí, incinerar el cuerpo del padre de mi hijo. Un gilipollas que nadie sabía que era un salido violento».

«Ah, qué bien. Me aseguraré de que estés superguapa, cariño. Así podrás mostrarle todo lo que se está perdiendo».

Hayley baraja unos papeles delante de ella y aparece un montaje fotográfico de la vida de Matthew en dos pantallas situadas en la parte delantera de la capilla.

—Hay un vacío ahora que una vez llenaste. Una silla vacía por mí deseada. Un silencio por el que recé antes de que te fueras. Y a pesar de todo compartimos una hija. —Se hace un silencio sepulcral antes de que ella continúe—: Sé que no es lo que se debe decir en momentos como este.

Hayley levanta un poco la barbilla, un movimiento imperceptible que nadie más parece notar. Tampoco ven el destello de acero en sus ojos.

—Pero Matthew no era un santo. Sí, trabajaba duro. Sí, quería a su madre y a sus hermanos. Y sí, adoraba a Lucy. Pero a menudo era horrible conmigo. Lo siento, pero no puedo mentir. No puedo decir que nos estamos despidiendo de un gran hombre. Él podía ser genial. Podía ser el mejor. Pero también podía ser cruel, rabioso, violento. —Se vuelve hacia una mujer de la primera fila que solloza hipando desde lo más profundo de su ser. Se veía a leguas que era la madre del difunto, era tan evidente que parecía que llevaba un cartel en la frente—. Gillian. —En ese momento Hayley está de rodillas, sosteniendo las manos nudosas de la anciana Gillian—. Lo amaba tanto. Sabes que era así. Y había tanto que celebrar. —Le toca suavemente la mejilla empolvada a la mujer para guiar su rostro hacia las pantallas, donde un Matthew resplandeciente sostiene a su hija por primera vez. Después, Hayley añade casi susurrando—: No era un santo, Gill. Era un hombre.

Gillian se derrumba en los brazos de Hayley. Sabía exactamente lo que era su hijo.

No aguanto más.

—Disculpe, creo que sí voy a necesitar uno de esos —le digo a la señora de los clínex que está a mi lado mientras finjo estar afectada. Ella ha estado observándolo todo como si estuviéramos en una obra de teatro inmersiva.

—Sí, claro. —Me entrega la caja, sin apartar la mirada del espectaculo. Agarro mi bolso (un Gucci, vegano, por supuesto) y salgo de allí pasando tan desapercibida como una cuenta de redes sociales con menos de cien seguidores.

7

APARTAMENTO DE MAISIE, FULHAM

Matthew Berry-Johnson todavía sigue en mi mente un par de semanas después cuando Maisie nos convoca a todos en su casa para ayudarla con una «emergencia». Eso es exactamente lo que dijo en el grupo de WhatsApp. Inmediatamente me asalta la duda, ya que la idea que Maisie tiene de una «emergencia» no siempre coincide con la del resto de la humanidad. Como cuando, por ejemplo, se quedó atascada dentro de un vestido en Comptoir des Cotonniers y se negó a llamar a una dependienta. Por no hablar de la vez que se negó a ser dama de honor de su prima por culpa de un eczema invisible que le había salido. También nos ha prometido sake y *sushi*. Es una situación de emergencia, pero que no nos falte comida japonesa.

—Deberíamos poner un nombre especial a nuestras reuniones —dice, más animada de lo que esperaba, cuando llego y me siento junto a Tor a la gigantesca mesa de mármol. Hen también está presente, más pendiente del *sushi* que de nosotras—. Ya sabéis, como el gobierno con el Viper Room.

—¿Qué? —le digo.

Tor se ríe a carcajadas.

—Querrás decir COBRA —dice Hen.

—¿En serio?

—Sí. Sala de reuniones A de la Oficina del Gabinete. El Viper Room era un club nocturno de Hollywood.

—¿Y no tiene nada que ver con el gobierno?

—Nada que ver con el gobierno.

—Bueno... Vive y aprende —dice, sirviéndonos sake en vasos. De todos modos, no os he invitado para hablar de serpientes. Aunque en realidad es un tema bastante apropiado para el caso. —Da un trago exagerado a su bebida y se pone dramática—: Tengo el corazón roto.

Ahora me doy cuenta de que sus ojos están llenos de bolsas de las que Balenciaga estaría celoso. Tiene la nariz rosada y de repente me entra el pánico de que sea contagiosa.

—¿Estás enferma?

—Sí, tengo mal de amores. —Bebe otro trago gran trago de sake—. Me han abandonado.

—Eso es horrible, cariño —dice Tor con voz lastimera—. Pero ¿quién te ha dejado abandonada?

—¿Quién te ha dejado, cariño?

Maisie la mira fijamente, con cara de incredulidad.

—¡Joel! —dice bruscamente. Mi novio Joel. ¡Joel! ¿El chico que conocí en Callooh?

—No me habías hablado de él —dice Hen, revolviéndose el pelo entre los dedos mientras sacude la cabeza—. De hecho, hace unas semanas te pillaste... algo en Callooh y te fuiste a casa.

Me estremezco. Nadie se da cuenta.

—De lo que me *pillé* fue de Joel —dice Maisie, con la boca convertida en un pequeño agujero—. Nos hemos estado viendo durante unas tres semanas. Es imposible que no os lo haya dicho. —Vuelve a mirarnos a todos con incredulidad y su rostro se vuelve más pálido.

Está loca.

—Estáis todos tan obsesionados con vuestras propias vidas

que ni siquiera os acordáis de que os lo conté a través de WhatsApp. ¡Los tics están en azul! ¡Se supone que leísteis los mensajes en el chat del grupo!

Mi cerebro tiene un vago recuerdo de Maisie enviándonos mensajes sobre un hombre con el que estaba hablando. Pero, en mi defensa, tengo que decir que en ese momento yo estaba lidiando con las consecuencias de matar accidentalmente a alguien. Un amigo suyo. Un amigo de él. Esto es preocupante. Interesante, pero preocupante.

—Maze, perdónanos, lo sentimos mucho —le digo—. ¿Por qué no nos servimos unas copas y nos lo cuentas todo desde el principio? Esta vez nos tienes aquí, tienes toda nuestra atención. Y trataremos de compensarte por ser los peores amigos de la historia.

Maisie respira entrecortadamente, pero se derrite ante la perspectiva de ser el centro de atención durante las próximas horas. Sirvo las bebidas mientras ella se acomoda, lista para contar su historia como si fuera el puto cuento de CBeebies. PD: Solo lo sé porque Tom Hardy[3] los lee a veces y es material masturbatorio de primera.

—De acuerdo —dice ella—. Pero no creáis que no me acordaré de esto la próxima vez que alguno de vosotros necesite mi ayuda.

Escuchamos cómo nos cuenta el fracaso de su relación con Joel. Se fueron juntos a casa después de la horrible noche de chicas y tuvieron sexo estando muy borrachos. Maisie había asumido que se trataba de un rollo de una noche, pero al día siguiente coincidieron en Tinder y... ¿casualidad o qué?

---

[3] El famoso actor ha colaborado numerosas veces con la cadena británica CBeebies, especializada en contenido educativo para niños, narrando cuentos para el programa CBeebies Bedtime Story («Historias para dormir»).

Imaginaos nuestro asombro al oír la cantidad de cosas que tenían en común. Joel está tan obsesionado con los cachorros de golden retriever como Maisie e incluso trabajó una vez como adiestrador de perros guía.

Ahora se dedica a la informática, aunque a Maisie esa parte de su vida no le interesa lo más mínimo. Le gusta la misma música que a ella e incluso las mismas películas. ¿Os lo podéis creer? Es casi como si ella publicara cada detalle de su vida personal en sus cuentas de redes sociales y él las hubiera leído.

—Tuvimos una gran conexión —dice—. Realmente pensé que podía ser el definitivo.

—Sabes que podría averiguar todo eso con solo mirar tu Insta, ¿verdad? —dice Hen.

—Y le dijiste muchas cosas en la noche de fiesta. Solo dejaste de hablar para comerle los morros —añade Tor.

Maisie parece destrozada. Me siento mal por ella. No es culpa suya que la vida no le haya dado suficientes golpes como para estar amargada y ser cínica. Tor se abalanza sobre ella y la abraza mientras termina su historia de dolor. Después de tres semanas (ella lo redondeó diciendo que había sido un mes) de charlar, salir y de tener «sexo increíble», Maisie le envió un mensaje hace ya cinco días.

Y no ha vuelto a saber nada de él desde entonces.

Qué sorpresa.

—Su teléfono solo suena. Ni siquiera tiene buzón de voz. —Llena un vaso con vodka y se lo bebe de un trago. Conozco a Maisie desde hace tanto tiempo que sé que si sigue bebiendo a ese ritmo no acabará bien.

—Entonces, ¿no sabes absolutamente nada de él? —pregunta Hen—. ¿Ni siquiera ha visto tus *stories*?

Maisie niega con la cabeza.

—No. Y no lo entiendo. Es que ha sido increíble. ¿Creéis que le ha podido pasar algo? ¿Algo horrible? Era amigo del tío que se empaló con una botella cerca del terraplén. ¿Estará deprimido? ¿Debería ir a verlo?

—¿Te invitó al funeral? —la interrumpe Tor. Luego, con un tono de voz más suave—: Cariño, te ha hecho *ghosting*.

A Maisie se le descompone la cara.

—Soy una idiota.

—No —le digo muy seria—. No lo eres. Eres amable, una mujer abierta y confiaste en alguien. Eso no son gilipolleces. Sus acciones no son un reflejo de ti. El gilipollas es él, nena.

—Me ha estafado. Soy como una de esas tristes mujeres del Canal 5 a las que un desconocido engaña para quitarles los ahorros de toda su vida. Solo que a mí me han robado sexo —se lamenta.

Se repliega sobre sí misma y parece tan frágil, como si fuera a desmoronarse si la tocas. Me duele el corazón por ella.

Siempre he pensado que no se le da la suficiente importancia al desamor.

Es algo que puede destruirte.

—Enséñanos su Tinder —dice Hen—. ¿Has visto si ha estado activo?

—Sí —afirma Maisie agitando la cabeza—. Intenté enviarle un mensaje, pero él me quitó el *match*. Y ya no veo su foto de WhatsApp, así que supongo que me ha bloqueado. ¿Qué he hecho mal?

—Nada —le digo—. No has hecho nada malo y te mereces algo mejor que alguien que te haga sentir como si lo hubieras hecho.

—Solo quiero saber qué ha pasado. Tan solo una conversación. ¿Cómo puede alguien de quien me estaba enamorando de repente volverse tan frío?

—Es un comportamiento de gilipollas —dice Tor, con la boca llena de *sashimi* de salmón—. Uf. A veces me entran ganas de matar a los hombres.

A mí también.

8

APARTAMENTO DE KITTY, CHELSEA

Más tarde, esa misma noche, me sirvo una copa de vino y me acomodo en mi sofá favorito, el rosa de Sweetpea & Willow, con mi teléfono. Voy a crear mi propia cuenta de Tinder para encontrar al tal Joel. Maisie tiene razón, se merece una explicación. Incluso si es dolorosa, necesita cerrarlo para seguir adelante. Quedarse en el limbo duele más que nada porque siempre hay una parte de ti que se aferra a la falsa esperanza de que volverán.

Y la falsa esperanza es peor que la falta de esperanza. O al menos eso es lo que he leído en *Refinery29*[4].

No puedo mentir, me encanta jugar.

¿Es así como se sienten los hombres cuando preparan el anzuelo para que piquen? Utilizo una de mis fotos más sexis como imagen principal.

Es una foto en blanco y negro. Llevo un corpiño negro escotado de Victoria's Secret. Miro por encima de mi hombro izquierdo y sonrío a alguien fuera de cámara. Es una sonrisa secreta, una insinuación de algo que solo yo conozco, mi cara apenas visible. Es de hace unos años, me la hizo mi último novio, Adam.

---

[4] Revista digital estadounidense de moda.

Técnicamente, Adam también fue mi primer novio. Me hizo esa foto mientras estábamos en una habitación privada de un club del Soho. Adam había estado leyendo su novela (era un autor «deslumbrante», «alguien a tener en cuenta» y blablablá) ante una multitud de espectadores entusiasmados y acalorados, en su mayoría mujeres y estudiantes de Literatura.

Estaba exultante cuando bajó del escenario. Iba de un lado a otro hablando con todo el mundo, pavoneánose y dándoselas de importante. Cuando se cansó, subió para encontrarse conmigo en la habitación que nos habían dado. Yo estaba enfurruñada, conteniendo las lágrimas con todas mis fuerzas.

—Nena —había intentado calmarme. Luego me besó el cuello, los hombros, la espalda, hasta que la piel me traicionó y me estremecí de placer.

—Me has ignorado toda la noche —le había dicho.

—Kitty, mi ángel, estaba trabajando. Sabes que odio toda esa mierda. —Me pasó un dedo por el hombro desnudo y la clavícula—. Obviamente, hubiera preferido estar aquí arriba contigo. ¿Es la ropa interior que te compré? Estás increíble.

—Adam, estoy enfadada. Sabías que no conocía a nadie. Me sentí como una idiota.

—Bueno, ¿puedes poner tu enfado en espera unos minutos mientras te fotografío? Estás más atractiva que nunca. Quiero conservar este momento. Quiero tener este recuerdo, de cuando eras perfecta, para cuando sea viejo y todo sea un caos.

Me manejaba a su antojo.

Hizo cinco fotografías con su carísima cámara antes de que bebiéramos champán y folláramos durante horas.

Esta es la mejor foto de las cinco con diferencia. Y, por supuesto, en ese momento le perdoné.

Al final fue una gran noche. Pero volvamos al presente. Respiro profundamente varias veces para tranquilizarme.

Busco palabras en las que un hombre como Joel se fijaría. Él no puede saber que yo soy la que caza aquí. Necesita creer que tiene el control. Aunque también existe la posibilidad de que me recuerde de la noche de fiesta con las chicas, así que será interesante ver qué pasa.

Nombre de usuario: Kitty
Edad: 29
Ocupación: Influencer
Ubicación: Londres, SW3
Acerca de mí: Hola, soy Kitty y soy nueva en esto de las citas online, así que, por favor, tratadme con delicadeza. Recientemente soltera después de descubrir que me gustan los hombres como me gusta mi propio café (no me gusta compartirlos). Aparentemente, tengo problemas con mi padre, pero en realidad ni siquiera le conozco.

Un poco de humor, pero que también parezca que soy vulnerable. Porque no hay nada que atraiga más a los folladores detestables que una mujer con baja autoestima.

En realidad debería saberlo.

No tardo mucho en encontrarlo. Apenas le he dado a publicar y me he puesto a bucear en algunos perfiles muy cuestionables cuando lo veo.

Joel.

1,90 m según su perfil, pero la memoria me dice que mide 1,70 m en la vida real. Esa barba arreglada que dice «follar» en lugar de «molar». Sus aficiones, aparte del *ghosting*, son el golf, el críquet y el *rugby*. «Últimamente me gusta más verlo que jugarlo». No entiendo qué puede ver Maisie en un tío como este. Su foto de perfil es una foto de él sonriente, así que al menos se supone que no se esconde de una esposa o una novia secreta, o de ambas.

Pero se ve a la legua que es una puesta en escena.

«Mírame. ¡Mira lo feliz y divertido que soy! Mira cuánto podría mejorar tu vida si salieras conmigo».

El recuerdo de los ojos enrojecidos de Maisie y la angustia que este hombre corriente y moliente le provoca viene a mi mente. Deslizo el dedo para darle a *like*.

9

CASA DE JOEL, GREENWICH

Como era de esperar, Joel tardó menos de un nanosegundo en coincidir conmigo. E iniciar una conversación que me hizo desear no haber nacido. Pero le seguí la corriente como una buena chica. Por eso estoy aquí ahora, entrando en un garaje en Greenwich, a punto de conocer al hombre que rompió el corazón de mi mejor amiga.

Me miro en el espejo retrovisor, aunque no sé por qué, porque no he venido hasta aquí para impresionar a este especimen, precisamente, y salgo.

Llamo al timbre y la puerta se abre en menos de dos segundos. Está ansioso. Tiene toda la pinta de haber estado vigilando detrás de los visillos hasta que he llegado. Dios, Maisie, este tío es una bandera roja en toda regla. Me recibe con una sonrisa y los brazos abiertos, como si fuéramos viejos amigos poniéndonos al día.

—¡Kitty! —me saluda con efusividad—. Es un placer volver a verte.

¡Ja!

—Hola, Joel —contesto esquivándole cuando intenta darme un abrazo amistoso—. ¿Puedo pasar? Es que me estoy meando.

Sonríe como un bobo y se aparta para dejarme entrar.

—Podemos ir directamente a la cocina, así puedo ir

sirviéndonos unas copas mientras haces tus cosas. Hay un aseo a la derecha, justo antes de llegar a la cocina.

—Vale, genial. Pero para mí que sea algo suave, luego tendré que conducir.

Vuelve a sonreír y me guía por el pasillo. Echo un vistazo a la casa y me doy cuenta de que hay muchas fotos de Joel y de gente en las paredes, deben de ser sus hermanos o primos. Me meto en el minúsculo aseo, que más bien parece un armario empotrado, y abro los grifos mientras echo un vistazo. No hay nada especial, poco más que el jabón de manos. Al menos se toma la higiene en serio.

Me reúno con él en la cocina, que no es como esperaba que fuera la de un treintañero soltero. Es como si Cath Kidston[5] hubiera explotado y vomitado al mismo tiempo.

—Es bonita —digo al entrar.

Joel vuelve a sonreírme sin sentido.

—Bueno, para serte sincero, no es mi estilo, Kitty. En realidad, es la casa de mis padres.

Vive con sus padres. Claro que vive con ellos.

—Ahora están fuera —añade—. Tenemos un chalet en el sur de España.

—Ah, vale, ¿así que estás cuidando la casa?

Otra sonrisita y una rápida mirada a la izquierda. No sé qué estará tramando. Vuelve la mirada hacia mí.

—Alexa, pon música —se dirige al altavoz—. No exactamente. Aún vivo aquí. Bueno, en realidad me mudé para ir a la uni y estuve viviendo con mi ex, pero...

¿Qué vio Maisie en este perdedor? Quiero decir, entiendo que no todo el mundo puede comprar su propia casa fácilmente, pero, Dios, ¿no podría alquilar algún sitio? No puede ser tan caro. Quiero decir, ¿a qué se dedica?

---

[5] Diseñadora de moda cuyos productos se caracterizan por el uso de los colores y las flores.

—Bueno, entonces..., ¿a qué te dedicas?

—Soy programador informático, pero me hice autónomo después de que mi empresa me despidiera el año pasado y desde entonces las cosas no me han ido muy bien.

O eso es lo que creo que me dice porque, sinceramente, cuando alguien empieza a hablarme de su trabajo, desconecto. Me doy cuenta de que Joel rellena rápidamente su copa de vino después de beberse la última. ¿Será alcohólico?

—Entonces, ¿tú te dedicas a Instagram? —me pregunta, y luego bebe un buen trago de su segunda copa—. ¿En qué consiste?

—En realidad no es gran cosa —admito—. Solo subo algunas fotos y mantengo a mis seguidores al día de lo que hago. No es muy interesante. ¿Tú tienes una cuenta?

Se encoge de hombros.

—Sí, pero solo por trabajo. No tengo muchos seguidores. —Hago una nota mental para comprobar su perfil más tarde.

—¿Seguro que no quieres una copa? —Me agita la botella de vino en la cara—. Quiero decir, una está bien, ¿no?

De repente, Alexa reproduce una canción *dance* a todo volumen que nos hace saltar a los dos.

—Uf. Alexa, siguiente canción.

—No debería —digo, porque realmente no debería—, pero, vale, solo una.

Me sirve una copa de algo que sin duda ha comprado en la tienda de la esquina. Me lo imagino ojeando en la sección de vinos refrigerados, examinando las opciones, dudando entre el Pinot barato que suele comprar para las citas y los que cuestan más de diez libras, antes de decidirse por el más caro. Creyendo que, por ese precio, es más probable que consiga acostarse con alguien. Tomo un sorbo y reprimo un escalofrío mientras el líquido se abre paso por mi garganta.

—¿Qué tal en Tinder? ¿Has tenido muchas citas? —le pregunto.

Se encoge de hombros.

—Algunas. Pero nadie con quien haya congeniado realmente. Es complicado, nunca sabes si vas a conectar con alguien en la vida real o no. La verdad es que me sorprendió que me contactaras.

—Oh. ¿Y eso por qué?

—Pensé que podría ser un poco incómodo con todo el asunto de Maisie.

—Bueno, yo no se lo he contado. Así que, ¿podríamos guardarlo para nosotros durante un tiempo, por favor? No creo que le haga mucha gracia, la verdad.

Él asiente.

—Sí. Sonaría un poco a psicópata.

Lo que me recuerda...

—Dios, vi lo de tu amigo en las noticias. Matthew, ¿no? El que se cayó sobre una botella rota. Debes de estar destrozado.

Joel se encoge un poco de hombros.

—En realidad, no lo conocía tanto, es más un amigo de un amigo. Nathan, con quien estábamos esa noche también. Pero sí. Ha sido algo horrible. Tenía una niña pequeña. El funeral fue desgarrador. La pequeña dejó un peluche en su ataúd y le pidió a su papá que se lo llevara al cielo con él. Se me rompió el corazón al verla.

Umm. Vaya, no recuerdo esa parte.

—Qué triste... Será mejor que hablemos de otra cosa. Sigue hablándome de Tinder. ¿Alguien más aparte de Maisie?

—Oh, ya sabes, conocí a algunas chicas, me gustaron unas cuantas. Pero me di cuenta de que estaban locas. La misma historia de siempre. ¿Y tú?

—He conocido a un par de hombres —miento—. Pero, como tú dices, es difícil saber si hay química sin conocerse en persona. Creo que no conozco a nadie que haya encontrado a su alma gemela en una aplicación de citas.

Joel asiente con la cabeza.

—Son más un lugar para ligar que para conocer novias de verdad. Quiero decir... Tú no, obviamente. Ah, mierda, lo siento. —Baja la cabeza fingiendo vergüenza—. Mi madre dice que cada vez que abro la boca meto la pata.

Me río.

—No te preocupes. Te lo perdono. Al menos eres sincero.

—También hay chicas que piensan lo mismo. Me he mensajeado con montones de mujeres que me han dejado claro que no buscan una relación. No es solo cosa de los hombres.

—Probablemente sea bueno tener esa conversación desde el principio. Así no se producen momentos incómodos si uno de los dos quiere algo más que el otro más adelante. —Observo a Joel un momento, tratando de ver si se inmuta, pero no atisbo nada.

—Bien. Entonces, ¿qué estás buscando tú, Kitty? ¿Una relación? ¿Un poco de diversión? —Me da un codazo en lo que sospecho pretende ser un flirteo. A lo tonto, ya empieza con el toqueteo.

No me gusta.

—No estoy segura. Creo que solo lo sabré cuando lo encuentre. ¿Y tú?

—Lo mismo que tú. Busco a alguien con quien congeniar y que no acabe siendo demasiado pegajoso.

—¿Maisie era demasiado pegajosa?

—Un poco. Tengo que tener cuidado con lo que te digo, ¿no? ¿Es una trampa? ¿Tienes un micrófono o algo? —Se ríe—. Se volvió un poco pegajosa. No miento, me mandaba mensajes todo el día, todos los días, y se enfadaba mucho si no le contestaba en cuestión de minutos. Al final me explotó la cabeza.

Reconozco que parece un poco arrepentido.

—Al final no pude soportarlo. Quiero decir, era una buena chica y el sexo era bastante decente, pero... —Se interrumpe—.

Lo siento. Por un momento olvidé con quién estaba hablando. Eso debe significar que ya me siento cómodo contigo. —Sonríe de una forma que probablemente a él le parece encantadora. Menudo gilipollas.

—¿Cómo rompiste con ella? Por lo que sé se lo tomó bastante mal. —Joel parece sorprendido.

—¿Ella está bien?

—Sí, no es que vaya a suicidarse, pero está un poco confusa y triste.

—Bueno, nunca fuimos nada realmente, así que no pensé que necesitáramos romper.

—No sé si Maisie lo ve de la misma manera.

—No es que tuviesemos una relación exclusiva o algo así. Quiero decir, simplemente habíamos ligado.

—Entonces, ¿era solo para follar, básicamente?

—Bueno, sí.

—¿Y Maisie lo sabía? —Se me eriza la piel.

Al menos tiene la decencia de parecer incómodo.

—Nunca dijimos que no saldríamos con nadie más. Supuse que ella sabía que no era algo serio. Bueno, al menos no desde mi punto de vista.

Alexa acaba de poner una canción de Coldplay.

—Joder. Alexa, siguiente canción.

—Entonces, ¿qué? ¿Dejaste de llamarla?

—Kitty, si te soy sincero, preferiría no seguir hablando de esto. ¿Qué sentido tiene?

—Lo siento. Pero es que no entiendo por qué algunos hombres piensan que es más fácil ignorar a alguien que tener una conversación. Me fascina.

Es horrible.

Él bebe otro trago de vino y suelta un largo suspiro.

—¿Por qué no vamos al salón? Estaremos mucho más cómodos. ¿O prefieres que salgamos?

—Me encantaría ir al salón —le digo mientras rellena mi copa de vino.

—Tómate otra. Siempre puedes pedir un Uber para volver a casa y recoger tu coche mañana. A menos que solo estés aquí para interrogarme sobre tu amiga.

Dejo que me sirva más bebida y luego me guía hasta el salón, que es tan cursi como la cocina, con todo lleno de flores y algunos muebles cutre-chic. Joel me descubre mirando una estantería especialmente recargada y malinterpreta mi horror creyendo que mi interés es genuíno.

—Lo hizo mi madre —dice con una sonrisa—. Bueno, no lo hizo, lo recicló. Tiene su propio negocio *online* y todo eso. —Se le ve tan orgulloso que me dan ganas de vomitar.

Por favor... Un armario destartalado y un bote de pintura Farrow & Ball y ya se creen grandes promesas del diseño de interiores.

—Es precioso. —Sonrío y echo un vistazo a los títulos de las estanterías. Veo la saga de *Cincuenta sombras* escondida entre otros superventas predecibles y me entero de todo lo que necesito saber sobre el pasado de Joel.

Las estanterías están repletas de recuerdos de las vacaciones enterrados entre los libros. Hay un gato de latón con aspecto de cruz que levanta la pata en lo que parece un saludo nazi, un elefante de madera, un tambor tribal y, en un lugar privilegiado, una escultura metálica del Burj Khalifa. Convierto mi mueca de estupefacción en sonrisa cuando Joel me pilla mirándolo todo con los ojos muy abiertos.

—A mis padres —se encoge de hombros— les encanta viajar.

Se sienta en uno de los sofás de estampado floral y me hace señas para que me siente con él. Lo hago, pero me aseguro de estar al menos a un brazo de distancia.

—Es curioso, ¿verdad? La diferencia entre hombres y mujeres en las aplicaciones de citas —le digo—. Maisie estaba realmente interesada en ti. Ella sentía que teníais una conexión.

Él suspira.

—Kitty, si estás aquí para que vuelva a salir con Maisie, estás perdiendo el tiempo. Es una chica dulce. Realmente lo es, pero no es para mí.

—¿Y por qué no se lo dijiste? ¿Por qué la dejaste pensando que había hecho algo malo, o que te había pasado algo horrible? —Joel se sobresalta un poco y me mira—. ¿No te parece asqueroso e irrespetuoso?

—Sí, no es la mejor manera de terminar las cosas, la verdad —admite—. La próxima vez lo haré mejor. Te lo prometo.

—Creo que deberías llamarla y explicárselo.

Me mira con una expresión entre la exasperación y el enfado.

—Kitty, para ser honesto contigo, creo que esto empieza a ser un poco raro. Quizás deberías irte.

—No hasta que la llames y le digas la verdad. Se ha quedado destrozada. ¿Es que no te importa?

—No, la verdad. ¿Por qué te empeñas tanto? Hombres y mujeres se conocen en aplicaciones, follan, siguen con sus vidas. No es para tanto.

Veo que su teléfono está al lado del sofá y me inclino para alcanzarlo.

—Llámala —le digo.

—No te vuelvas loca, Kitty. Mejor vete a casa.

—¡Llámala! —digo muy seria. Me sorprende que no tenga el teléfono con bloqueo, así que lo abro y rebusco entres los contactos de su teléfono. Veo nombres como Daphne Anal Profundo, Kayley Tetas Grandes, Erin Chocho Sucio o Maisie Enferma Mental. Joel se abalanza sobre mí para quitarme el teléfono y me tira al suelo, con tan mala suerte que me golpeo la cabeza contra la puta estantería horrorosa de su madre.

—Devuélveme mi puto teléfono, loca de los cojones. —Joel está sentado sobre mis piernas, inmovilizándome contra el suelo. Apenas puedo moverme. Agarro algo de la estantería del horror, que resulta ser el Burj Khalifa de metal, y, cerrando los ojos, lo lanzo con fuerza en dirección a Joel. La violencia del golpe me aturde y me sorprende el ruido que hace al chocar con su cabeza. Esperaba un ruido sordo, pero en realidad es mucho más húmedo, como el de una sandía al caer. Soy consciente de que es mala señal. Joel se desploma en el suelo con un gemido de dolor.

Y luego silencio.

Me fuerzo a abrir los ojos y veo que le he dado de lleno en la cara, con la larga punta de la torre empalándole totalmente el ojo izquierdo. Sorprendentemente, no hay mucha sangre, solo una especie de fluido que gotea por un lado de su cara. Pero está muerto. De eso no hay duda.

Joder.

10

CASA DE LOS PADRES DE JOEL, GREENWICH, CON UN CADÁVER

Joderjoderjoderjoderjoder.
Que no cunda el pánico. Esto se puede arreglar. O eso creo.
Me bebo el vino, que no es la mejor idea, pero es que necesito calmarme. También respiro hondo. Intento centrarme. Estoy en un salón. En el puto Greenwich. Con un hombre muerto.
También me bebo el vino de la copa de Joel. La respiración por sí solo no es suficiente.
Necesito sacarlo de aquí.
Necesito salir de aquí.
Corro a la cocina y rebusco en algunos cajones hasta encontrar unas bolsas de basura. Las llevo al salón y me esfuerzo por poner una sobre la cabeza de Joel para evitar que la alfombra se ensucie más todavía. Pero casi grito de frustración porque tardo como cien años en poder abrirla.
Después vacío la botella de vino y la meto en mi bolso. También lavo las copas y me aseguro de que mis manos no dejan huellas usando un paño de cocina. Luego las coloco en su sitio junto a las demás.
Intento sacar el Burj Khalifa del ojo de Joel, pero está más clavado de lo que pensaba. Al final tengo que darle un buen tirón con la rodilla en el pecho para arrancárselo. Como he

crecido rodeada de vísceras, doy por hecho que estoy curada de espanto, pero hasta yo me estremezco al ver los trozos de cerebro y ojo en lo alto de la torre. Entre arcadas, lo limpio con mi vestido (de Ganni, por desgracia) y lo meto en el bolso, contenta de haber elegido ese día un *bucket* de Chanel en lugar de un *clutch*.

Tengo que meterlo en mi coche de alguna manera. De la casa al coche sin que nadie lo vea. Mover a un hombre adulto yo sola. Y eso de «peso muerto» no es ninguna exageración, por cierto.

Entonces tengo una idea. Me encanta cuando mi cerebro se pone en marcha. Los padres de Joel están de vacaciones, pero él no. Así que debe de haber al menos una maleta en la casa. Me tapo las manos con las mangas del cárdigan (de Lulu Guinness, lana de origen ético) y subo las escaleras con miedo para ir a inspeccionar.

Lo primero que me encuentro parece ser la habitación de los padres de Joel, así que no me meto. Al lado está el baño principal y, como es lógico, no hay ninguna maleta. Pero el siguiente dormitorio resulta más fructífero. Veo una maleta más o menos grande encajada en un hueco junto a un armario independiente, así que la saco. No me pasa inadvertido un preservativo optimista sobre la mesilla de noche mientras me voy.

Lo que daría por tener tanta seguridad.

Meter un cuerpo en una maleta no es nada divertido. He tenido que partir huesos y sentarme dando saltos sobre él para que se cierre. No es la mejor sensación del mundo. Pero por fin está hecho y ahora solo tengo que meter la maleta en el maletero de mi coche. Sigue sin ser fácil.

Sobre todo cuando lo tengo lleno de algunas de mis compras más raras, como un sombrero de diamantes, un par de patines y una especie de maniquí desmembrado, de cuando pasaba por mi etapa decorativa del París de los años veinte.

Me acomodo en el asiento del conductor y doy marcha atrás con cautela, sin saber adónde voy.

Joder, joder, joder. ¿Qué coño se supone que tengo que hacer con él? Yo solo quería obtener algunas respuestas para Maisie y ahora tengo un cadáver en mi maletero y un arma homicida (una de muy mal gusto, por cierto) en mi bolso.

Conduzco un rato agarrado con fuerza el volante, intentando pensar desesperadamente qué hacer con el cuerpo. ¿Qué hace la gente con los cadáveres? ¿Los quema? ¿Los tira al Támesis? ¿Se los da de comer a los cerdos?

La solución se me ocurre tan de repente que me río. Me río a carcajadas.

Es tan obvio.

11

EL RANGE ROVER EVOQUE DE KITTY, 110 KILÓMETROS POR HORA, A3

Tiene gracia que la forma más sencilla de librarme de Joel sea volviendo a mis raíces. Apago rápidamente el GPS y el teléfono y no tardo en alejarme de Londres por caminos y senderos ventosos. A medida que los edificios y las farolas se convierten en campos y árboles, una extraña sensación atraviesa mis venas. Recorrí estas mismas carreteras cientos de veces de niña, con mi padre al lado, intentando despertar desesperadamente mi interés por el negocio familiar y el origen de nuestra fortuna.

Siento que vuelvo a casa.

12

MATADERO COLLINS' CUTS, HAMPSHIRE DEL NORTE

Al cabo de una hora más o menos, lo veo, tan imponente y oscuro como siempre, aunque no sea más que un gran edificio en un polígono industrial. Cuando era niña, me estremecía al verlo, pero es sorprendente lo rápido que uno se insensibiliza a las cosas.

Son casi las once de la noche, así que no hay nadie en el matadero. Me acerco a la entrada y busco las llaves en la guantera. Mi madre solía ocuparse de todo lo relacionado con Collins' Cuts antes de marcharse al sur de Francia. Tiene un gerente (¿Tom? ¿Tim?, algo así...) que se encarga de todo, pero dice que se siente más tranquila sabiendo que hay alguien de la familia a mano por si surge cualquier emergencia.

Aunque sea yo.

Enciendo mi iPhone y uso la aplicación de la linterna para iluminar el camino. Lo primero que me llama la atención es el olor, que después de tanto tiempo sigue siendo estomagantemente reconocible. Me tapo la nariz con la manga mientras inspecciono con la linterna, lo suficiente para darme cuenta de que todo está prácticamente igual que hace años. Me acerco a la pequeña oficina y apago el circuito cerrado de cámaras.

Entonces vuelvo al coche, abro el maletero y empiezo a acarrear con la maleta por la fábrica. Lo que me dijo mi padre hace tantos años sobre los cerdos y los humanos me viene a la cabeza mientras arrastro a Joel por las patas hasta lo que se llamaba, y probablemente siga llamándose, el Callejón de los Cerdos. Allí cuelgan a los cerdos por los tobillos, los destripan y les queman el pelo con un soplete, todo eso después de desangrarlos. Luego se trasladan a un congelador, donde se enfrían antes de volver a las granjas o a las carnicerías. O se envían a la zona de despiece, donde se trituran, pican, rebanan, aplastan o lo que sea, antes de ser procesados y finalmente enviados a los supermercados convertidos en salchichas o jamón. Los trozos no aptos para el consumo humano se trituran y se convierten en pienso. Miro a Joel muerto. Definitivamente, es comida para animales.

Todo el proceso me ocupa casi toda la noche, sobre todo porque esperar a que se desangre me lleva horas y se convierte en un no parar de tirar sangre por el desagüe. Pero al final, cuando el sol empieza a asomar por la campiña de Hampshire, todo listo, ya no queda nada de Joel.

Agotada, salgo, me acuerdo de la maleta y vuelvo a Londres, sintiéndome... como si hubiera estado despierta toda la noche deshaciéndome de un cadáver en una fábrica de carne. Cuando por fin llego a mi edificio, aparco el coche, me pongo un abrigo sobre la ropa manchada de sangre y veo a Rehan en la recepción. Me guiña un ojo cómplice mientras toca el reloj.

—Las cinco de la mañana, señorita Kitty. —Se ríe entre dientes—. Espero que no hayas estado haciendo nada bueno.

Le dirijo una sonrisa compungida y él sigue riéndose para sus adentros mientras las puertas del ascensor se cierran. La claustrofobia me golpea como una pistola eléctrica y tengo que recordarme a mí misma que debo respirar.

Despacio, Kitty. Calma, Kitty.

Me sorprende cómo, después de quitarme de encima el olor del Callejón del Cerdo, me siento revitalizada. No quería matar a Joel, de verdad. Pero debo confesar que no siento ningún remordimiento. De hecho, es todo lo contrario. Gracias a mí, él ya no hará que más mujeres se queden despiertas por la noche preguntándose qué han hecho mal o por qué no ha sido suficiente.

Miro mi reflejo en el espejo mientras termino de peinarme. No sé si es por la luz, pero tengo la sensación de que mi pelo parece más brillante. Y mi piel está radiante, no se diría que he estado despierta toda la noche. La verdad es que estoy increíble. Agarro el móvil y me hago un selfi en el espejo mientras los rayos dorados del sol que entran por la ventana me iluminan como si estuviera bajo un foco. No puedo desperdiciar una foto así para mi Insta.

La subo y la etiqueto: *#KillingIt* y me quedo boquiabierta con la cantidad de comentarios y *likes* que recibo. Siempre recibo muchos, pero esta vez mi Insta se vuelve loco.

Belleza natural, Kitty.

¿Cómo puedes estar tan guapa a estas horas de la mañana? Yo me despierto como si me hubiera peleado mientras dormía. Lol.

¿Te despertaste así? Yo me desperté así: 💩

Y luego un comentario que me hace sentir como si mi propia sangre se hubiera ido por el desagüe de un matadero:

Sé lo que hiciste anoche. 🐱

Ya sé de quién es antes de ver la grotesca imagen de su perfil.

El Asqueroso. Mi acosador. Vale, esto podría ser un problema.

13

APARTAMENTO DE MAISIE, FULHAM

Hace una semana que convertí en picadillo a Joel en el matadero. Sus padres ya han debido de volver de sus vacaciones porque ahora él es oficialmente una persona desaparecida. No es que la noticia esté por todas partes, pero es suficiente para que la cara de Maisie recupere la esperanza cuando se lo enseño mientras tomamos el sol en su balcón:

SE DENUNCIA LA DESAPARICIÓN
DE UN HOMBRE POR PARTE DE SUS PADRES

Joel Gidding, un hombre de 32 años de Greenwich, ha sido dado por desaparecido. Joel, que vive con su madre, Moira, y su padre, Geoff, no ha sido visto desde que la pareja regresó de su casa de vacaciones en España la semana pasada.

«Hablamos con él dos días antes de que voláramos a casa», nos cuenta Moira, de 63 años. «Tenía que habernos recogido en el aeropuerto, pero no apareció. Tuvimos que tomar un taxi y nos costó un ojo de la cara. Estamos muy preocupados».

Joel fue visto por última vez saliendo de un pub de Greenwich y dirigiéndose a casa de sus padres.

Su madre sospecha que podría haber sido secuestrado

tras un intento de robo. «*Es muy extraño, pero también ha desaparecido una escultura del Burj Khalifa de Dubai*», *nos dijo.*
Se insta a cualquier persona que tenga información sobre Joel a que llame a la policía de Thames Valley.

Las mejillas de Maisie se sonrojan con lo que parece ser excitación.

—¿Llamo? —me pregunta mientras nos bronceamos las piernas y bebemos unos *espresso martinis*.

—¿Para decir qué exactamente? —le pregunto, limpiándome el bigote de crema tras haber bebido un sorbo—. ¿Que hace semanas que no sabes nada de él? ¿Que pensabas que te había dejado plantada?

Algo parecido a una mueca de satisfacción pasa por el rostro de Maisie.

—Te dije que tenía que haberle pasado algo terrible —me dice con las cejas levantadas por encima de su cóctel—. Sabía que era imposible que me dejara de esa manera.

La miro boquiabierta un momento mientras ella da un sorbo a su bebida y estira su esbelto cuerpo bajo el sol. ¿De verdad está más contenta sabiendo que él ha desaparecido, sin saber qué le ha pasado, que de que la haya abandonado?

—De todas maneras, ya no me importa —dice con una sonrisa socarrona mientras se acomoda en su tumbona—. He conocido a otra persona.

¿Me está tomando el pelo? Algunas personas son tan desagradecidas.

14

APARTAMENTO DE KITTY, CHELSEA

Tinder se ha convertido en mi coto de caza y me encanta. Abrir la aplicación y ojear los perfiles de hombres «honestos y tranquilos» con gran sentido del humor, que buscan desesperadamente a alguien con quien conectar en el más básico de los niveles humanos, me destroza el alma. Compadezco a las mujeres que utilizan este tipo de aplicaciones para encontrar el amor.
Pero...
Esos perfiles sin fotos, esas fotos borrosas en las que no se distingue la cara, esas que están envueltas en un misterio sucio y engañoso me aceleran el pulso como ninguna otra cosa lo ha hecho nunca. Ni las drogas ni el sexo se le han acercado. Porque esos son los hombres que necesitan ser borrados de nuestra sociedad. Esos son los hombres que dejan a las mujeres llorando sobre sus almohadas a las tres de la mañana o preguntándose por qué no han vuelto a casa. Esos son los hombres que destruyen familias, cuyos hijos crecen con más problemas de los que jamás podrán resolver, ni siquiera con la ayuda de los terapeutas más caros. El mundo es mejor sin esos hombres, esos tramposos, mentirosos y depredadores. Solo estoy ayudando, de verdad, limpiando una sociedad demasiado sucia como para soportarlo. Sé lo que es ser esa mujer. Estar en casa, intentando deshacer el nudo del estómago, la alarma interior que te dice que algo no va

bien. He llorado a lágrima viva sentada en la cama, preguntándome qué era lo que fallaba. No hay dolor comparable al de un corazón roto. No importa lo que digan. El tiempo no cura y nada puede prepararte para ello.

Peor aún, tampoco hay nada que te lo pueda arreglar.

Fue Adam quien me rompió el corazón, por supuesto. Adam Edwards. Un hombre mayor, con éxito en su carrera y la estrella de Londres en ese momento gracias a su primer libro publicado. «Una obra de ficción enormemente experimental que te hará no solo cuestionar tu lugar en el mundo, sino también si te lo mereces».

Sí, lo sé.

Pero yo era muy joven.

Y Adam era muy guapo. Bueno, aún lo es. O eso supongo. Desde luego, yo no lo he matado. Él es moreno y de ojos oscuros, con una piel que se broncea como el pan tostado. Su cara, perfecta. El tipo de mandíbula definida que desaparece alrededor de los cuarenta. Pero no era su aspecto lo que me atraía, sino su cerebro. Lo sabía todo y podía hacer que cualquier cosa sonara interesante. Cuando Hen nos presentó en una de las veladas de su padre, me besó la mano y me dijo:

—En la vida hay tinieblas y luces, y tú eres una de las luces, la luz de todas las luces.

Bram Stoker.

Me enganché enseguida. Pero, incluso entonces, fui lo suficientemente sabia como para darme cuenta de que Adam no necesitaba saberlo.

—Encantada de conocerte —le dije—. Y felicidades por tu libro. He oído que ha causado un gran impacto.

Le ignoré durante el resto de la noche.

Como era de esperar, no tardó en conseguir mi número a través de una de mis amigas. Comenzó su seducción con un tsunami de iMessages pocos días después de nuestro primer encuentro.

Adam: Preciosa Kitty, me encantaste en la fiesta de Hen. Me quedé muy triste porque no tuvimos tiempo para hablar de nuevo. Eres una chica muy popular.

Adam: Por cierto, Ben me pasó tu número. Espero que no te importe. Ya sé que esto me hace parecer un acosador, pero te garantizo que no soy un asesino.

Adam: Aunque ahora me doy cuenta de que eso es exactamente lo que diría un asesino.

Adam: En fin, lo que intento decir, malamente, es que me gustaría volver a verte cuando esté de vuelta en Londres. Las cosas están un poco locas en este momento con la novela, pero en teoría estaré por allí en un par de semanas. ¿Puedo mandarte un mensaje?

Mirando hacia atrás, obviamente había muchas señales de alarma. El aluvión de mensajes, el recordatorio de lo importante que era, el hecho de que había conseguido mi número sin mi permiso. Pero, como dije antes, era joven. La retrospectiva es una cabrona. Y yo me sentí muy halagada en aquel momento. En aquella época mi perfil de Instagram aún no había despegado del todo y, en mi vida de chica rica y saludable en Chelsea, las únicas personas que me prestaban atención eran las que ya conocía. Y acababa de encontrarme con un escritor de éxito y guapísimo que quería volver a verme. Así que, sí, me sentí halagada. Halagada y estúpida.

Le contesté un día después.

Kitty: Hola, Adam. Claro que sería genial conocerte mejor cuando no estés tan ocupado. Por supuesto, puedes escribirme cuando estés por aquí. Besos.

Uf. Los putos besos. Abofetearía a mi yo de veintidós años si pudiera.

Nuestra primera cita fue para ver una obra escrita por un amigo suyo. No sé cómo habían conseguido representarla en el Old Vic, porque era una auténtica basura. Después de eso, me paseó por el bar, presentándome a sus amistades como si yo fuese un trofeo. Todas eran mujeres. Todas relacionadas con el mundo literario. Y todas desesperadas por intentar demostrar delante de Adam que yo era una inculta haciéndome preguntas sobre libros, con la esperanza de que yo metiese la pata en algún momento.

—Entonces, ¿a quién estás leyendo ahora, Kitty? —me preguntó una rubia de rasgos demasiado pequeños para su cara de luna, con una mueca que la hacía parecer aún menos atractiva. Lo preguntó de la misma manera en que yo le preguntaría a Maisie de quién iba vestida. Era claramente una zorra engreída.

—En realidad no sé leer. Ni una palabra. Soy totalmente analfabeta. —Sonreí y me escabullí de allí.

Me niego rotundamente a estar cerca de alguien que se cree mejor que yo porque: a) ¿Quién tiene tanto tiempo como para perderlo con alguien con quien nunca te llevarás bien?; y b) Nadie es mejor que yo. Aunque tampoco es mi estilo salir furiosa de los sitios, pero a Adam le iba la marcha y, mientras caminaba por Waterloo Road, oí que me llamaba por mi nombre. Me detuve, sin darme la vuelta, esperando a que él me alcanzara.

—Lo siento mucho —me dijo, con los ojos llenos de una preocupación que parecía genuina—. Saskia puede ser un poco imbécil. Bueno, en realidad, mucho. Una educación cara y, sin embargo, ni un mínimo de saber estar, me temo. ¿Estás bien? —Me rozó suavemente la mejilla con la punta de los dedos. Los mismos dedos que luego miraría hipnotizada, viéndolos bailar sobre su teclado mientras escribía. Los mismos dedos que me arrancarían un orgasmo tras otro.

—Estoy bien —dije, secamente—. Solo que no quiero perder el tiempo saliendo con personas que actúan como idiotas pretenciosos.

Adam me agarró la cara con las manos.

—Sí, son unos capullos pretenciosos. —Se rio y me besó.

Fuerte y con ganas. Me pilló desprevenida cuando sus labios chocaron contra los míos. Me sentí embriagada por el sabor del *whisky* y el olor a cigarrillos. Con la cara entre sus manos, bajo la sombra de la estación de Waterloo, me fundí con él.

Cuando por fin nos separamos y subimos a un taxi negro, no pudimos aguantarnos y esperar a llegar a mi casa. En el ascensor ya nos estábamos arrancando la ropa. Él tenía la camisa medio desabrochada y yo el vestido alrededor de la cintura cuando cruzamos la puerta. No paramos de besarnos y de toquetearnos hasta llegar al salón, donde me empujó con fuerza sobre el sofá. Yo no dejé de retorcerme de necesidad mientras su boca bajaba por mi cuerpo. Primero me folló con la lengua, haciéndome jadear, antes de retirarse, separarme los muslos y arrodillarse frente a mí, totalmente expuesta a él. Y eso fue antes de que eliminara con un doloroso láser mi vello púbico.

—Tienes un coño precioso —dijo antes de besarme de nuevo. Entonces pude notar mi sabor en su lengua mientras la empujaba dentro de mí, mientras su polla empujaba dentro de mí también—. Mantén los ojos abiertos. Quiero ver cómo te corres.

Recuerdo que pensé que era muy atrevido por su parte suponer que podría hacer que me corriera solo con su polla, pero cuando me empujó las rodillas contra el pecho y empezó a moverse dentro de mí en un ángulo que nunca había probado, pronto descubrí que estaba muy equivocada. Podía sentir cada centímetro de él mientras se movía hacia dentro y hacia fuera, golpeando ese punto enterrado dentro de mí con cada empuje. Pronto sentí que todo mi cuerpo empezaba a apretarse a su alrededor.

—Mantén los ojos abiertos —me repitió mientras me corría, con un clímax estremecedor que se hizo aún más intenso debido a nuestras miradas clavadas. Me acarició el pelo, me besó profundamente y se corrió dentro de mí, antes de desplomárseme encima, sudoroso y agotado—. No dejes que se derrame ni una gota —me susurró mientras estábamos tumbados. Yo no quería. A partir de ese momento, quise conservar cada parte de él dentro de mí.

Nuestra relación era una embriagadora mezcla de sexo, alcohol, fiestas y drogas. Pasábamos semanas, meses, en nuestro propio mundo, donde nada existía excepto el otro y nuestro placer. Mis amigos empezaron a molestarme, quejándose por SMS de que no me veían nunca. No me importaba. Lo único que quería era estar con Adam. De todos modos, incluso cuando los veía mientras él estaba fuera, de gira con charlas y reuniones sobre su «difícil segundo libro», se quejaban de que solo quedábamos cuando Adam estaba ocupado. Lo cual era cierto. Pero no podía evitarlo. Era adictivo. Irrumpía en mi apartamento, al que se había mudado después de tres meses, y me decía que hiciera la maleta. Y de repente estábamos en Cannes, París o Barcelona, bebiendo champán, consumiendo cocaína y teniendo sexo intenso y urgente.

—Te quiero, Kitty Collins —me decía mientras nuestros cuerpos, con orgasmos perfectamente sincronizados, se agitaban en el éxtasis de la pasión—. Te quiero, joder.

Pero casi tan repentinamente como irrumpió en mi vida, como un torbellino maníaco de placer, empezó a desvanecerse. Mientras que los momentos álgidos estaban en lo alto del cosmos, los momentos más bajos me trajeron de vuelta a la tierra con toda la fuerza y la velocidad de un meteorito.

Y las consecuencias fueron de nivel de extinción.

Dejó de meterse coca y prefirió fumar hasta quedarse catatónico. Ya no acudíamos a fiestas y él comenzó a ignorarme, echándole la culpa al trabajo y a la presión que sufría para terminar esa «difícil segunda novela». Las reuniones fuera se hicieron más frecuentes y cuando le veía en su casa de Primrose Hill (a esas alturas ya había dejado de venir a la mía) apenas levantaba una ceja en mi presencia, por no hablar de otras partes de su cuerpo.

Fue entonces cuando aprendí una lección que me serviría para el futuro, pero que me torturaba en aquel momento. Cuanto más sentía que Adam se alejaba de mí, más intentaba aferrarme a él. Y cuanto más me aferraba, más se retiraba él. Le enviaba mensajes de texto declarándole mi amor que parecían pergaminos. Él respondía con una palabra. A veces ni eso. Yo le llamaba con frecuencia, pero casi siempre me cortaba las llamadas. Y cuando hablábamos, él solo hablaba de sí mismo y de su dolor.

—Estoy jodidamente deprimido, Kitty —me soltaba si yo le proponía ir a cenar o a tomar algo.

Entonces, yo lloraba y él ponía los ojos en blanco, murmuraba una disculpa a medias y me decía que me quería, que solo tenía que tener paciencia.

—No entiendes la presión a la que me somete mi editor. Te lo compensaré, te lo prometo.

Al final accedió a ir al médico, y se confirmó que Adam sufría depresión clínica y ansiedad. Le dieron pastillas, que lo volvieron aún más retraído, mientras yo me sentaba a su lado y leía todo lo que podía sobre cómo ayudar a una pareja con depresión. Le leí historias de escritores que sabía que le encantaban. Lo llevé a Charing Cross Road y lo conduje a una librería tras otra, tratando de devolver la luz a sus ojos oscuros con primeras ediciones y «¡Oh, mira! Este está firmado». Cociné para él y vi cómo la comida se enfriaba y se ponía rancia delante de nosotros. Le besé, me senté a horcajadas sobre él e intenté chuparle la polla, pero era como si hubiera muerto.

Adam estaba roto y mi corazón también.

Las pastillas empezaron a hacer efecto al cabo de un par de meses y, poco a poco, volvió a mí. Me sonreía cuando le ponía delante un plato de comida casera. Me daba un beso cuando le regalaba algún «hallazgo raro» de una librería. Incluso teníamos sexo después de obligarlo a dar un paseo por Hyde Park, donde le animé a que alimentara a los patos como un niño pequeño. Como había echado tanto de menos todas esas cosas básicas en una relación debido a su enfermedad, traté cada una de ellas como si me estuviera entregando las llaves de un reino mágico de amor.

Fue muy patético por mi parte.

Cuando Adam empezó a brillar de nuevo, sus reuniones se hicieron más frecuentes. Venía a mi casa, hablaba entusiasmado de sus planes para la segunda novela, de cómo su editor estaba seguro de que podría repetir su éxito, incluso superarlo. Me mantuvo despierta hasta tarde hablando de Bookers y Pulitzers, de posibles contratos cinematográficos e incluso de mudarse a Los Ángeles.

—Me has convertido en un loco —me dijo una noche, después del sexo, y volví a enamorarme de él. Olvidé los momentos más bajos de la depresión.

—¿Y no has pensado que tal vez Adam sea bipolar? —me había preguntado Tor durante el almuerzo.

—¿Y no has pensado que tal vez Adam sea un capullo? —me preguntó Hen durante la cena y, aunque la fulminé con la mirada por lealtad a mi amante, la verdad es que ya había empezado a preguntármelo.

—Las enfermedades mentales pueden hacerte egoísta —fue mi débil argumento para justificarle.

—Sí, pero no te convierten en un cabrón. —Tenía razón y era doloroso para mí. Pero estaba tan enamorada de Adam que ni se me ocurría hablar de ello con él. Bueno, no muy a menudo.

Cuando se empezó a hablar de la segunda novela, de la que yo no estaba segura de que hubiera escrito una sola palabra, volvieron las invitaciones a fiestas y la vorágine social. A Adam le encantaba lucirme ante los *paparazzi* en cualquier evento al que le invitaban. Salíamos constantemente en las páginas de sociedad de *Hello!* y *Tatler*, y recibimos llamadas de varias productoras preguntándonos si nos plantearíamos protagonizar un *reality show*.

—Yo no podría —dijo Adam—. Prefiero seguir siendo un misterio.

La ruptura entre Adam y yo llegó en verano. Él estaba en su habitación, preparándose para otra noche de fiesta. Yo estaba en el salón viendo un *reality* en su portátil. Había destrozado su televisor durante uno de sus ataques de ira y no lo había reemplazado. Meses después, seguía ahí, sin funcionar, presente en la habitación con una raja en la pantalla, como un ceño fruncido.

Mientras veía discutir a unos americanos ricos y malcriados, apareció un mensaje en la pantalla. Evidentemente, tenía vinculado su iPhone con el portátil, y me sorprendí vagamente al ver el nombre de Saskia.

Saskia: Hola, cariño. Te echo de menos. ¿Has dejado ya a la zorra esa?

Adam: Está aquí. Lo siento, cariño, lo estoy intentando. Pero no puedo deshacerme de ella.

Saskia: ¿Por qué? Si sigues posponiéndolo, voy a empezar a pensar que de verdad te gusta.

Adam: Kitty es frágil. Todavía está sufriendo por la desaparición de su padre. No quiero ser responsable de que haga alguna tontería.

Saskia: Bueno, date prisa y resuélvelo. Estoy harta de sentirme como si fuera tu chica de compañía.

Adam: ¡Ja, ja, ja! Sabes que no es así. Te quiero. Piensa en toda la publicidad que ella me está dando. No tendrás que esperar mucho más tiempo.

Saskia: Vaaale. Yo también te quiero. Pero date prisa, por favor.

Al principio no estaba segura de lo que estaba leyendo. Quiero decir, lo estaba, pero era como si las palabras hablaran de otra persona, como si estuviera leyendo una historia, algo de ficción que él hubiera escrito, porque ¿cómo podía ser cierto? ¿Saskia y Adam? ¿Adam y la puta Saskia? No podía ser cierto. Pero, después de leerlo por décima vez, me di cuenta de lo que estaba pasando. Y si Adam pensaba que lo suyo era rabia, no había visto nada. Mientras que su ira era una explosión de destrozar cosas y gritar a todo el que se pusiera a tiro, la mía era más silenciosa. Una olla a presión de furia, volcánica y destructiva.

Así que, cuando bajó las escaleras diez minutos más tarde, listo para nuestra salida nocturna, yo le estaba esperando. Desde la cocina le pregunté si quería una copa.

—Sí, por favor, entonémonos un poco. ¿Qué estás viendo? —No contesté, sino que dejé que se sentara en el sofá dándome la espalda. La pantalla del portátil intacta frente a él. Los mensajes entre él y Saskia a la vista. Volví al salón y le miré la nuca cuando se dio cuenta de que su secreto había salido a la luz. Se giró para mirarme a la cara, con la boca abierta, listo para asestar el golpe mortal. O me mentía o me rompía el corazón.

No le di la oportunidad de hacer ninguna de las dos cosas.

Lo dejé allí y me fui andando a casa, donde me hice un ovillo durante una semana.

15

APARTAMENTO DE KITTY, CHELSEA

Después de pasar a Joel por la picadora y asegurarme de que Matthew Berry-Johnson no había sido trigo limpio, me di cuenta de que no solo había matado a dos hombres, dos hombres horribles, vale, técnicamente por accidente, sino que me había salido con la mía. Y no solo me había salido con la mía, sino que incluso lo había disfrutado. De una manera extraña. Aunque no de manera psicótica; romper los brazos de la gente y cortarlos en pedazos no es precisamente divertido. Pero es como si por fin estuviera haciendo algo más importante que publicar fotos mías en Internet.

Ni siquiera la presencia del acosador me ha hecho bajar de mi subidón. Y las fotos que he publicado han sido las más populares hasta ahora.

¡Kitty! Estás absolutamente resplandeciente.
¿Estás usando una nueva crema facial o es láser o algo así?
Esa es la cara de una mujer enamorada. Escúpelo, Kitty.
Brillo vegano, es todo lo que digo.

He aumentado unos veinte mil seguidores en tan solo una semana, todo el mundo quiere saber qué me pongo en la cara o en el pelo o con quién me acuesto.

Empiezo a plantearme si debería repetirlo. Quiero decir, solo son escoria, ¿verdad? Hablamos de sacar de la circulación a hombres que son un peligro para la sociedad.

He decidido que hay personas que realmente merecen morir y otras que no. Así que he hecho mi propia lista de reglas, algo que me hace sentir que estoy haciendo algo bueno por el mundo.

CÓDIGO DE KITTY

1. En primer lugar, ninguna mujer. Ninguna. Y ni te molestes en venirme con argumentos trans o lo que sea. Esto es Chelsea. A Tor todavía la miran porque es negra. Las mujeres no son depredadoras. No de la misma manera que los hombres. Siempre hay una excepción que confirma la regla. Que es el dicho más estúpido del mundo. No estoy diciendo que nunca haya querido matar a una mujer. Algunas de Las Extras me molestan tanto que tengo que morderme la lengua hasta saborear la sangre. La forma en que se rodean de futbolistas y famosos me dan ganas de arrancarles las entrañas y maquillarlas con sus propias vísceras. Su principal objetivo es quedarse embarazadas de uno de esos especímenes. Ni siquiera aspiran a una boda, solo quieren un bebé.

—*Es un tique de comida permanente* —*me dijo una tal Tiffany una noche.*

—*Pero si tú ya tienes dinero, Ti* —*le dije. Su padre es un importante empresario hotelero.*

—*El dinero se acaba, Kitty* —*había dicho con un mohín de labios*—. *Nada es para siempre.*

2. Dejar a los inocentes. Ahora bien, la inocencia es un poco delicada, ya que la mayoría de las veces es subjetiva. ¿Me siguió inocentemente a casa ese tipo del bar con la esperanza de ligar? ¿O iba a por mí por haber tenido la osadía de rechazarle? Para mí no hay duda, pero quién coño sabe. Y por eso los cabrones se salen con la suya una y otra vez. (Nota al margen: Por qué coño la opinión pública juega un papel tan importante en el sistema de justicia es algo que me llama la atención. Hablamos de la opinión de gente que se presenta a programas como Love Island y

Tipping Point. Jon Ronson[6] debería escribir un libro sobre ello). Pero me refiero a los verdaderos inocentes: los niños, los animales o la gente con alguna discapacidad. Cualquiera que no tenga voz.

3. También se quedan fuera los vagabundos o las personas que han pasado por malos momentos. Los asesinatos de vagabundos y proscritos se remontan a tiempos tan lejanos como los registros y, sin duda, también a épocas anteriores. Los vulnerables son demasiado fáciles. Necesitan ayuda, no que los asesinen. Y mejor que no hable de los puñeteros asesinos en serie. Lo que daría por media hora a solas en una habitación con ellos y una Shun recién afilada.

4. Ningún portero. Son muy útiles.

5. Tampoco policías. Por el mismo motivo.

6. Que no te pillen. Esto es tan obvio que apenas necesita explicación. Que te pillen significaría la cárcel. Durante mucho tiempo. También implicaría vestir chándales grises y zapatos planos. Y apuesto a que ninguno de los aparatos del gimnasio se esteriliza como es debido.

7. Matar debe servir para algo o si no se covierte simplemente en un asesinato. Vale, esta la he robado directamente de Dexter, pero viene al caso. No quiero ir por Londres matando gente a hachazos porque soy una mujer enfadada. Los hombres que mato se lo merecen. Hasta el último pedacito. Si lo miras así, ya no se trata de un asesinato.

---

[6] Presentador británico especializado en periodismo de investigación.

Quiero vivir en un mundo en el que no tenga que llevar las llaves entre los dedos por si me atacan de camino a casa. Y no es que yo haga eso. Encuentro mucho más tranquilizador un cuchillo de caza o una jeringuilla de GHB[7]. Quiero que Hen, Maisie o Tor puedan hacer el trayecto desde donde estemos de vuelta a sus casas sin tener que avisar por el chat de WhatsApp de que están a salvo. Quiero poder pasear por mi maravilloso Londres, al menos por esta zona, con los auriculares puestos.

Recuerdo una fiesta de *influencers* a la que asistimos hace un tiempo. A todos los asistentes nos dieron una pulsera brillante con la marca particular del influencer. Ni siquiera recuerdo de qué coño iba, alguna mierda de interiores. Llegué allí acompañada por Hen y la chica de relaciones públicas tachó nuestros nombres de la lista.

—Aquí tenéis. —Ella sonrió y nos dio dos pulseras, una dorada y otra azul. Hen se agenció la dorada, como la urraca que es—. Oh, no, lo siento, no. —La relaciones públicas agarró las pulseras de nuevo—. La dorada es de Kitty y la tuya es la azul.

Hen la miró con los ojos apretados mientras se ponía la azul.

—¿Qué coño ha sido eso? —me susurró mientras seguíamos la alfombra roja hacia el recinto y yo me colocaba la pulsera dorada en la muñeca. Al final de la alfombra roja había otra chica de relaciones públicas idéntica, vigilando la entrada al evento como Cerbero vigilando las puertas del infierno.

—¿Puedo comprobar sus pulseras, por favor? —nos dijo con voz cantarina—. Bien, los invitados azules están un poco más adelante en el pasillo. Los dorados, por aquí y subiendo las escaleras a la zona SO VIP.

---

[7] Droga de diseño que en dosis bajas produce relajación y en dosis elevadas anestesia y falta de tensión muscular. El consumo excesivo de esta droga puede llevar a las náuseas, al vómito e incluso al coma.

—Disculpe. ¿El qué? —pregunté mientras Hen me miraba fijamente, con la mandíbula casi golpeando los *peep toes* de sus Jimmy Choo.

—Es la sala súper VIP. Donde van los que tienen más de un millón de seguidores en Instagram. Es una pasada. Incluso hay un *jacuzzi*—susurró, como si aquello fuera lo más impresionante del mundo.

—¿Pero mi amiga no puede subir conmigo?

La relaciones públicas sacudió su melena rubia.

—Pero en la Sala Azul hay un montón de gente majísima que puede hablarte de cómo aumentar tus seguidores. —Sonrió a Hen—. ¿A que está genial? Es estupendo para hacer contactos. —Levantó las cejas y asintió animando a Hen.

Hen abrió la boca para decir algo, pero yo sabía que las palabras que estaban a punto de salir no debían decirse en voz alta.

—En realidad, tenemos otro evento al que dijimos que asistiríamos. Y tampoco he traído bañador, así que creo que nos vamos a ir.

Hen permaneció pegada a la alfombra roja, mirando fijamente a Cerbero.

—Vamos, Henrietta. —Deslicé mi brazo alrededor de su hombro y la guie de vuelta por donde habíamos venido.

—¿Qué coño ha sido eso?

—Está claro que algún imbécil decidió que sería buena idea dividir a los invitados según su grado de «influencia». —Puse cara de vómito.

—Eso es una mierda —dijo Hen. Su cara parecía la de un globo cuando empieza a salirle el aire. No se equivocaba. Era asqueroso y menuda manera de hacer que la gente se sintiera muy mal consigo misma.

—Vamos. Que le den a toda esta mierda. Vayamos a emborracharnos a mi casa y a ver True Crime en la tele.

Me miró fijamente durante un instante, luego sonrió, se

arrancó la pulsera y se la devolvió al otro guardián del infierno de la primera puerta.

—Gracias, pero nosotras nos vamos —le dije, devolviéndole también la mía.

—¡Esperad, esperad! —nos dijo—. ¿Habéis sacado una foto para Insta con las alas? ¿Recibiste tu bolsa de regalos SO VIP, Kitty?

Me di la vuelta y le miré con cara de superioridad. Luego entrelacé mi brazo con el de Hen mientras nos íbamos riendo.

En fin, el propósito de esta pequeña anécdota es que sí, ya sé que no todos son hombres. Pero, por desgracia, no vienen con pulseras de colores para que podamos distinguir a los buenos de los malos. Así que tiene que haber un sistema. Es mi vocación. Yo te escucho y allá voy.

16

EL BOTÁNICO, PLAZA SLOANE

Uf. Queridos amigos, hoy estamos aquí reunidos, en uno de mis restaurantes favoritos del SW1, para conocer al nuevo novio de Maisie, Rupert. Joel está muerto y olvidado. Por Maisie, al menos. Le pregunté por él antes y sus ojos se pusieron vidriosos.

—Oh, él —dijo riendo—. Vivía con sus padres, Kits. ¿En qué estaba pensando? Espera a conocer a Roo. Te va a encantar.

Respiro hondo al entrar y veo a Tor y Hen ya sentadas. Hen está comiendo pan, lo que nunca es buena señal, y Tor mira a su alrededor con impotencia, sabiendo que en cualquier momento Hen se dirigirá al lavabo y lo vomitará todo. ¿Está nerviosa? ¿Por qué iba a estar nerviosa? Solo estamos conociendo al nuevo novio de Maisie.

Me encanta El Botánico. Las flores del exterior hacen que parezca esa preciosa época del año en la que abril se funde con mayo y las noches frías y oscuras son un recuerdo tan lejano que parece que nunca vayan a volver. Teniendo en cuenta el calor abrasador que seguimos teniendo, sin lluvia desde hace semanas, deben de tener a alguien casi todo el día por ahí regándolo todo constantemente.

—¡Holaaa! —dice Maisie mientras me empuja para que me siente junto a Hen. La sonrisa de Tor es tan falsa que podría ser confiscada por el control de aduanas—. Estoy deseando que conozcas a Roo. Está justo ahí, pidiendo unas copas.

Miro hacia la barra y al instante veo a un repeinado con pantalones rojos. Puedo sentir los ojos de Hen sobre mí, esperando mi reacción. Ni siquiera puedo mirarla, y tengo que morderme la lengua hasta saborear la sangre. Rupert es el típico prototipo de Maisie. Todos sus ex son iguales. Por eso me extrañó que se sintiera atraída por Joel.

—Es tan simpático —me susurra al oído.

Rupert se dirige de nuevo a la mesa, llevando buenamente como puede una bandeja cargada de bebidas. Maisie se levanta para ayudarle. Él me dedica una sonrisa que parece forzada.

—Kitty, este es Rupert Hollingworth, mi novio. Roo, esta es Kitty Collins, estrella de Instagram y una de mis mejores amigas.

Deja la bandeja sobre la mesa, me tiende la mano y, cuando muevo la mía para estrechársela, se la lleva a los labios y me besa los dedos. Pienso en el desinfectante de manos que llevo en el bolso.

—Un placer. He oído hablar mucho de ti, Kitty. —Me sostiene la mirada de una forma que él probablemente piensa que es encantadora, pero que en realidad es espeluznante.

—Encantada de conocerte, Rupert. —Le sonrío y retiro rápidamente la mano antes de que todos nos sentemos. Maisie no para de hablar sobre lo increíble y guapo que es Rupert. Yo asiento con la cabeza a todo, contenta por lo feliz que la veo, aunque tengo la sensación de que esto acabará como todos los esnobs con los que ha salido. Con el corazón hecho pedazos.

—Estuvo en la boda de Eugene y Jack —me dice, y pienso que tal vez espera que eso me asombre, así que finjo que lo hace.

Rupert oye claramente los ridículos halagos de Maisie y ni siquiera tiene la cortesía de parecer avergonzado. Me sirve una copa de Veuve.

—¿Cómo os conocisteis exactamente? —pregunto. Hen pone los ojos en blanco. Está claro que ha oído esta historia varias veces. Tor ahoga una risita en su vaso.

—Fue cosa del destino —suspira Maisie.

—Es el hermano de Maria —dice Hen—. Ha estado en varias instituciones la mayor parte de su vida.

—¿Maria? ¿Instituciones?

—La Extra de las tetas operadas. Primero en un internado, luego en Oxford y finalmente en Harvard.

Ah, claro.

—Probablemente nos conocimos de pequeños —me dice Rupert—. Se ve constantemente en las redes sociales, ¿verdad? Niños desnudos en una piscina infantil que se encuentran años después y recrean la foto.

—¿Y tú?

—La infancia de Kitty fue un poco más *Carrie* que *La casa de la pradera* —dice Hen.

—Por supuesto, nuestra Princesa Porcina. ¿Cómo va el asunto de los animales muertos?

—No lo sé. No tengo nada que ver con eso.

Rupert parece dudarlo.

—Lo digo en serio. Aparte del apartamento, que pagó mi madre, vivo de mi dinero de Instagram. No me interesa el dinero fruto de la sangre.

—Pero todo eso debe de valer millones. —El cerebro altamente educado de Rupert se debate—. ¿Qué va a pasar con todo ese dinero?

—Bueno, mi madre está haciendo un buen trabajo gastando mucho en el sur de Francia. —Sonrío. Me vuelvo hacia Hen, no quiero que la conversación siga por ese camino. Hablar así de dinero es de mal gusto, Rupert y su cara educación deberían saberlo.

—¿Dónde está Grut esta noche? Hen lleva unos seis meses

follando de manera intermitente con el líder de un grupo de uno de los sellos de su padre. Parece que se enganchan durante una semana entera o bien ella grita que es un capullo infiel y bebe hasta caer en coma. No hay término medio entre ellos.

—Creo que está en Suecia. —Se encoge de hombros—. Alguna actuación de pacotilla. Papá está allí con ellos. Se han llevado el yate, así que puedes imaginarte el tipo de viaje.

—Yo también tengo un yate —dice Rupert de repente—. Aunque probablemente no esté a la altura del de tu padre.

El padre de Hen tiene un superyate ridículo, así como una flota de barcos algo más pequeños en varios amarres por todo el mundo. Solemos salir con uno de ellos varias veces al año. A James le encanta enseñarme a navegar. Tor siempre está mucho más interesada en tumbarse en cubierta y broncearse.

—He caído y me he hecho un perfil en Tinder —dice Tor.

—¿Y qué tal te ha ido? —le pregunto.

Le da un buen trago a su bebida.

—Bueno, no voy a encontrar al amor de mi vida allí, pero he tenido tres polvos bastante decentes esta semana. Una cosa buena de las aplicaciones de citas es que se ha normalizado tanto el sexo casual que los hombres ya no necesitan un mapa para encontrar mi clítoris.

Algunas personas miran horrorizadas a su alrededor y Rupert se queda mirándola, con la mandíbula en el suelo, hasta que Maisie le da un codazo en las costillas.

—No me importa —continúa Tor, hablando igual de alto, dirigiéndose a la mesa de mujeres mayores que tenemos al lado—: Tengo un clítoris, soy una mujer y me gusta que me follen. ¿No se supone que las de vuestra generación sois como las de *Sexo en Nueva York* y estáis completamente empoderadas? —Las mujeres de la mesa la ignoran—. Están todas casadas —dice—. Probablemente no han visto una polla en meses.

Madre mía. ¿Pero cuánto ha bebido?

—¿Y tú qué tal, Kits? ¿Algo interesante que contarnos? —Maisie está desesperada por hacer que Rupert se sienta cómodo. Pero centrar la atención en mí es una idea terrible.

La verdad es que sí. Hace unas semanas maté a un hombre apuñalándole en el ojo. Luego lo corté en pedazos y lo metí en las picadoras de una de mis fábricas de carne. Seguro que hay unos cuantos fanáticos de las salchichas comiéndoselo mientras hablamos. Antes de eso, maté a un asqueroso que me siguió a casa y amenazó con violarme porque no me lo follé por invitarme a unas copas de vino de mierda. ¡Oh! ¿Y he mencionado a mi padre?

Obviamente, no digo nada de eso.

—Yo no estoy buscando nada ahora —les digo—. Soy feliz estando soltera. Menos dramas en mi vida. —Y nadie haciendo preguntas incómodas como: «¿Dónde has estado? ¿Por qué no contestas al teléfono? ¿Tienes un dedo humano en el bolso?».

Hen me mira con algo parecido a la lástima en la cara. No me gusta.

—Nena —me dice. Se acerca un sermón—. No has tenido ninguna relación decente desde lo de Adam.

—Sí, soy consciente de ello, Henrietta. Tal vez sea porque no quiero.

—Sé que te hizo daño, pero no puedes vivir el resto de tu vida como la señorita Havisham solo por un imbécil.

—Era un completo gilipollas —dice Tor.

—Lo de la señorita Havisham es una analogía terrible en mi situación —intento defenderme—. Éramos muy jóvenes. Y, de todos modos, no habríamos durado mucho.

—Podría haber durado si esa zorra de Saskia no hubiese estado rondando a su alrededor constantemente —dice Maisie.

—¿Y no te has planteado volver a salir con alguien? —pregunta Hen—. Sabemos lo mucho que le querías, pero, bueno, ya no eres tan joven.

—La verdad es que yo también estoy en Tinder —les digo, con la esperanza de que se callen de una puta vez. Sinceramente, quiero a estas mujeres como me imagino que se siente el amor fraternal, pero hay ocasiones en las que me imagino cortándoles los dedos uno a uno.

Las caras de Maisie y Tor se iluminan.

—¿Por qué no nos lo dijiste?

—Porque tu preocupación por mi vida sexual es insana. Y rara.

—Tienes que echar un polvo —dice Hen—. Ya corren rumores de que naciste sin vagina.

Las mujeres de la mesa de al lado piden la cuenta.

17

CHELSEA EMBANKMENT, SW3

No suelo dejar que sus palabras me afecten, pero, mientras camino a casa sudando la gota gorda, empiezo a pensar en volver a tener novio. ¿Sería realmente tan malo tener uno? O... ¿tiene algo bueno? Está el sexo y, por mucho que me guste mi Womanizer, no es muy bueno abrazando después de correrse. Además, es algo bastante normal, ¿no? Un novio, quiero decir, no un juguete sexual de última generación. Como tener maletas de Louis Vuitton. Y tener algo tan normal como un novio sería una tapadera útil para mi afición. Incluso podría hacer que el Asqueroso dejara de molestar si cree que hay alguien en medio. Cuanto más asimilo la idea, menos horrible me parece. ¿Pero quién? Pienso en los hombres de mi círculo social e inmediatamente los descarto. Demasiado engreídos para pasar tiempo con ellos sin querer cortarles el cuello y ver cómo se desangran. Además, todos se han acostado con todas mis amigas, así que, daría igual a quién eligiera, porque con cualquiera de las opciones se cabrearía una de ellas.

Adam me rompió el corazón, eso no es ningún secreto. Hizo un buen trabajo en ese sentido. Pero lo que yo le hice fue mucho peor. Y ni siquiera fue intencionado. La verdad es que estaría bien tener a alguien con quien acurrucarse bajo una manta en el sofá por las noches. Alguien con quien ver el canal True Crime. Aunque eso podría ser un poco extraño, dada mi afición. ¿Quizás podría aficionarme a los juegos de mesa como cualquier persona corriente? Se trata de eso en realidad, de la necesidad de tener algún tipo de normalidad.

Pero necesito a alguien diferente. Alguien nuevo. Alguien amable y normal que no cuente chistes sexistas y me haga querer arrancarme la piel a tiras. Ah, y que no me engañe durante meses con una buscona. Pero ¿dónde podría encontrar a alguien así, sacado de una mala comedia romántica? Definitivamente, no en una aplicación. Incluso la idea de tener una cita real a través de Tinder me hace querer esconderme en la cama con una botella de vino. Pero ¿dónde encuentra el amor la gente de mi edad si no es a través de aplicaciones de citas o de gente que conoce? Es como buscar una aguja en un pajar.

Ya es de noche y acelero el paso, agradecida por llevar mi cuchillo Shun en la mochila. Miro a mi alrededor y veo a una chica (bueno, una mujer) al otro lado de la calle, junto al río. Está más o menos a mi altura y camina incluso más rápido que yo. Casi puedo distinguir que lleva los tacones en la mano y camina descalza. Miro un poco más allá y finjo sorpresa cuando veo a un hombre merodeando tras ella. Es como si estuviera viendo imágenes de la noche en que (casi) me atacaron.

—Hola —le digo a la mujer mientras cruzo la calle hacia ella—. Llevo un rato intentando alcanzarte.

Parece confusa cuando empiezo a caminar a su lado y me quito los zapatos para seguir su ritmo.

—Sabes que hay un tipo siguiéndote, ¿verdad? —le susurro. Ella asiente.

—Sí, intentó ligar conmigo en un bar. Yo le decía que no estaba interesada, pero no me dejaba en paz. —Veo surcos en su maquillaje provocados por las lágrimas.

—Vale, no te preocupes, cruza la calle conmigo. Vivo justo en ese bloque de ahí. Te pediré un Uber y esperaré contigo hasta que llegue. ¿De acuerdo?

Me mira agradecida e intento agarrarla de la mano para cruzar la calle, como si fuéramos viejas amigas. Pero algo se me clava en la palma.

¡Ay! El breve dolor me hace estremecer.

—Son mis llaves. Lo siento. —Me enseña la mano con las llaves entre los dedos, el arma habitual de una mujer que camina sola de noche. Enlazo mi brazo con el suyo.

—Putos gilipollas —siseo mientras abro la aplicación de Uber y reservo un coche—. ¿Cómo te llamas? Es para la reserva.

—Claire —me dice.

—Encantada de conocerte, Claire. Lástima que tenga que ser así. Yo soy Kitty.

Me dedica una pequeña sonrisa.

—Lo sé. Te sigo en Instagram. Mis amigas y yo salimos mucho por Chelsea porque siempre haces que parezca divertido. Y seguro.

Vuelvo a mirar por encima de la carretera. El tipo ha seguido andando, pero ahora va más despacio. Está merodeando.

—La misma mierda, diferente código postal —le digo.

El coche llegará en tres minutos, bendito Uber. Me alivia ver a una conductora cuando llega.

—Gracias —dice Claire mientras me aprieta el brazo. Y accidentalmente me clava de nuevo las llaves—. Dios. Joder. ¡Lo siento!

—Deberías volver a guardarlas en el bolso —le digo frotándome el brazo.

Me lanza un beso mientras el coche se aleja y se convierte en otro juego de luces en la oscuridad. Entrecierro los ojos, vuelvo a meter los pies en los zapatos y miro de nuevo al otro lado del terraplén. El tipo sigue allí, como sabía que estaría. Saco mi Shun de la mochila y cruzo hacia él, con el corazón latiéndome con fuerza, pero no por miedo. Es más bien excitación. Una deliciosa anticipación. Deslizo la hoja por la manga de mi americana.

—Lo siento. Me parece que te he arruinado la noche.

Me mira a los ojos. No hay emoción en ellos mientras me mira de arriba abajo. Es más viejo de lo que pensaba. Ahora que estoy más cerca, puedo ver las arrugas alrededor de sus ojos y su boca. Se llaman líneas de la risa, ¿no? Supongo que hay mucho más de lo que reírse cuando eres blanco y hombre.

—No sé —me contesta—. Pareces muy convencida. ¿Cómo sabes que no la seguía para asegurarme de que llegaba bien a casa? ¿Por qué das por hecho que soy el malo de la película?

—¿Y no lo eres?

—No. Ella es una puta de mierda.

—Estaba aterrorizada. ¿No te importa?

—Creía que era una puta —me dice encogiéndose de hombros—. ¿Por qué no te vas a la mierda o al agujero del que hayas salido? No sabes nada de la situación.

—La situación es que estabas siguiendo a una mujer y ella estaba asustada. ¿Cómo puedes no verlo? O, mejor dicho, ¿cómo puedes verlo y no preocuparte?

—Apártate de mi vista —me dice al mismo tiempo que da un paso hacia mí.

Mi reacción es animal. Antes de darme cuenta de lo que estoy haciendo, deslizo el cuchillo por la manga hasta la mano y se lo clavo en el cuello. Tardo menos de un segundo.

Me hago a un lado para evitar que me salpique la ropa mientras sus manos se agarran al cuello y tropieza. Tardo otra fracción de segundo en empujarlo, ya inestable y mareado por el alcohol, por encima del pequeño muro que separa la carretera de los oscuros pliegues del Támesis. Observo, fascinada, cómo cae de espaldas al río. Su rostro se contorsiona y su expresión pasa del asombro al miedo. Su boca forma una «o» perfectamente redonda y la sangre sigue brotando a borbotones de su cuello.

Sigo observando hasta que el agua lo engulle y el río se queda nuevamente en calma.

Exhalo un suspiro y me limpio el cuchillo en el muslo. Cruzo la calle, entro en mi edificio y vuelvo a meter el cuchillo en la manga.

Saludo a Rehan con la mano mientras espero el ascensor.

18

APARTAMENTO DE KITTY, CHELSEA

Su cuerpo aparece unos días después en Woolwich. El reportaje es un poco más emocionante en esta ocasión, sobre todo por lo del enorme tajo en el cuello. Ojeo los artículos en Apple News mientras bebo un batido repugnante de espinacas y aguacate con la intención de saciar mi apetito. *Hallan el cadáver de un hombre medio decapitado en el Támesis*, dice el titular.

Hay una gran presencia de vehículos de emergencia en torno al río Támesis, cerca de Woolwich, al sureste de Londres, después de que un cuerpo (se cree que es de un hombre de unos treinta años) fuese visto por un corredor a primera hora de la mañana.
La Policía y los paramédicos acudieron al lugar de los hechos, pero se confirmó la muerte del hombre. Los habitantes de la zona especularon en las redes sociales con que le habían cortado el cuello antes de arrojar su cuerpo al río.
Un portavoz de la Policía Metropolitana de Londres ha declarado: «Los miembros de los servicios de emergencia están analizando el cadáver que fue avistado por un ciudadano a las 6.30 de la mañana. Como aún no se ha realizado ninguna identificación, no podemos confirmar nada más por el momento. Se aconseja a los vecinos de la zona que sigan trabajando con

normalidad y que eviten hablar del asunto en las redes sociales. Si alguien tiene alguna información que pueda ser relevante, por favor, llámenos a nuestro número local».

La Policía dice que está tratando la muerte como sospechosa de asesinato debido a la naturaleza de las lesiones del hombre y que todavía no se ha denunciado la desaparición de nadie que se ajuste a la descripción de la víctima.

Mientras termino los restos del batido, me pregunto cuánto tardarían en denunciar mi desaparición. Probablemente solo pasarían unas horas antes de que alguien, con total seguridad el Asqueroso, diera la voz de alarma en Instagram. Supongo que tener un acosador obsesionado conmigo tiene su utilidad en algún momento.

Abro el móvil y veo que Claire, la casi víctima de aquella noche, me ha etiquetado en un *post*:

Cansada de tener que vigilar cada uno de mis pasos cuando voy sola de noche por la calle tras una experiencia aterradora el fin de semana. Los hombres deberían tener toque de queda a las 8 de la tarde. @KittyCollins #recuperemoslanoche #recuperemoslascalles #dejenviviralasmujeres.

Hasta ahora ha conseguido más de 200 *likes*. Espero que no se convierta en viral, pero también ha etiquetado a un montón de *instagramers* semifamosos. Me alegro de que haya omitido el detalle de que la seguían. Por el momento no hay ninguna conexión entre su *post* y el hombre muerto.

Y me gustaría que siguiera siendo así.

Justo cuando estoy a punto de cerrar la aplicación, aparece una notificación de mensaje. Ni siquiera necesito ver el avatar retorcido para saber que es de él.

¿Aún sientes el calor del cuerpo en el Támesis? Recuerda, te estoy vigilando.

También me pone el *emoji* de los ojos saltones. Seguro que pretende dar miedo, pero en realidad parece que lo ha escrito un niño. Borro el mensaje y cierro la aplicación. Hoy no, hombre. Hoy no estoy de humor.

19

APARTAMENTO DE KITTY, CHELSEA

Unos días después, Hen y Tor están cenando conmigo en mi casa. Maisie ha vuelto a escaquearse porque tenía una cita con Rupert, con el que sorprendentemente parece que las cosas van viento en popa. No ha pasado mucho tiempo, hay que reconocerlo, y una cosa en la que Joel tenía razón es que Maisie puede llegar a ser muy intensa. Aunque parece que eso no molesta a Roo en absoluto.

—Parece simpático. —Hen se encoge de hombros mientras empuja la comida por el plato fingiendo que se la come. Parece salida de una clínica de desórdenes alimenticios.

—Demasiado simpático. —Tor mira el plato de Hen—. Trata a Maisie como si fuera de cristal o algo así.

—¿No es ese exactamente el tipo de hombre que ella quiere? Siempre ha tenido complejo de princesa —reflexiona Hen.

—Es lo que ella cree que quiere —dice Tor—. Lo que realmente necesita es alguien con carácter que se enfrente a ella de vez en cuando. Esa chica tiene serios problemas con su padre.

—¿Y no los tenemos todas? —murmura Hen—. De todos modos, podrás verles el miércoles si quieres. Van a darle un premio a mi padre por su labor benéfica. Harán un gran banquete en su honor y una fiesta después. Deberías venir. Grut y el resto de la banda estarán allí. —Me guiña un ojo subrepticiamente. Eso significa que va a intentar liarme con uno de sus amigos peludos. Grim. No, gracias. Aunque podría ser agradable conversar con personas que no están obsesionadas consigo mismas ni con quien sea que se acuesten para variar.

—¿Habrá gente de las organizaciones benéficas?

—Oh, sí —asiente con la cabeza—. Es en el V&A. Estará lleno de buenos samaritanos, haciendo el bien e intentando que la gente done dinero. Es algo relacionado con huérfanos de zonas que están en guerra. Mi padre ha invertido un montón de dinero en ello. —Sus ojos se abren de forma casi cómica cuando se da cuenta de lo que acaba de decir.

—Hen —dice Tor—. Eres una capulla. —A ella no le molesta y se ríe—. Pero es bueno que esté haciendo algo al respecto.

—Sí. Pero me gustaría que lo hiciera sin tanta pompa alrededor. Es muy vanidoso, y a veces me gustaría que se limitara a firmar un cheque y que se lo callara.

—Bueno, habrá mucha más gente rica allí y serán más generosos cuanto más borrachos estén —le dice Tor mientras le palmea el hombro—. Míralo por el lado bueno. Obviamente, Sylvie y yo no estaremos allí. —Hace una mueca.

—Puedes contar conmigo —le digo mientras choco mi vaso contra el de Hen.

20

MUSEO V&A, JARDÍN JOHN MADEJSKI, SOUTH KENSING-TON

Para el miércoles por la noche ya estoy convencida de que esta fiesta puede ser de gran ayuda para poner fin a mi sed de sangre. Tal vez pueda ser voluntaria en una organización bené-fica que ayude a combatir la violencia contra mujeres y niñas o algo así.

Llevo un vestido de Ganni que me compré hace unas semanas. Lo suficientemente corto como para mostrar mis piernas, pero con el cuello lo suficientemente alto como para no parecer una chica de OnlyFans[8]. Me he secado el pelo con secador hasta conseguir unas ondas perfectas y la maquilladora de Hen, Suki, me ha hecho un maquillaje de lo más natural y sexi. Soy una mezcla perfecta entre la discreta formalidad propia de los filántropos y el arrollador *glamour* de las estrellas. Un verdadero triunfo. Hago una foto rápida y la subo a Instagram. Los *likes* se disparan como nunca.

---

[8] Plataforma de micromecenazgo dirigido a los creadores de contenido para adultos.

La entrega de premios se celebra en el impresionante recinto del Victoria and Albert Museum. Hen ya está allí cuando llego. Viste estilo bohemio, con una falda larga y un montón de collares en el cuello. Incluso vislumbro un tatuaje de henna en el vientre.

Parece que intenta aparentar que lleva dos años de voluntaria con orangutanes en Borneo.

—¡Kits! Estás preciosa. —Abre los brazos, invitándome a abrazarla, lo que me resulta un poco incómodo porque nos separa la cuerda roja que delimita el acceso, y sonrío a regañadientes hacia los paparazzi de la calle.

—Tú también, Henrietta. Muy Sienna Miller en 2004.

—Gracias —me responde mientras se atusa el pelo con falsa timidez.

Entramos y me siento abrumada de inmediato. Es la típica combinación de dinero, dinero y más dinero. No se me escapa la ironía de lo que está costando esta «fiesta benéfica» y hago una mueca.

—No escatiman ni un céntimo —dice Hen, enarcando una ceja.

Nos dirigimos al jardín y una guapísima anfitriona nos guía hasta una mesa en la que ya están sentados Maisie, Ben, Antoinette (hermana de Hen y Ben), Grut, los padres de Hen y Rupert, de nuevo con sus chinos rojos. Maisie salta de su asiento y me envuelve en el segundo abrazo incómodo de la noche.

—Hola —saludo a toda la mesa—. Me alegro de volver a verte, a ti y a tus pantalones, Rupert.

—Pórtate bien, Kits —me sisea Maisie al oído, y dejo que mis labios rocen ligeramente su mejilla.

—Yo siempre —le contesto con una sonrisa antes de que Ben se acerque para abrazarme, apretándose demasiado contra mi cuerpo.

—Estás tan guapa como siempre, Kitty —me dice, y yo tengo

que contenerme para no agarrar un cuchillo de mantequilla y destriparlo allí mismo.

Con mi mejor sonrisa, le doy la mano a James, el padre de Hen. «Me alegro de volver a verte, blablablá...», y beso a su madre, Laurelle, en la mejilla. Uf... Lleva demasiado perfume.

Todos llevan ya unas cuantas copas de champán y mantienen conversaciones insulsas sobre personas y cosas insustanciales. Mi atención empieza a vagar y, mientras Maisie y el resto de la mesa charlan, ojeo las otras mesas y el resto del recinto. Busco desesperadamente... a alguien.

No creo en el destino ni en las hadas del cielo ni en nada de eso, pero mucha gente espiritual cree que las coincidencias no existen. Y eso es algo a lo que me estoy acercando cada vez más. Porque mientras todos los demás continúan con su charla banal, yo lo veo por primera vez. Sentado en un muro provisional, supongo que pensado para evitar que los ricos borrachos se tiren a la fuente. Está jugueteando con un trozo de papel mientras se muerde la piel alrededor de la uña del pulgar. Veo que el traje azul oscuro (aunque no del todo azul marino) que lleva es caro, pero no está hecho a medida como el todos los que hay alrededor. Lleva gafas de montura negra que se recoloca en la nariz entre mordiscos. Tiene el pelo desordenado pero peinado para que así lo parezca, demasiado oscuro para ser rubio, pero demasiado claro para ser castaño. Tiene la cara poblada de barba y no deja de frotársela furiosamente entre el pulgar y el ritual de las gafas. Me preocupa que tanta fricción pueda provocar un incendio.

Hay unos cuantos metros de distancia entre nosotros, y sin embargo me doy cuenta de que está bueno. Está potente. Y hay algo en su energía inquieta, en su constante movimiento, que hace que no pueda apartar los ojos de él.

De repente levanta la vista y me pilla mirando.

Avergonzada, aparto rápidamente los ojos, pero cuando vuelvo la vista, segundos después, sigue mirándome. Me saluda torpemente y no sé si se está burlando de mí o no. Decido ser valiente y le devuelvo el saludo.

Maisie se da cuenta. Claro que se da cuenta. Ahora que está enamorada, quiere que los demás también lo estén. Esta chica tiene un corazón del tamaño de la puta luna. Realmente espero que Rupert Pantalones Rojos la haga feliz.

—Ve y habla con él —me dice.

—Se me dan fatal esas cosas.

—No. Eso es lo que tú crees. Piensa como si estuvieras escribiendo un pie de foto. ¿Qué dirías?

—Que alguien me tire un cubo de agua porque estoy ardiendo.

—Bueno, mejor no digas eso. Solo salúdalo. Pregúntale qué hace aquí.

—¿Estás segura?

—Kits. ¿Qué es lo peor que puede pasar?

Se me pasan mil millones de pensamientos por la cabeza a la vez, desde que me caigo de bruces en su regazo hasta que me pide que le traiga una copa de champán porque la otra camarera está tardando demasiado. Le echo a Maisie una mirada intensa. La de que no quiero hacer algo.

—No había visto esa cara desde que no quisiste tirarte por el tobogán en Dubai. Y al final estuvo bien, ¿no?

—Maze, se me salió la parte de arriba del biquini, todo el mundo me vio las tetas y evité por los pelos tener mi propio episodio de *Encarcelados en el extranjero*[9]. Pero sí, aparte de eso, fue genial.

—Te quiero. —Me da un beso en la mejilla—. Ahora vete y habla con él antes de que desaparezca y pases el resto de tu vida lamentándolo.

Uf. Qué dramática, pero la adoro. Respiro hondo, me levanto y empiezo a caminar hacia él.

---

[9] Serie-documental que recoge la experiencia de viajeros que cumplen condena en países extranjeros.

—¡Y que no se te vean las tetas esta vez! —me grita. Me retracto. Es una imbécil.

Aun así, me dirijo hacia él, hundiendo los talones en el barro donde los aspersores han estado haciendo horas extras para mantener la hierba verde y exuberante. Por supuesto, tengo que parecer una niña pequeña dando sus primeros pasos cuando por fin veo a un hombre que me gusta. Sin embargo, creo que me lo he currado.

—¿Está ocupado este asiento? —le indico la pared a su lado.

Parece momentáneamente desconcertado, como si no entendiera por qué le estoy hablando. Pero entonces sonríe y siento que se me revuelven las tripas, pero en un buen sentido, mientras palmea la pared.

—Ja, ja, ja. No, siéntate, por favor.

Me apoyo allí, sintiendo la presión de decir algo que sea coqueto pero no cursi ni abiertamente sexual. La verdad es que no es tan fácil como parece.

—¿Estás aquí por los premios? —pregunto al final, sintiendo la lengua como un grueso trozo de carne en la boca.

Sus ojos se encuentran con los míos. Son de un verde deslumbrante. Recuerdo algo sobre que los ojos verdes son el más raro de los colores.

—Sí, ¿pensabas que era uno de los camareros? ¿Ibas a pedirme que te trajera una copa?

Debo de parecer horrorizada y él me deja sufrir un instante antes de soltar una carcajada.

—Te estoy tomando el pelo. Sí, estoy aquí por los premios. —Se hace un silencio mientras nos miramos—. En realidad, tengo que dar un discurso.

De repente se queda mirando la hoja de papel que tiene en las manos como si fuera una serpiente. Una muy mala.

—Hablar en público no es lo mío. No se lo digas a nadie, pero estoy muy nervioso.

—¿Sabes que el secreto es imaginarse al público desnudo?

—Sí, lo he oído. —Mira alrededor de los jardines, a las hordas de hombres blancos de mediana edad y sus acompañantes—. No es que sea un pensamiento particularmente atractivo.

Me devuelve la mirada y yo se la sostengo.

—No sé, seguro que hay hombres en este lugar que merece la pena ver sin traje. —Dejo las palabras no dichas en el aire durante un minuto antes de romper el hechizo—: Entonces, ¿cómo es que tienes que dar un discurso?

—Trabajo para The Refugee Charity. Es una de las organizaciones benéficas que apoyan los premios. Queremos agradecer a todos los que nos han ayudado este año. Ha sido muy duro. Especialmente para las organizaciones benéficas.

Asiento con la cabeza.

—Habéis ayudado a muchas mujeres y niños a conseguir un hogar aquí, ¿verdad? Es algo muy heroico.

Se le iluminan los ojos, sorprendido de que sepa algo de lo que hace.

—No pongas esa cara —le digo—. ¿Parezco una cabeza de chorlito?

—¿Honestamente?

Asiento con la cabeza.

—Se supone que hay que ir con la verdad por delante —suelto con una sonrisa.

Recorre con sus ojos, muy verdes, por cierto, mi vestido de diseño y mi peinado.

—Te pareces a todos los demás. Quiero decir, estás encantadora y todo eso. Pero no te consideraría una ávida lectora de noticias.

Si él supiera.

—¿Nunca te han dicho que no se debe juzgar un libro por su portada? Por cierto, soy Kitty. Kitty Collins. —Le tiendo la mano.

—Un placer conocerte, Kitty. Por cierto. Soy Charlie. Charlie

Chambers. —Me estrecha la mano, fuerte, sin anillos—. Entonces, ¿qué es lo que te trae a esta humilde reunión?

Me río mientras observo el elaborado jardín, con escenario, equipo de sonido y varias barras de bar al aire libre. Se parece más a un festival que a nada que pueda considerarse «humilde».

—Estoy aquí para ver al padre ricachón de mi amiga recoger un premio por su naturaleza generosa y filantrópica, mientras bebemos champán y le decimos lo brillante que es antes de volver todos a nuestras lujosas casas a dormir en nuestras camas gigantes, agradecidos de que nos haya tocado la lotería genética.

Charlie vuelve a reír antes de ofrecerme una sonrisa reticente.

—Bueno, Kitty, por muy agradable que haya sido hablar contigo, aunque haya sido muy breve, tengo que intentar memorizar este discurso. Morir en el escenario delante de las personas más ricas del mundo y un ejército de periodistas no está en mi lista de deseos.

—Sí. Sí, claro. Buena suerte. —Le sonrío de nuevo, pero ya me ha dado la espalda y ha vuelto a sus notas. Estoy más que sorprendida.

Vuelvo a mi mesa algo temblorosa por el desconcierto y me acomodo en mi asiento cuando empiezan a llegar los entrantes.

Estoy un poco perturbada por lo que acaba de pasar. Charlie ha sido muy educado, pero no se ha comportado como suelen hacer la mayoría de los hombres conmigo. Bebo un trago largo de vino para calmarme.

—¿Qué tal ha ido la charla? —me pregunta Maisie mientras nos sirven unos pequeños platos con algo beis y pegajoso encima.

—¿*Foie gras*? —Miro horrorizada mi plato.

—¡Dios mío, Kits, me había olvidado por completo de que eres vegana! —dice Hen.

James me mira con una amplia sonrisa.

—¿Sigues con eso de ser vegana, Kitty? —me pregunta. Por alguna razón, a James siempre le ha hecho gracia que no coma animales ni sus derivados—. Tu padre se revolvería en su tumba.

Un frío silencio se apodera de la mesa. Hen mira a su padre con cara asesina.

—Ha desaparecido —sisea ella—. No está muerto.

—No pasa nada —le digo, tratando de calmar el ambiente incómodo—. Y, con todos mis respetos, si hubieras crecido visitando mataderos y plantas de producción de carne en tus excursiones familiares, te garantizo que tampoco provarías un bocado de carne.

Aparto mi plato de hígado de ganso hinchado.

La cena transcurre entre cosas que no como y conversaciones que no escucho. Por fin, cuando el sol empieza a ocultarse tras el horizonte de Londres, un ruido agudo rompe el murmullo de la charla y la retroalimentación del sistema de sonido llena el pegajoso aire veraniego. Una tos nerviosa y amplificada resuena por todo el recinto y Charlie, el guapísimo Charlie, aparece en el escenario improvisado en el centro del jardín. Hay pequeñas luces enrolladas alrededor de los enrejados y camareras que parecen modelos de Victoria's Secret bailando entre las mesas y encendiendo velas. Todo parece mágico, como si nos hubiéramos topado con el decorado de una película. Y tengo que admitir que, en el escenario, Charlie está aún más guapo. Probablemente sea por la iluminación.

Y los tres vasos de Krug que he bebido con el estómago prácticamente vacío.

¿Por qué estoy bebiendo?

—Señoras y señores —comienza a hablar—. He oído que todavía queda alguno entre nosotros.

El público se ríe a carcajadas.

—Gracias a cada uno de ustedes por sacar tiempo de sus

ajetreadas vidas sociales y agendas para asistir a nuestra pequeña velada.

El público vuelve a reír. Esto es cualquier cosa menos una «pequeña velada».

—Como saben, estamos aquí reunidos... Lo siento, suena como si esto fuera un funeral. —Hace una pausa y sus mejillas se sonrojan un poco. Saca del bolsillo de la chaqueta el papel arrugado de antes—. Como saben, estamos aquí esta noche para rendir homenaje a un hombre cuya generosidad ha mantenido a The Refugee Charity en marcha durante un año muy duro. Así que, señoras y señores, por favor, levanten sus copas y brinden por nuestro maravilloso patrón y salvador de todo James Pemberton.

Hen, Ben y Antoinette miran cariñosamente a su padre mientras se empapa de la gloria de doscientas personas aplaudiendo su filantropía. Esboza su característica sonrisa enseñando todos los dientes de un blanco reluciente y sube de un salto al escenario junto a Charlie. Está sorprendentemente ágil para la edad que tiene. Y para su tamaño. Laurelle, una antigua modelo que ahora está muy delgada y casi irreconocible como ser humano, por no hablar de ella misma, rebosa orgullo mientras su marido pronuncia un discurso sobre la importancia de ayudar a los menos afortunados antes que a uno mismo. Nos habla de los sentimientos especiales que le produce donar dinero a causas benéficas como The Refugee Charity, antes de animar a todo el mundo a meterse la mano en el bolsillo y hacer una donación.

—Junto a sus asientos encontrarán botones que les permitirán donar ahora mismo a esta maravillosa organización benéfica —dice James mientras tira de un cordón dorado que descubre una enorme pantalla a sus espaldas.

En ese momento no muestra nada más que 0,00 libras esterlinas junto con algunas imágenes de mujeres y niños de diversos lugares conflictivos de todo el mundo.

—Podremos ir viendo cómo se actualiza la cantidad recaudada esta noche. Así que, adelante, señoras, pulsen sus botones. —Hay otra oleada de alegría cuando James utiliza su eslogan sexista de un programa de talentos de televisión ya desaparecido en el que solía ser juez—. Te estoy observando, Ally Thomas —añade, señalando a una conocida columnista de televisión. Los invitados observan atónitos cómo la cifra que aparece en la pantalla sube y sube hasta que finalmente se fija en un impresionante número de siete cifras. Es evidente que la bebida ha aflojado unas cuantas carteras.

Incapaz de soportar las palmaditas en la espalda de unos y otros mientras en la pantalla siguen pasando imágenes espeluznantes de niños hambrientos, me dirijo a una de las barras de bar.

—Vodka, por favor —le pido a la camarera—. Que sea doble.

¿Qué es lo que me pasa esta noche?

Me sirve Grey Goose en un vaso helado y lo bebo de un trago, estremeciéndome cuando se une al champán que ya está dando vueltas en mi estómago vacío.

—¿Tan mal lo he hecho?

Levanto la vista y veo que Charlie se ha unido a mí en la barra. Se ha quitado las gafas y está aún más bueno que antes. Tengo que ir más despacio con la bebida.

—Hola. ¿No deberías estar ahí arriba haciendo de maestro de ceremonias? —Hago un gesto con la cabeza hacia donde sigue James, absorbiendo la atención de la multitud.

—No. Algunas cosas es mejor dejárselas a los profesionales. ¿Por qué estás aquí ahogando tus penas en lugar de estar de fiesta con tus amigos?

Hay algo en su forma de decir «amigos» que me hace pensar que no nos tiene en mucha estima.

—La verdad es que no soy una persona muy fiestera. Bueno, al menos esta noche no.

—¿Y qué clase de persona eres? Porque, y perdona si hablo fuera de lugar, no pareces de las que beben vodka a solas. —Mira fijamente el vaso vacío que tengo al lado.

Suspiro.

—Es todo esto. —Hago un gesto con la cabeza hacia la fiesta—. Gente rica atiborrándose y emborrachándose en nombre de la caridad. No me parece bien.

Charlie me mira, esperando a que diga algo más.

—Oh, ignórame, probablemente solo tenga hambre. Y además estoy un poco borracha.

—¿No te ha gustado la comida?

—Es que soy vegana. Todos esos despojos y la carne... no me resultan muy apetecibles, la verdad. Lo siento.

—Vaya —dice—. ¡Debes de estar hambrienta! Bien, no te muevas ni un centímetro.

Desaparece entre la multitud y vuelve unos diez minutos después, justo cuando empezaba a pensar que me había abandonado, con un plato de papel lleno de delicias vegetales.

—Qué bien, todavía estás aquí. Les dije que ofrecieran una opción vegana cuando planificamos el menú, pero me aseguraron que nadie la querría. No es mucho, pero con esto podrás matar un poco el hambre.

—Gracias —agradezco con la boca llena de falafel.

—¿Te apetece una copa? ¿O prefieres un poco más de vodka a secas para limpiar tu paladar?

—Estoy bien. Gracias. No tenías que haberte tomado tantas molestias por mí.

Charlie agarra una hoja de parra rellena del plato y me sonríe.

—No lo he hecho por ti, Kitty Collins, lo he hecho por mí.

Mi cara de confusión parece divertirle.

—Soy un Boy Scout, ya ves. Y creo que acabas de ayudarme a ganar una insignia, muy difícil de conseguir, por alimentar a una vegana hambrienta. —Nos quedamos allí sentados, sonriéndonos el uno al otro y devorando el plato de comida hasta que Hen se acerca con la intención de arrastrarme de vuelta a la fiesta.

—¡Kitty! Estás aquí. Papá insiste en que traigas a tu nuevo amigo a la mesa para tomar algo y dejes de ser tan poco sociable de una vez.

Se tambalea sobre sus talones mientras me agarra el brazo e intenta agarrar también el de Charlie, pero tropieza con él.

—Está bueno —intenta susurrarme al oído.

Miro por encima de su cabeza a Charlie, que sonríe satisfecho.

La fiesta está en pleno apogeo en la mesa. Maisie y Rupert no paran de bailar canciones pop cursis, la mayoría de grupos del sello de James Pemberton. Laurelle revolotea entre sus tres hijos, pero parece más apegada a Antoinette, la pequeña de la familia, de dieciocho años, que disfruta de su último verano en casa antes de irse a la universidad. Está claro que la pobre Antoinette intenta quitarse de encima a su madre antes de que lleguen los compañeros de la banda de Grut.

Hen se escabulle de vuelta con su novio en cuanto llegamos a nuestra mesa, olvidando aparentemente su misión de llevarnos hasta allí.

Charlie y yo nos quedamos mirando pasmados hasta que siento una mano en la parte baja de mi espalda. Me hace estremecer. Y no en el buen sentido.

—Bueno, mira quién ha decidido honrarnos con su presencia después de todo.

No necesito girarme para saber que es la mano de James Pemberton en mi espalda.

—¡James! —le digo mientras me envuelve con un solo brazo, sin querer derramar su bebida—. Gran discurso. Y mira cuánto dinero está dando todo el mundo. —Tor tiene razón. Es preferible quedarse con el lado bueno de todo lo que han organizado.

Conozco a James desde que era pequeña, pero aun así me preparo cuando se acerca para darme el beso de rigor en cada mejilla y me agarra los hombros con demasiada fuerza.

—Supongo que ya conoces a Charlie. ¿Trabaja para The Refugee Charity?

No esperaba que James se preocupara demasiado por Charlie. Solo le interesan los hombres tan ricos e importantes como él, las mujeres mucho más jóvenes o los artistas pop ingenuos que pueden hacerle ganar aún más dinero. Tengo una imagen de él en mi cabeza nadando en una habitación llena de dinero, como en unos dibujos animados que veía de niña.

En lugar de despreciar a Charlie y su traje como esperaba, James suelta una carcajada, exactamente la misma carcajada que Ben.

—Querida —me dice—. Charlie no trabaja para The Refugee Charity. Él es The Refugee Charity. Propietario, fundador, director general, como quieras llamarlo. ¿De verdad creías que era un subordinado de poca monta? —Y dirigiéndose ahora a Charlie, añade—: Hijo, te advertí sobre esos trajes. —Le da una palmada en la espalda y le guiña un ojo—: Bien hecho.

Me estremezco cuando se aleja tambaleándose borracho para hablar con otra persona.

Charlie y yo nos giramos para mirarnos.

—Así que tú diriges el cotarro —le digo.

—Bueno, tengo la ayuda de un gran equipo, pero sí, es mi bebé.

—Es increíble.

—Lamentablemente, mi padre no piensa lo mismo. Básicamente, me ha repudiado por no seguir sus pasos y involucrándome en el negocio familiar de las finanzas. Es un buen amigo de James. Ya sabes, con mucho dinero de por medio.

—Jesús, eso es horrible. Lo siento mucho. Cualquier persona estaría orgullosa de que hicieras algo tan maravilloso.

Charlie se mira los zapatos.

—¿Y tu madre?

Cambia torpemente de un pie a otro.

—Mi madre ha muerto —me suelta—. Murió cuando yo tenía trece años.

—Oh. No sé qué decir. Lo siento.

Su mirada vuelve a centrarse en mí.

—Oye, no pasa nada. No lo lamentes. A menos que la hayas matado tú, claro. —Me dedica una sonrisa triste.

—Mi padre desapareció cuando yo tenía quince años. Nadie sabe qué le pasó.

—El misterio del magnate de la carne desaparecido. —Charlie usa la frase que los periodistas solían utilizar en los titulares en la época en que mi padre desapareció—. Debe de ser muy duro para ti.

Ahora me toca a mí mirar al suelo. No quiero mirarle a los ojos mientras le miento.

—Lo peor es no saber si está vivo o muerto, ¿sabes?

Siento la mano de Charlie en mi brazo y me quedo momentáneamente hipnotizada por el hecho de que no me inmuto ni intento apartarme de él.

—No puedo ni imaginar lo duro que debe de ser para ti. ¿Cómo te las arreglas?

Dejando de hablar de ello. Porque hablar de ello significa que podría meter la pata. Especialmente porque parece que me he lubricado bastante bien a base de alcohol gratis.

—Porque tengo que hacerlo. ¿Qué alternativa tengo?

—Sí, te entiendo.

Permanecemos un momento en silencio.

Charlie arrastra los pies y empieza a rascarse una pelusa de la chaqueta.

—Escucha, Kitty, me ha gustado mucho hablar contigo esta noche. No sé si te gustaría repetirlo alguna vez. Tal vez en un lugar un poco menos... Umm... —Mira alrededor del jardín, a los ricos y famosos que ríen y beben y se hacen selfis junto a la pantalla que muestra la obscena cantidad de dinero que se ha donado. Apuesto a que la maldita fiesta es tendencia en Twitter. Ya no quiero estar aquí.

—Sí, en cualquier lugar con menos de todo esto sería genial.

21

APARTAMENTO DE KITTY, CHELSEA

Cuando llego a casa, abro el portátil y me conecto a Instagram para buscar a Charlie. Sin embargo, antes de llegar tan lejos, veo el pequeño icono que me indica que hay un mensaje esperándome.

Me han enviado una foto. Somos Charlie y yo en la barra de bar, riéndonos y sin poder apartar los ojos el uno del otro.

El mensaje es breve:

Siempre te estoy observando, Kitty.

Cierro el ordenador de golpe. ¿Pero qué coño...? La foto solo puede haber sido tomada por alguien de dentro de la fiesta. Y no hace mucho. Esto se está poniendo muy raro y no me gusta. Vuelvo a comprobar todas las cerraduras de mi puerta antes de irme a la cama.

Mi descanso se interrumpe con sueños inquietantes sobre mi padre y las fiestas que organizaba en nuestra antigua casa cuando yo era pequeña. Nuestra casa siempre estaba llena de gente. Hacían fiestas fastuosas a las que acudían en masa personas increíblemente glamurosas. A lo Gatsby.

Me zambullía entre las faldas y los tacones de las mujeres, y me sentía mareada por sus perfumes. Incluso mi madre se esforzaba cuando había una fiesta y se ponía uno de sus increíbles vestidos.

—Pareces una princesa —recuerdo que le dije una vez mientras bailaba un torpe vals en su habitación mientras se arreglaba.

—No, cariño, yo soy la reina y tú eres la princesa. Mi princesita perfecta. —Y me cubría la cara y la cabeza de besos.

Me encantaban esos momentos con mi madre, pero siempre tenía la sensación de estar robando algo que no me pertenecía. Tampoco duraban mucho. Normalmente, un día después de que el último invitado se hubiera ido a su casa, ella volvía a su habitación y se negaba a salir o a dejarme entrar. Me sentaba junto a su puerta. Como una versión real de *Frozen*.

Los invitados siempre estaban encantados de verme y me daban besos antes de que la niñera me llevara a la cama. Recuerdo que pensaba en lo increíblemente felices que eran los adultos en las fiestas. Cuando me hice mayor me di cuenta de que era porque estaban borrachos o colocados.

Mi padre era siempre el alma de las fiestas. Recuerdo su gran risa resonando por todas las habitaciones de nuestra casa. Su risa me hacía sentir segura. Mi padre. Mi protector.

No quiero pensar más en esta mierda. Miro la hora en el móvil y son las 2.40, así que me dirijo al mueble bar y me sirvo un buen trago de vodka. Luego vuelvo a mi dormitorio y me meto en la boca tres pastillas de zopiclona del blíster que tengo en la mesilla de noche. Me las trago con el vodka.

A la mañana siguiente me despierto tarde, con la cabeza agitada por las pesadillas, las drogas y todo el alcohol que he consumido para dormirme. Los recuerdos de mi infancia siguen flotando en mi cabeza, gorgoteando en la boca del estómago.

Salgo de la cama y me dirijo al baño, donde vomito en el retrete. Hubo un tiempo en el que después de las náuseas repentinas me sentía limpia, mejor, pero ahora no me hace nada, excepto tener que lavarme los dientes cuatro veces. Estoy inquieta y necesito urgentemente distraerme de esta sensación.

Voy a la cocina y me preparo el café solo más fuerte que se

pueda imaginar, antes de abrir Tinder en mi teléfono. Puede que destripar a un delincuente sexual sea lo que necesito para curar esta resaca que arrastro.

Ya he elegido a un par de candidatos. Pero justo cuando estoy a punto de enviar un mensaje a uno de los desafortunados me aparece una notificación de iMessage.

Es de Charlie. Noto algo en mi estómago. Es parecido a la ansiedad que he sentido desde el mensaje de anoche del Asqueroso, pero una versión más placentera. ¿Son esas mariposas de las que he oído hablar a la gente? Me sacudo el pensamiento y abro el mensaje.

Hola, Kitty: Espero no parecer demasiado atrevido, pero me preguntaba si estás ocupada esta noche. Tengo entradas para el lanzamiento de una exposición de arte en la que he participado. Es benéfica, pero creo que te puede interesar.

Me alegro de que el mensaje no sea muy largo y, de repente, recuerdo que, con todo el drama del acosador, me había olvidado por completo de buscar a Charlie en las redes sociales. Abro Instagram y escribo su nombre en la búsqueda. Hay unos cuantos Charlie Chambers, pero no tardo mucho en encontrarlo. Está claro que es el más guapo de todos, y su foto de perfil es una cándida imagen en blanco y negro de él riéndose. Esos hoyuelos. Quiero meter mis dedos en ellos. Solo tiene unos dos mil seguidores, es decir, ninguno.

Por desgracia, su página es privada. Tener una cuenta bloqueada es algo totalmente inaudito en mi mundo y normalmente significa que has hecho algo muy humillante, que ha llegado a la barra lateral de la vergüenza en *MailOnline*. Sin embargo, dudo mucho que este sea el caso de Charlie y considero la posibilidad de que, en realidad, sea una persona reservada.

Sé que debo esperar como mínimo una hora antes de responderle, pero pienso que... ¡qué demonios!

Le respondo:

¡Hola! Da la casualidad de que estoy libre esta noche. La exposición suena divertida. ¿Alguien de quien haya oído hablar?

Los puntitos que me indican que está respondiendo aparecen enseguida.

Por supuesto que no. El ambiente es muy de estudiante de arte, así que no esperes demasiado. Y... ¿Estás dispuesta a ir por los barrios bajos del este? 😊

Curiosamente, su uso del *emoji* de la cara sonriente me hace sonreír en lugar de querer tirarme por el balcón.

Yo: ¿De qué este estamos hablando?

Charlie: ¿Lewisham?

Yo: Vale. Eso puedo toler

Me alegro de que no pueda ver mi mueca a través de los mensajes.

Charlie: Bien. Me preocupaba que te derritieras como la Bruja Mala si dejabas el SW3.

22

LEWISHAM, SURESTE DE LONDRES

Quedamos en el lugar, una galería *pop-up* en un centro comercial. Intento reprimir a la esnob que llevo dentro mientras el coche me deja en la puerta del edificio, que, francamente, parece sacado de las pesadillas de Ken Loach. Hay grupos de adolescentes merodeando por la fachada, pero no son los adolescentes lustrosos y arreglados que me abordan en SW3. Hay un olor a humedad y a hierba que flota en el ambiente. Salto de un pie a otro, sin saber qué hacer, y me siento aliviada cuando veo a Charlie caminando hacia mí. Estoy un poco desconcertada por lo vulnerable que me siento con mis bailarinas Louboutin y mi vestido *skater* rojo de Ted Baker.

Está guapísimo con unos vaqueros oscuros y una camisa de lino negra, con las mangas remangadas. Es un poco cutre para los hombres cuando hace este calor. ¿Pero qué opciones tienen? O sudan la gota gorda en vaqueros o parecen que están de vacaciones en la playa con pantalones cortos y camisetas de tirantes. Y mejor que no hable de los hombres que van con sandalias. Hay cosas que no deberían verse en público, y los dedos peludos de los pies son una de ellas.

—¡Kitty! —Me da un beso torpe en la mejilla y siento cómo se me eriza la piel cuando me toca ligeramente el brazo desnudo. Dios, he echado de menos el contacto piel con piel—. Me alegra mucho que hayas podido venir.

Parece que le ha dado el sol en las veinticuatro horas que han pasado desde la última vez que lo vi. Un ligero bronceado ha hecho que le salgan pecas por toda la cara y sus ojos son aún más brillantes de lo que recordaba.

—Sí, yo también.

—La verdad es que es bastante interesante —me dice mientras me pone una mano en la parte baja de la espalda y me guía suavemente entre los niños salvajes hacia el interior—. Todas las piezas están hechas con trozos que los artistas recogieron cuando ayudaron a limpiar el antiguo campamento de la Jungla en Calais. Se llama *Privilege*.

Debo admitir que no soy aficionada al arte. Quiero decir que me gusta y puedo apreciar un buen cuadro, pero probablemente no podría nombrarte a ningún artista contemporáneo. Bueno, Banksy, supongo. Y no me gusta mucho el arte moderno. La verdad es que no entiendo casi nada. Miro la cara maravillada de Charlie mientras me lleva a la galería y empiezo a preocuparme. Espero que no me pida que haga comentarios perspicaces ni nada por el estilo.

—Esta es la pieza principal —dice Charlie mientras me conduce hasta un enorme lienzo blanco sucio, extendido sobre unas mesas de caballete y envuelto en cristal. El blanco está cubierto de motas de ceniza.

Me quedo mirándola un momento, intentando pensar en algo que decir.

—Es bastante abstracto, lo sé —dice, echándome un capote—. La mayoría de lo que se expone lo es. Pero cada una de esas motas representa a una mujer o un niño que ha huido de Alepo para escapar de la guerra. —Me agarra suavemente del codo y me guía hasta la siguiente pieza, que es exactamente igual, pero con muchas menos motas. Esta muestra a las familias que han llegado vivas a un lugar seguro.

Me estremezco.

—Es horrible —susurro, sabiendo que mis palabras no bastan.

—Sí, realmente te hace pensar cuando lo ves expuesto así. Literalmente en blanco y negro. Toda esa vida desperdiciada. Es algo tan precioso.

Nos quedamos mirando en silencio durante unos instantes.

—Pero no todo es pesimismo aquí —me dice Charlie—. Ven y mira esto.

Me conduce hasta una pared cubierta de dibujos brillantes. Hay arcoíris, soles, unicornios y deseos escritos con el inconfundible garabato de los niños.

—Este es nuestro muro de la esperanza. Cada uno de estos dibujos fue hecho por un niño mientras vivía en el campo de refugiados. Estos niños han tenido literalmente que dejar atrás sus vidas y vivir en las peores condiciones imaginables. Aun así, se las arreglan para dibujar cosas como estas.

Miro en silencio las imágenes, una algarabía colorida dedicada simplemente a estar vivo.

—¿Qué edad tenían los niños que hicieron esto?

—La mayoría fueron hechos por los que eran más pequeños. De ocho años para abajo. —Pasa los dedos por un dibujo de tiza con un arcoíris especialmente bonito—. Este lo hizo una niña llamada Yara. Solo tenía cinco años. La separaron de sus padres en el viaje a Calais. Pero era la cosita más valiente. Con el corazón más grande. Y no dudó ni un segundo que volvería a reunirse con su familia.

—¿Y lo hizo? —pregunto.

El rostro de Charlie adquiere un aspecto acerado.

—No lo sé —dice tras una pausa que me parece eterna—. La siguiente vez que volví al campamento, ella se había ido y nadie parecía saber dónde. —Se muerde el interior del labio, perdido en otro mundo por un momento—. Dios, lo siento, Kitty, no sé por qué pensé que era una buena idea traerte aquí. No es la más divertida de las primeras citas. —Él fuerza una sonrisa.

—¿Esto es una cita?

—Bueno. Se suponía que lo era. Aunque en mi cabeza era mucho más romántico que esto. Lo siento.

—No tienes nada que lamentar. Es fascinante ver todo esto. Y es obvio lo mucho que tu trabajo significa para ti. Gracias por compartirlo conmigo. —Le doy un apretón tranquilizador en el brazo—. Me siento afortunada.

—¿De verdad?

—De verdad. —Asiento con la cabeza.

—Entonces, supongo que no te importará quedarte un rato mientras hago mi discurso de director general. No te preocupes, no es nada demasiado formal.

—¡Claro que no!

Da una palmada y el sonido es tan fuerte que me hace dar un respingo. Observo, un poco asombrada, cómo todo el mundo se gira para mirarle. Pero al mismo tiempo algo feo se despierta en lo más profundo de mí. Es demasiado parecido a la situación de Adam para mi gusto. ¿Qué estoy haciendo aquí? ¿Por qué me siento vulnerable?

Charlie empieza a hablar. Parece mucho más relajado aquí que cuando habló la noche anterior en la fiesta.

—En primer lugar, quiero daros las gracias a todos por venir aquí esta noche en lugar de estar en la terraza del *pub* más cercano.

—Yo preferiría estar en mi casa y abrir la nevera —dice una chica rubia y delgada, y finge desmayarse de calor. Todos se ríen.

—Buena observación sobre el calentamiento global, Jenna. —Charlie le guiña un ojo—. Imagina lo insoportable que es este tipo de calor en un campamento sin aire acondicionado. O sin tener muchos frigoríficos. En fin, espero que os guste la exposición. Como la mayoría de vosotros sabéis, está hecha en su mayor parte con basura recogida en el antiguo campamento de la Jungla de Calais. La mayoría de los artistas están por aquí, por si queréis hablar con ellos. Jenna —señala a la rubia— es la autora de la pieza principal, que estoy seguro de que os conmoverá cuando os explique la historia completa. Como siempre, agradecemos cualquier donación que puedan hacernos llegar. Esperamos volver a los campos griegos cuando llegue el otoño. Ahora os dejo en manos de Jenna. Y una vez más, muchas gracias por su tiempo esta noche.

Charlie recibe un impresionante aplauso y entonces Jenna empieza a hablar sobre lo de los puntos de ceniza.

—¿Quieres salir de aquí? —me susurra Charlie al oído.

—Sí, por favor. Si te parece bien.

—Claro, nena, estás con el jefe. Todo va bien. —Vuelve a guiñarme un ojo, pero es mucho más sugerente que cuando se lo hizo a Jenna y mi alma se tranquiliza de inmediato—. Solo tengo que despedirme de unas pocas personas y ya podemos irnos.

Las «pocas personas» son en realidad unas cuantas más y nuestra salida se retrasa unos cuarenta y cinco minutos, ya que Charlie revolotea y se despide de todos los habitantes del planeta mientras yo me tomo un vaso (de cartón) de vino blanco caliente y le observo. Se le ve muy tranquilo, y no se me escapa que muchas mujeres lo miran con admiración.

«Adam, Adam, Adam», me grita mi cerebro de la nada. Imagino que también hay luces ámbar de advertencia parpadeando en mi cabeza. Me sacudo los recuerdos.

Finalmente, Charlie vuelve hacia mí y me empuja hacia la puerta.

—Rápido, antes de que alguien más intente hablar conmigo —me susurra al oído, lo bastante cerca como para que sienta su aliento en mi cuello—. ¿Qué te gustaría hacer ahora, Kitty Collins? —me pregunta cuando volvemos a estar fuera, en el aire pegajoso del atardecer. Está tan húmedo que es como intentar respirar sopa—. ¿Tomamos una copa? ¿Tienes que asistir a algún evento glamuroso? ¿Alguna sesión de fotos?

Me río.

—Una copa suena bien. Pero ¿podríamos ir a un sitio un poco menos...?

Ahora el que ríe es él.

—Sí, vamos a otro sitio.

Le hacemos señas a un taxi negro para que nos lleve al centro de la ciudad. Nos detenemos junto a Green Park y decidimos caminar hasta encontrar un lugar tranquilo.

—¿Qué te ha parecido? —me pregunta Charlie, sonriendo, con esos hoyuelos que me hacen sentir la persona más importante del mundo.

—Me sentí un poco incómoda, la verdad —le contesto con sinceridad.

—¡Sí! —Se vuelve hacia mí con esos ojos verdes brillantes—. Así es exactamente como debe hacerte sentir. Eso y también afortunados, mimados. Vemos tanto sufrimiento en las noticias que es fácil insensibilizarse. Lo que hacen estas piezas, especialmente la de los niños, es mostrárnoslo con sencillez. En cierto modo es aún más horrible, ¿no crees?

Asiento con la cabeza. Tiene razón. Me siento ignorante y mimada.

—¿Qué pasa con los demás? Con los que no lo consiguen —pregunto.

—¿Los niños? Bueno, pueden ocurrir muchas cosas terribles. Pueden ser secuestrados para traficar con ellos, algunos son víctimas de terribles abusos e incluso asesinados, otros ni siquiera aguantan el viaje en barco hasta llegar a un lugar seguro.

—¿Y tú les ayudas?

—Lo intentamos. Hacemos todo lo que podemos para educar, ayudar a llevar a las madres y a los niños a un lugar seguro y reunir a cualquiera que haya sido separado. Pero es difícil. Es un mundo muy corrupto y, obviamente, la financiación es un problema.

—A veces uno no sabe si el dinero es la solución o el problema de todo.

Respira hondo y exhala rápidamente, hinchando las mejillas.

—Depende de en qué manos esté. Pasé bastante tiempo en Kos ayudando con la crisis de los refugiados, así como en Calais. Montamos algunas carpas para darles de comer, nos aseguramos de que hubiera mantas y ropa de abrigo para cuando llegaran. Pero no fue fácil. Ver familias destrozadas, personas que tienen que dejar vidas, carreras, relaciones que han construido durante años, es horrible. —Me mira, con la preocupación grabada en su hermoso rostro—. Te has quedado callada. ¿Qué te pasa?

—Nada, es muy humillante, supongo. Es difícil decir nada coherente cuando se vive con tantos privilegios.

—Es cierto, puede serlo. Pero también tienes que darte cuenta de que todo es relativo. Puedes tener y ser todo lo que quieras en el mundo y seguir siendo infeliz.

Me estremezco.

—Mira, allí hay un bar. Vamos a tomar algo. Esto está siendo mucho más sincero de lo que pretendía.

23

BAR THE GRAPES ON THE VINE, W1

Nos dirigimos a un pequeño *pub*, uno de los únicos lugares que no está a reventar de londinenses y turistas aprovechando el buen clima y las terrazas al aire libre. Por supuesto, hay una razón por la que este lugar en particular no está lleno y es porque huele mucho a humedad. Lo cual, mezclado con un largo y húmedo verano y gente por todas partes, no es muy agradable.

—Podemos ir a otro sitio —dice Charlie mientras llevamos nuestras bebidas a una mesa con asientos de verdad, olfateando el aire y poniendo caras raras.

—¿Y cambiar el lujo de tener espacio para sentarse por estar de pie y aplastado en la barra durante cuarenta minutos intentando pedir? No, gracias.

—Bueno, si estás segura de que puedes soportar el hedor... Huele como si hubiese algo muerto escondido. Por cierto, te he traído algo. —Sonríe de una forma que le hace parecer un colegial tímido mientras rebusca en su bolsillo—. Toma. Los vendían en uno de los puestos de Oxford Street. Es una tontería. —Me da una bolsita de papel con la bandera del Reino Unido impresa.

Lo abro y saco un llavero. Es un pequeño gatito blanco de dibujos animados, una camiseta con la bandera estampada y un lazo rosa en la cabeza.

—¡*Hello* Kitty!

—Te dije que no era nada del otro mundo.

—¡No! Es bonito. Me encanta. ¡Gracias!

Hay un momento de silencio. No exactamente incómodo, pero cargado de... algo.

—Yo no te he traído nada. Lo siento.

—Dios, no lo sientas. No esperaba que lo hicieras. —Sonríe con su pinta de cerveza en la mano, con esos hoyuelos, esas pecas, esos ojos. Sí, sé que estoy en terreno peligroso.

—Te has vuelto a quedar callada. ¿Qué te pasa? ¿Te ha parecido ofensivo mi regalo de mal gusto?

Sonrío.

—No. Es encantador. Creo que solo estoy un poco nerviosa.

—¿Por qué estás nerviosa? —pregunta con cara de inocencia. Es difícil explicarle a una cita que es el primer hombre en mucho tiempo al que no te has imaginado cortando en trozos pequeños para luego meterlo en una picadora de carne.

—No lo sé. No entiendo por qué me mandaste un mensaje. Quiero decir que represento todo aquello a lo que tú te opones, ¿no? Soy mimada e ignorante.

Tiene la decencia de parecer horrorizado.

—¡No me refería a ti cuando dije eso! Jesús, cualquier cosa menos eso. Me sorprendiste. En la gala, quiero decir. Esperaba que fueras como Hen y los otros, pero no lo eres. Tienes capas. Eres interesante. Para serte sincero, trastocaste mi forma de ver las cosas. Pensaba que no era ese tipo de personas que hacen suposiciones sobre la gente. Pero resulta que sí lo hago. Y contigo me equivoqué.

—¿Pensabas que era como Hen?

—Sí. Cuando viniste a hablar conmigo mientras intentaba memorizar mi discurso. ¿Te acuerdas? Pensaba que eras otra de esas niñas ricas y superficiales.

—¡Eh! —Le empujo el pie con el mío por debajo de la mesa—. Esas ricachonas superficiales son mis amigas de toda la vida.

—Pero tú no eres como ellas, ¿verdad? —Es una afirmación, no una pregunta.

Siento una necesidad imperiosa de desviar la conversación de mí misma.

—¿Por qué has elegido este camino? El de la caridad. ¿Por qué tu padre se ha enfadado tanto?

Sus ojos se entrecierran ligeramente como si estuviera pensando, pero vuelve a cambiarle la cara rápidamente.

—Jesús... No sé por dónde empezar. Supongo que siempre he sido un poco «orgulloso». Hace un gesto con los dedos que normalmente me hace querer arrancarme la piel a tiras, pero lo hace con una media sonrisa autocrítica que consigue derretirme un poco—. Ya sabes cómo son las cosas. En el colegio te dicen: «Salvemos la capa de ozono». Y en casa me convertí en un inspector de residuos domésticos. Hice que mis padres pasaran de un contenedor a tres. Creo que asumieron que se me pasaría. Pero eso nunca pasó. Siempre he tenido la injusticia muy presente. Por qué algunas personas lo tienen todo y otras no tienen nada. No sé si me entiendes.

Asiento, cautivada por su pasión.

—Y supongo que sentí que la gente como yo, como nosotros, puede hacer mucho más, ¿sabes? No necesito todo el dinero que mi familia me ofrece. No me hace feliz.

—¿Y qué te hace feliz?

—Ayudar, supongo, marcar la diferencia. Yo era un alma muy profunda y problemática de niño. Crecí viendo a la humanidad haciendo cosas horribles por todas partes. Me importaban las mareas negras, la caza del zorro, el reciclaje de latas de aluminio... Creo que veía demasiado *Blue Peter*[10]. Pero me hizo efecto. Toda vida merece una oportunidad. ¿No crees?

---

[10] Programa infantil de la BBC que lleva emitiéndose desde 1958. Durante todo este tiempo ha tocado todos los temas imaginables, preocupándose especialmente por el medioambiente a partir de los años 80.

Casi me atraganto con la bebida.

—¿Toda vida? ¿No crees que hay excepciones? ¿No crees que hay algunos cabrones arrastrándose por la tierra que merecen estar a dos metros bajo ella? ¿Y la chica de la que hablabas? ¿Yara? Si fue secuestrada para traficar con ella, ¿no querrías que los responsables pagaran? Imagina que estuvieras allí con una pistola, sabiendo lo que le han hecho. Una parte de ti querría vengarla.

Una nube pasa por su rostro y mira hacia la mesa, mordiéndose el labio inferior.

—Joder. No lo sé. Obviamente, debería decir que intentaría asegurarme de que se hiciera justicia como es debido. Pero cuando lo dices así...

—Imagina la rabia que sentirías. Esa parte animal de tu cerebro quiere hacerles daño.

—Dios, realmente no lo sé. Si estamos hablando de esa parte primaria de nuestro cerebro que no podemos controlar, creo que es imposible decir cómo reaccionaría alguien en una situación así. Joder, se ha vuelto a complicar la conversación otra vez. ¿No son estos temas precisamente los que todo el mundo dice que hay que evitar en una primera cita?

—Vaaale, tienes razón. —Asiento con la cabeza—. ¿Cuál es tu color favorito? —Él se ríe.

Pasamos una velada maravillosa cuando dejamos de hablar de las cosas más serias del mundo. Además, le he ganado dos veces al billar (mi habilidad secreta), lo que le impresiona muchísimo. Es una compañía tan agradable... Es divertido, inteligente y, obviamente, nada ofensivo a la vista. Me da mucha rabia cuando dice que tiene que irse a casa porque tiene una reunión temprano al día siguiente.

—Es una de esas cosas de las que no puedo escaquearme —dice mientras espera conmigo a que llegue mi Uber—. Por cierto, dime si necesitas ayuda con algo. Puedo enviarte algunas fotos de la exposición si quieres publicarlas en Instagram. Puedes poner *hashtags* y todo eso.

Espera, ¿qué? ¡¿QUÉ?!

—¿Esa es la única razón por la que me pediste salir? —Una abrumadora mezcla de dolor y furia me recorre las venas—. ¿Pensabas que yo haría algunas fotos y *hashtags* de tu exposición y las publicaría entre mis seguidores? ¿Que haría de relaciones públicas gratis?

Charlie me mira fijamente, con ojos llenos de confusión. O algo que se le parece.

—¡Kitty! ¡No! No quería decir eso. Yo solo...

—¿Solo qué?

Abre la boca para darme una respuesta, pero no espero a oírla. Un coche se detiene y ni siquiera me molesto en comprobar si es el mío antes de subir.

No dejo de pensar en el viejo refrán que se repite en mi cabeza. Cuando algo parece demasiado bueno para ser verdad, es porque no lo es.

Que te jodan, Charlie Chambers. Vete a la mierda.

24

APARTAMENTO DE KITTY, CHELSEA

Saludo con la cabeza a Hakim, que está en el escritorio, antes de ir corriendo a esconderme a mi apartamento como un animal herido. Charlie intenta llamarme un par de veces, pero desiste en cuanto le corto la segunda. Me sirvo un Grey Goose y me lo bebo de un trago, seguido de otro.

Intento calmarme imaginando formas de matar a Charlie. Pero ni siquiera eso me ayuda. De hecho, me pone más nerviosa y al final me tomo dos de mis dosis especiales de Valium para elefantes y me desmayo en la cama.

No me siento mucho mejor cuando me despierto unas diez horas más tarde, con el sol deslumbrándome en la cara a través de la ventana de mi habitación.

Tengo resaca y estoy alterada.

Miro mi teléfono, que sorprendentemente aún tiene algo de batería teniendo en cuenta que olvidé cargarlo antes de sucumbir a la inconsciencia. Hay mensajes de voz y de texto de Charlie, pero los ignoro y los borro. En un intento de calmarme, pruebo la cinta de correr de la habitación que he convertido en un gimnasio. Me duelen las piernas. Intento que el *mindfulness* por el que he pagado una pequeña fortuna a un gurú de Tailandia me sirva de algo. Pero nada. Al final me sirvo un vaso gigante de Chablis, me derrumbo en el sofá y agarro el móvil. Echo un vistazo a las aplicaciones de cotilleos y compruebo el tiempo que hará la semana que viene (joder, qué calor) antes de abrir la aplicación de noticias.

Y ahí es donde encuentro exactamente lo que me saca de este horrible bajón anímico.

Se llama Daniel Rose. Tiene treinta años y es de Catford. Recientemente liberado tras pasar un tiempo en la cárcel y ya familiarizándose con el mundo de las aplicaciones de celestineo virtual, según *MirrorOnline*. No hay nada malo en ello, aparte del hecho de que acaba de ser puesto en libertad tras una condena de cinco años por dos violaciones. Según el informe, está suscrito y pagando una cuenta de Tinder.

Fue fácil encontrar el perfil de Tinder de Daniel Rose. Daniel Rose. Suena tan inocente y puro. La rabia ya está creciendo dentro de mí y tengo que respirar hondo para calmarme mientras ojeo sus datos:

Daniel. 28 años. Londres.

Soy un tipo normal que busca a alguien parecido. Me gustan las risas. Me gustan las cosas sencillas de la vida, la buena comida, el buen vino y la buena compañía.

Y eso es todo. Curiosamente, no menciona nada en su lista de cosas sencillas con las que disfruta sobre forzar con su polla a mujeres que no lo desean. Cierro la aplicación y vuelvo a abrir el informe de *Mirror*. Daniel fue detenido hace seis años tras violar a una mujer que conoció en una noche de fiesta. Consiguió entrar en su casa con la excusa de protegerla, y ella intentó llamar varias veces a su novio, que no contestó. Según el informe, la mujer había rechazado repetidamente sus insinuaciones, antes de pedirle que se marchara. Daniel Rose la había ignorado, diciéndole que sabía que ella lo deseaba, antes de forzarla. Durante los siete minutos que duró la experiencia, la mujer lloró y le suplicó que se detuviera.

Se declaró inocente, obligando a la víctima a revivirlo todo ante el tribunal. Ella se negó a declarar desde detrás de un biombo, quería mirarle a los ojos cuando contara a los miembros del jurado lo que le había hecho. Quería ver si tenía remordimientos.

No los tenía.

Incluso le sonrió mirándola a los ojos mientras se lo llevaban detenido.

Fue puesto en libertad al cabo de tres años e inmediatamente infringió las condiciones de su libertad condicional al agredir sexualmente a una amiga de la familia. Al parecer, utilizó la excusa de que «hacía años que no veía unas tetas» y no pudo evitarlo.

El juez que lo condenó lo describió como «un maestro de la manipulación y un hombre muy peligroso».

Bien, es hora de que empiece el espectáculo.

Abro Tinder y deslizo el dedo hacia su foto. Como era de esperar, en cuestión de minutos recibo una notificación diciéndome que él me ha hecho *match*.

Me he cambiado el nombre y la foto, obviamente. Esta vez soy una estudiante coqueta llamada Camilla que busca «diversión, citas y quizás algo más que amistad».

Está claro que Camilla atrae al depredador sexual que Daniel lleva dentro, ya que enseguida le llega un mensaje.

Daniel: Ola, señorita Diversión, citas y quizás algo más. K tal andas?

Su forma de escribir me pone enferma. Intento pensar en lo que contestaría «Camilla». Una chica inocente que no sabe que esta escoria ha violado y manoseado al menos a dos mujeres y que ahora intenta volver al terreno de las citas.

Camilla: Hola, Daniel! Encantada de conocerte. K tal el finde?

Me estremezco ante la facilidad con la que dejo que mi ortografía baje de nivel.

Daniel: Bastante bien. Estuve fuera un tiempo, pero ya he vuelto a la rutina.

Camilla: Ja, ja, ja. Dnde has estado? En algún sitio chulo?

Daniel: He estado con unos amigos durante un tiempo mientras arreglaba algunos asuntos de mi vida. Pero ya estoy en casa. Quieres pasarte a WhatsApp para que podamos deshacernos de esta aplicación de mierda?

Uf. Desde luego que no. Especialmente porque en mi WhatsApp se puede ver mi foto real y una pequeña biografía sobre Kitty Collins.

Camilla: Me están arreglando el teléfono y ahora estoy con uno viejo y cutre en el que no se puede descargar la aplicación. Lo siento.

Daniel: Bueno, k tal si nos dejamos de tonterías y te llevo a tomar una copa? Soy de Catford. Estás cerca?

Camilla: Lejos no estoy. Dnde nos encontramos?

Me responde con el nombre de un pub que suena lo suficientemente lúgubre como para no tener ningún circuito cerrado de televisión de última generación, y en menos de cuarenta minutos estoy allí, incluso me las arreglo para encontrar aparcamiento casi en la puerta.

25

LA POSADA DE CATFORD, CATFORD

Es exactamente lo que esperaba: un local con una diana, una mesa de billar que apesta a cerveza del día anterior y con alfombras que no se han cambiado desde antes de la prohibición de fumar. Voy a necesitar varias duchas después de esto.

Lo veo enseguida, sentado en una mesa, tecleando en su teléfono, sin duda preguntándose qué le va a hacer a la pobre Camilla en cuanto pueda. Pido un vino blanco de la casa que sacan directamente de debajo de la barra y no parece estar muy frío. Por suerte, no tengo intención de bebérmelo. Me sitúo en una mesa cercana, lo que no me resulta difícil, ya que el local está prácticamente vacío, y hago el papel de mi vida. Suspiros, muchas consultas telefónicas y miradas anhelantes por la ventana. Al cabo de unos diez minutos, mis ojos se cruzan con los de Daniel Rose.

Los he sentido clavarse en mí desde el momento en que me senté.

—Supongo que se ha olvidado —digo con una sonrisa de resignación.

Él me devuelve la sonrisa.

—Parece que la mía también. A la mierda. Ellos se lo pierden.

Asiento con la cabeza, me levanto, recojo el móvil y las llaves de la mesa (pegajosa) y hago como que estoy a punto de irme. Le sonrío de nuevo.

—Bueno, yo aún esperaré por si ella aparece.

Me doy la vuelta para irme, pero Daniel grita detrás de mí:

—¿Te apetece a una copa? Al fin y al cabo, los dos estamos en la misma situación.

Así de fácil.

Espero un poco para contestar. No quiero que se note mi entusiasmo.

—¿Por qué no? No tiene sentido perder toda la tarde esperando, y ya que me he arreglado...

—Ven y siéntate conmigo. —Me invita abriendo los brazos, y yo me siento en la silla de enfrente—. ¿Cómo te llamas? ¿Y qué bebes?

—Un vino blanco, por favor —le digo—. Eso es lo que estoy bebiendo, quiero decir. Me llamo Kitty.

Se ríe conmigo ante mi intento de chiste de mierda y me tiende la mano.

—Encantado de conocerla, señorita Vino Blanco. Yo soy Daniel.

Su mano está caliente y húmeda. Limpio la mía en la mesa disimuladamente mientras lo veo pavonearse en dirección a la barra. Pasa por delante de dos veteranos que ya se han instalado en el bar y vuelve con una pinta para él y mi vino. Aprovecho para echarle un buen vistazo. Está más delgado que en su perfil de Tinder y en las fotos del telediario. Será por el control de las raciones en la cárcel, cortesía de Su Majestad.

No parece un monstruo. Aunque ninguno lo parece, ¿no? Si no, nunca tendrían la oportunidad de convertirse en uno. Sus ojos marrones se arrugan cuando habla. Tiene pecas en la nariz y las mejillas, lo que le hace parecer menos peligroso que un niño travieso. No es grande ni prepotente. Es solo un chico.

El diablo lleva muchos disfraces.

Habla. Mucho. Sobre todo de sí mismo y de cómo está buscando trabajo después de haber sido despedido, aunque insiste en que ya tiene alguna cosa interesante a la vista. Bebe con facilidad, relajándose un poco más después de cada pinta. Brazos abiertos, piernas abiertas, ocupando todo el espacio posible.

—¿Con quién se suponía que ibas a reunirte? —le pregunto—. ¿Con tu novia?

—No, no. Solo era una primera cita. Alguien que conocí en una aplicación. He estado fuera de la circulación durante un tiempo. Para serte sincero, ella no era realmente mi tipo. Demasiado simpática. —Sus ojos se detienen en mi pecho y siento una punzada de lealtad por la pobre e inexistente Camilla.

Cuando se excusa para ir al baño, aprovecho la oportunidad y le echo unas gotas de GHB líquido en la bebida, que mi contacto médico habitual me ha proporcionado amablemente. Me viene a la cabeza la información que leí sobre él en Internet, sobre todo lo de sonreír a la víctima desde el banquillo de los acusados. A la mierda, se lo echo todo. Cabronazo sin remordimientos.

Media hora más tarde, cuando sus palabras comienzan a arrastrarse y su cabeza empieza a dar tumbos, me doy cuenta de que es hora de llevar a Daniel Rose a casa. A mi casa, claro. Necesito mis cuchillos.

—¿Adónde vamos? —pregunta mientras me paso su brazo por el hombro, asegurándome de que nadie en el bar nos presta atención. Los dos veteranos están borrachos y uno se ha caído del taburete al menos dos veces. Eso le va a costar al NHS[11] una cadera nueva. Tampoco hay rastro del chico que nos ha servido las bebidas.

—Vamos a un sitio un poco más cómodo —le digo—. Estás muy borracho. Creo que necesitas dormir la mona. Vamos a la cama.

---

[11] *National Health Service* (Servicio Nacional de Salud).

—Sí, vamos a la cama. —Intenta mirarme de reojo, pero parece que le está dando un ataque.

Le llevo hasta el coche y le acomodo en el asiento del copiloto.

26

EL RANGE ROVER DE KITTY, CATFORD

—No me encuentro bien.

Daniel Rose tiene muy mal aspecto. Está muy pálido y sus ojos se mueven de un lado a otro como si intentara concentrarse en algo que se le escapa de la vista.

Tiene un repentino momento de lucidez y se echa hacia delante, mirándome amenazadoramente a los ojos, agarrándome débilmente del brazo mientras intento atarlo al asiento.

La seguridad ante todo.

—Como en tus peores pesadillas. —Me lo quito de encima y le doy un empujón que hace que se desplome en el asiento. Luego me subo al lado del conductor y arranco el motor.

Ahora me mira con una mezcla de confusión y miedo mientras nos alejamos del *pub* y emprendemos el camino de vuelta al SW3.

—No es agradable, ¿verdad? Sentirte indefenso y como si tu propio cuerpo estuviera fuera de control. ¿Crees que así se sentían tus víctimas? Ya sabes, las mujeres que violaste.

Daniel palidece más todavía y el sudor empieza a correrle por la cara de manera exagerada hasta la clavícula. Puede que vaya hasta arriba de GHB, pero sabe que se le acabó el juego.

—No las violé —dice jadeando—. Ellas querían hacerlo.

Siento que la sangre me quema la piel.

—¡Mentiroso! —Piso el freno de golpe, haciendo que el cinturón de seguridad le dé un tirón fuerte—. Solo admite lo que hiciste. Discúlpate y no será doloroso. Puede que incluso te den unos miles de años en el purgatorio en vez de ir directamente al infierno.

Intenta levantar la cabeza lo suficiente para mirarme, el sudor cubre su cara por completo.

—Yo... no... he... hecho... nada... malo.

Supongo que una doble negación es lo más cerca que voy a estar de una confesión suya.

Le miro. Es patético. Está arrugado y sudando como un... como un puto violador. De repente me muero de ganas de llevarlo a casa, de ver ese miedo en sus ojos convertirse en terror total y absoluto cuando se dé cuenta de lo que está a punto de pasar.

Pero cuando vuelvo a mirarle, mientras estoy parada en unas obras en las que no parece haber nadie trabajando, pero que tiene las luces provisionales encendidas, me doy cuenta de que algo va muy mal. La mirada de miedo ha desaparecido. De hecho, todas las miradas han desaparecido. Sus ojos están vidriosos y fijos. Pero no miran a nada. Porque está muerto.

Mierda.

Tal vez darle todo el GHB fue una mala idea. No pensé que pudiera matarlo. Dios. Voy a tener que investigar un poco más sobre las drogas de violación. ¿Tal vez era alérgico? No lo sé. No soy una maldita paramédica. Lo único que sé es que está muerto. En el asiento del copiloto. A mi lado.

Joder.

27

EL RANGE ROVER DE KITTY, EN ALGÚN LUGAR ENTRE CATFORD Y CHELSEA

De acuerdo. Que no cunda el pánico.

El problema es que, aunque estoy acostumbrada a sacar cadáveres de mi apartamento, nunca había tenido que meter uno. Y, sinceramente, no es algo fácil de hacer a plena puta luz del día.

Aparco en una calle más pequeña en cuanto veo más carritos de bebé y árboles que borrachos y vagabundos. Necesito pensar.

Podría llevármelo a casa y dejarlo en el coche hasta que oscurezca. Pero tendría que taparlo de alguna manera y, con el calor que hace, no tardaría en empezar a apestar como el trozo de carne podrida que es. Podría llevarlo directamente a uno de los mataderos, pero los trabajadores estarían allí. Además, el más cercano, en Hampshire, está a cuarenta y cinco minutos en coche. Eso es demasiado tiempo para ir con un cadáver al lado. Además, necesito mis herramientas. Mi única opción viable es intentar pasarlo por delante del conserje de turno discretamente y subir a mi ático.

Miro en el asiento trasero y doy gracias a Dios (o lo que sea) por ser una calamidad en cuanto a la limpieza de mi coche se refiere. Toda la parte de atrás es básicamente mi armario de emergencia. Nunca se sabe si en un evento puede presentarse otra persona con tu mismo vestido de Ghost. Aunque tu estilista te haya asegurado que es único. En fin, el caso es que tengo sombreros, capas y abrigos en abundancia. Y voy a tener que ser creativa. Vuelvo a Chelsea, aparco el Evoque en el aparcamiento subterráneo y me pongo a trabajar.

Le pongo a Daniel un gorro de Miu Miu gigante en la cabeza (gracias, *revival* de los noventa) y le envuelvo el torso con un chal de Madeleine Thompson. Entonces me acuerdo de los patines que había en el maletero cuando metí la maleta de Joel. Me resultarán útiles.

Daniel Rose no solo tiene un aspecto elegante, sino que ahora es mucho más fácil de manejar.

Por suerte para mí, Rehan está trabajando. No está en el mostrador, sino a varios metros, en la sala donde se entrega la paquetería. Me sonríe y me saluda con la mano mientras llevo a Daniel Rose por el vestíbulo. Con cierta dificultad, hay que reconocerlo. Incluso sobre ruedas, no es ligero.

—¡Hola, señorita Kitty!

—Hola, Rehan, ¿cómo estás?

—Muy bien, señorita. Su amiga —indica el cadáver que estoy tratando de pasar de contrabando— no está tan bien como usted, por lo que veo.

—Sí, está un poquito perjudicada —le digo—. Ha bebido demasiado, ¡otra vez! La llevo arriba para que duerma la mona. Es una chica muy traviesa. —Rehan asiente en señal de reconocimiento—. Si la suelto, se matará con estos patines. —Él se ríe y yo finjo susurrar algo al cadáver que arrastro hasta el ascensor.

Cuando llegamos a mi piso, todo es coser y cantar, y Rehan ni siquiera se da cuenta de que a la mañana siguiente me voy con trozos de Daniel Rose empaquetados en bolsas de Gucci, Tiffany y Chanel.

—Me voy a devolver unas compras. —Sonrío, y le doy un café

que yo misma he preparado y una magdalena de arándanos—. Saluda a tus chicas de mi parte. —También le deslizo una bolsa Tiffany más pequeña, que contiene dos pulseras de oro blanco con pequeños diamantes que te deslumbran con el brillo.

Las hijas de Rehan han vuelto a Pakistán con su hermana. Su mujer murió al dar a luz a la más pequeña. Me lo contó cuando le llevé un café en uno de sus primeros días de trabajo, hace ahora unos tres años. Les envía casi todo el dinero que gana aquí para que puedan ir a la escuela. Es amable conmigo y me gusta darle regalos para sus chicas siempre que puedo.

También le doy un sobre. Más tarde, cuando termine su turno, lo abrirá y lo encontrará lleno de billetes de veinte. No hay nada malo en recordarle a la gente de vez en cuando lo encantadora que eres.

Quiero decir, sí, podrías llamarlo soborno. Pero no me gusta esa palabra. Después de deshacerme de Daniel Rose (esta vez en una fábrica de Swindon), miro el teléfono y veo que Maisie quiere reunirse en The Lost Hours esta noche. Tengo tiempo suficiente para ducharme y cambiarme, mientras intento no pensar en Charlie.

No hay más llamadas ni mensajes suyos. Se me revuelve el estómago y me siento muy decepcionada.

28

THE LOST HOURS, KING'S ROAD

Maisie llega tarde y se sienta a la mesa en silencio. Tres pares de ojos la miran intensamente.

—¿Qué? —dice frunciendo el ceño—. Sírveme un poco.

Tor llena su copa con la botella abierta de Chablis.

—Venga —dice Hen—. Desembucha.

—Tú nos pediste que viniéramos, ¿recuerdas?

Maisie se sonroja.

—Oh, vale. Necesito hablar de sexo.

—Uf. ¿En serio? —digo—. ¿Y no podrías ahorrárnoslo?

Hen me lanza una mirada.

—Habla por ti. Yo quiero saberlo todo. Apenas nos has contado nada sobre las proezas de Roo en el dormitorio.

—Objeción denegada —dice Tor, usando su copa de vino como martillo antes de que ella y Hen coreen a la vez—: ¿Cómo de grande es su polla?

Las mesas vecinas nos miran, pero afortunadamente es jueves por la noche y todo el mundo está ya bastante achispado, disfrutando de sus copas previas al fin de semana. Se oyen algunas risas y un hombre, que lleva chaleco sin motivo aparente, se levanta y aplaude.

Maisie le da las gracias con la cabeza antes de poner los ojos en blanco y volverse hacia nosotras.

—Lo hacemos con frecuencia, pero no sé por qué hay que darle tanta importancia. No es como si estuviera pasado por una mala racha o algo así. No como otras. —Acerca su cara a la mía—. Y no voy a ser grosera como para dar nombres, Kitty Collins.

—Déjala en paz —dice Hen—. Si Kitty quiere que su gatito esté más seco que una Ryvita[12] , es su decisión. De todos modos, ahora tiene a Charlie Chambers en su telaraña, así que su sequía prácticamente ha terminado. Ahora estamos hablando de ti, así que olvida ese tema. ¿Cómo es en la cama?

—Lo de siempre. —Se encoge de hombros y juguetea con una pelusa inexistente de su falda.

Tor hace una mueca.

—Esa no es la respuesta de alguien a quien le hayan realineado los chakras la noche anterior. ¿Qué ha pasado?

—Nada. Bueno, nada inusual. Solo lo normal.

—Vale, suponemos que no te ha enseñado su cuarto de torturas todavía —digo—. Pero tampoco parece que te haga columpiarte de las lámparas. ¿Se le dan mal los preliminares?

—Peor aún: ¿no hay preliminares? —Hen abre mucho los ojos, horrorizada—. ¿Hizo esa cosa horrible que hacen algunos de meterte los dedos como si intentaran sacar pelos del sumidero?

Maisie se ríe.

—No. Nada de eso. Estuvo bien.

—Bueno. Entonces el sexo bien. —Hen se ríe.

—Entonces, ¿qué es lo que tienes que contarnos? ¿Bajó a...? ¿Tan horrible fue?

—¿Tiene una polla pequeña? —pregunta Tor.

Maisie esconde ahora la cabeza entre las manos y tiembla de risa.

---

[12] Pan crujiente de harina de centeno.

—No. Dejad de preguntarme. No quiero hablar de ello. He cambiado de opinión. Vamos a emborracharnos y a cotillear sobre otras personas como hacemos siempre.

—¿Micropene? —suelto yo tras un suspiro.

Maisie no para de reírse.

—¡Que no! Es de tamaño normal y todo está bien. Es solo que... —Se quita las manos de la cara y nos mira—. No. No puedo. Me da mucha vergüenza.

—¡Bueno, tienes que decírnoslo ya! —dice Tor—. O Hen se inventará su propia versión de lo que cree que pasó y se lo contará a todo el mundo.

—Sí, eso es justo lo que haré. —Hen asiente, agarra su iPhone y abre la aplicación de Twitter.

—¡No! ¡Para! Os lo diré. Solo dadme un poco más de eso primero. —Señala el vino y Tor le llena el vaso hasta el borde. Maisie tiene que acercar la boca al vaso para que no se derrame. Parece una niña pequeña con un batido de McDonald's—. Vale. Ayer por la noche estábamos en mi casa. Habíamos estado en un par de bares, así que estábamos bastante borrachos y la cosa se puso caliente en el sofá. Nos habíamos quitado algo de ropa —hace una pausa y bebe otro gran trago de vino. Creo que ninguno de nosotros respira— y le sugerí que subiéramos arriba. Ya sabeis que no me hace gracia manchar los sofás. Así que subimos a mi dormitorio. Fuimos quitándonos más ropa por el camino. Dios, casi acabamos follando en las escaleras, pero ya sabeis: la moqueta se estropea. Entonces, estamos en mi habitación besándonos y su boca empieza a bajar. Consigue que me corra enseguida y es increíble. Y os podéis imaginar... agarrando las sábanas y todo eso. Lo hace tan bien. Bueno, que mientras yo me quedo ahí recuperándome, él parece bastante satisfecho consigo mismo, y con razón. Luego empieza a subir por la cama, acercando su entrepierna a mi cara. Y entonces él... —Otra pausa. Otro trago de vino. El suspense es palpable. Esta mujer debería trabajar leyendo audiolibros. Si no estuviera ya completamente forrada y no necesitara trabajar, claro.

—¿Y después qué? —grita Hen, haciendo que Maisie salte y derrame algo de vino.

—Y entonces él —su voz es ahora un susurro— me pidió que le chupara el pito. Su «pito»—. Vuelve a tener la cabeza entre las manos y vuelve a reírse en silencio.

Miro a Hen y Tor en busca de la respuesta correcta. Hen se queda con la boca abierta y Tor también se ríe en silencio, pero repite la palabra «pito» cada vez que se detiene a respirar.

Hen también se ríe a carcajadas y yo me uno a ellas.

—Llevaba camiseta y calcetines —continúa Maisie una vez que las risas se han calmado—. Parecía un puto niño pequeño que está aprendiendo a ir al baño solo. —Hace una pausa y se tapa la boca con la mano—. Pobre Roo. No podía parar de reírme.

—Oh, cielos —dice Hen, manteniendo el dedo índice erecto y dejándolo caer, flácido, sobre la palma de su mano.

Maisie asiente.

—Sí. Exacto. De todos modos, se volvió a poner los pantalones.

—¿Los rojos? —pregunto.

Maisie me mira de reojo.

—Si para ti ese detalle es relevante, sí, eran rojos.

Tor resopla.

—Y luego bajamos.

—Creía que eso ya lo había hecho.

Hen no puede parar de reír.

Maisie se está enfadando. Me doy cuenta por las manchitas rosadas que le están saliendo en los pómulos.

—Bajamos las escaleras hasta el salón, donde nos vimos obligados a discutir sobre cómo llamar a los genitales cuando uno está en plena acción.

—Dios mío, no. Continúa.

—Así que le dije que «polla» estaba bien. «Rabo» también es aceptable. Pero luego me quedé atascada. Después de eso solo me venían a la mente cosas ridículas tipo novela erótica. «Miembro palpitante» y tonterías así. —Se ríe entre dientes, casi ahogándose con el vino—. Sinceramente, no pensé que sería capaz de volver a tener sexo nunca más con él.

—¿Y al final lo hicisteis? —le pregunto.

—Sí —asiente Maisie—. Curiosamente, toda la charla sobre pollas y coños nos excitó mucho y acabamos follando en el sofá.

—Pero ¡¿y las manchas?!

—Bueno. ¿Para qué está el personal de limpieza si no es para limpiar fluidos corporales?

Las tres cacarean como brujas y siento un pinchazo desagradable ante sus risas.

Tor nota mi clara incomodidad.

—Vamos, Kits, solo está bromeando. No dejes que tu moralidad estropee la diversión.

—Kitty es la única persona que conozco que limpia antes de que vayan los de la limpieza —dice Hen.

—Voy al baño —digo, y Hen me abuchea mientras me alejo.

Solo llevo allí un segundo, mirándome en el espejo, cuando Tor aparece dentro del baño.

—¿Qué te pasa? Esta noche no estás como siempre.

Suspiro.

—No lo sé. Siento que damos todo por sentado. A veces demasiado. El mundo es una mierda para la mayoría de la gente.

Me rodea con los brazos y me abraza.

—Oh, venga. Y exactamente por eso tenemos que disfrutar de lo que tenemos. Dios, yo podría estar viviendo en un horrible orfanato. Aprecio la vida que tengo, cariño. Y sabes que ellas solo están bromeando. Son buenas chicas. Lo sabes.

—Lo de Charlie no va a ninguna parte —confieso cabizbaja.

—¿Por qué? ¿Qué ha pasado? Pensé que entre vosotros había una conexión de verdad.

—Yo también lo pensaba. —Me apoyo en la encimera del lavabo—. Me llevó a una exposición de arte organizada por su organización benéfica. Había cosas increíbles y luego fuimos a un *pub*, uno de viejos normal y corriente, pero fue muy divertido y charlamos de todo. Pensé que todo iba muy bien. Hasta me dio esto. —Saco el llavero de *Hello* Kitty del bolsillo y se lo enseño.

—Qué mono. ¿Y qué fue lo que salió mal?

—Tenía que madrugar para una reunión, así que me pidió un Uber. Estaba a punto de invitarle a venir conmigo cuando dejó caer que podía publicar las imágenes que quisiera de la exposición y destacarla en mi Insta. —Siento que se me cae la cara al suelo de la vergüenza. Y el corazón también.

—Oh, Kits, no. ¿Estás segura de que no le has entendido mal?

—Bastante segura. Y no sé nada de él desde anoche, cuando ignoré sus llamadas. Así que supongo que para él yo no era más que una oportunidad de tener publicidad. Me recordó a Adam.

Tor me frota los brazos.

—Venga, vayamos a tu casa a comer un montón de chocolate y a quejarnos de los hombres. Dejemos a esas dos idiotas enamoradas. No hay duda de que tendremos que recoger sus pedazos cuando todo se vaya a la mierda.

Le sonrío débilmente y dejo que me saque del baño. Les dice a Maisie y a Hen, que ahora están hablando del grosor del pene en voz alta y animada, que nos vamos.

—En realidad —le digo a Tor cuando el taxi en el que nos hemos montado se para en la puerta de mi edificio—, ¿no te importa si me voy sola a casa? Tengo ganas de acostarme.

—No hay problema, cariño. —Me besa la mejilla.

—Mándame un mensaje cuando estés en tu casa —le digo, y veo cómo me saluda desde la ventanilla trasera mientras el taxi se pierde de vista.

29

APARTAMENTO DE KITTY, CHELSEA

Planeo pasar el resto de la noche deprimida, por Charlie y por lo estúpida que fui al pensar que un hombre podría quererme por cómo soy, en lugar de por lo que puedo hacer por él, frente al televisor. Pero apenas he elegido una serie de crímenes reales que me parece vagamente interesante, de mujeres que matan por dinero, cuando mi teléfono empieza a vibrar.

Es Charlie.

Quiero ignorarlo, pero me gana la curiosidad, o más bien esa pequeña llama de esperanza que he dejado estúpidamente desatendida en mi corazón, y respondo. Bueno, acepto la llamada.

Espero a que hable él primero.

—¿Kitty? Kitty, ¿estás ahí? ¿Hola?

—Sí. Estoy aquí. Hola. ¿Qué es lo que quieres? ¿Mi dirección de correo electrónico para que me envíes fotos de prensa en alta resolución? —No me gusta cómo suena mi voz, entrecortada y amarga.

—Por favor, no seas así —me dice—. Lo siento mucho. Y siento haberte disgustado. He sido un gilipollas imperdonable.

—Entonces, ¿no lo niegas?

—¿Que soy un gilipollas? No, está claro que lo soy.

—Sabes lo que quiero decir.

—No lo niego. Pensé que si publicabas algo en Internet

conseguirías buena publicidad para la organización benéfica. Pero solo se me ocurrió en el momento en que te lo decía, te lo juro. No tenía nada preparado.

Casi puedo oír cómo se encoge al decirlo.

—Me lo pasé muy bien contigo. Y me he estado golpeando la cabeza contra la pared todo el día por haberla cagado tanto. Pero mucho más por haberte disgustado. —Baja la voz. Casi susurra cuando me dice—: Lo digo en serio. Lo siento de verdad.

Me está haciendo un Adam de manual, lo sé. Pero no puedo evitar ablandarme.

—Vale. —Suspiro—. Disculpa aceptada. —¿Por qué me estoy haciendo esto?

—Gracias.

—Me pongo un poco susceptible sobre en quién puedo confiar y en quién no —le digo—. Ya me he llevado alguna que otra decepción antes.

—Lo entiendo. Realmente lo entiendo. Abrí la boca sin pensar antes. ¿Hay alguna posibilidad de que podamos vernos de nuevo? Porque me gustaría. Sin trampas. Lo prometo.

—No has estropeado nada —le digo—. De hecho, ¿qué vas a hacer mañana por la noche?

—¿Pasar la noche con la mujer más adorable y sexi del planeta?

—Respuesta correcta. Te enviaré los detalles más tarde.

—De acuerdo. Bueno, será mejor que te dé las buenas noches, ya estoy en la cama. Ha sido un día muy largo.

La imagen de él en la cama se ancla en mi mente.

—Que duermas bien —me despido de él.

Uf. ¿Qué estoy haciendo?

30

ME LO CREO, W1D

Como había prometido, a la mañana siguiente le envié a Charlie un mensaje con los detalles de dónde y a qué hora nos veríamos. Es un evento al que le prometí tontamente asistir a la relaciones públicas porque acababa de empezar a trabajar esa semana y era tan dulce que al final de la llamada no solo le estaba prometiendo mi entrega absoluta, sino también la luna y las estrellas. Chloe. Llegará lejos. Se trata de la inauguración de un nuevo restaurante vegano que, según ella, es muy de mi estilo y está en el Soho. Planeaba escaquearme, pero ahora estoy deseando ir. Tendremos la oportunidad de probar varios platos del menú y sus cócteles veganos.

Ha llegado antes que yo y está impresionante con una camiseta negra y unos vaqueros. Está sentado a la mesa, mordisqueándose la piel alrededor del pulgar, como la primera noche que nos conocimos. Me pregunto si masticar tu propia carne se considera apto para veganos. Se lleva la otra mano a la nuca, se revuelve el pelo y mira con ojos muy abiertos a su alrededor. Está nervioso. Qué mono.

—Impresionante, ¿verdad? —Se sobresalta cuando me siento en la silla de enfrente.

—¡Eh! —me saluda con una chispa de brillo en sus ojos cuando me ve.

Se levanta, lo que significa que yo tengo que levantarme otra vez, y hacemos un bailecito gracioso en el que él intenta besarme en la mejilla, pero yo muevo la cabeza en dirección contraria y me da en la oreja. Nos reímos y me maravillo internamente de lo adorablemente torpes que somos los dos.

—Sí —me dice mirando a su alrededor—. No es lo que esperaba en absoluto. Aunque tampoco estoy muy seguro de lo que esperaba.

El local ha apostado fuerte por el tema del amor hacia los animales y el planeta. Hay murales enormes con todos los animales que han existido. Es curioso. El bar, en el centro, tiene forma de arca y las mesas están colocadas sobre un suelo azul, como si estuviéramos en alta mar.

Una camarera rubia de tetas enormes se acerca a nosotros con dos cócteles en una bandeja.

—Esta es nuestra bebida estrella —nos cuenta—. Es un *gin-tonic* con un toque de aceite de CBD. A ver qué os parece. —Deja los vasos delante de nosotros y se marcha.

—¿Un cóctel de cannabis? ¿Todos los eventos a los que asistes son así de extraños? —pregunta Charlie mientras observa la bebida—. ¿De verdad dijo que lleva droga?

—¿Y a qué vienen tantos remilgos? —Hago un gesto con la cabeza hacia el arca/bar.

—Tienes razón. —Va a tomar un sorbo de su bebida, pero de repente suelta un graznido de dolor y entierra su cabeza en uno de los menús (que tienen forma de jirafa, por cierto).

—Demasiado tarde —retumba una voz detrás de mí. Juro que oigo a Charlie susurrar un «joder».

Se incorpora y vuelve a dejar el menú sobre la mesa con una sonrisa tensa en los labios.

—¡Harry! ¿Cómo estás?

Un hombre más corpulento que Charlie, con una cabellera anaranjada y la delatora risa rebuznante de alguien con demasiados privilegios en la vida, le da una palmada (con bastante fuerza) en la espalda, haciéndole caer ligeramente hacia delante. Junto a él hay una morena minúscula. Su cara me suena, pero no consigo ubicarla.

—No pensé que este tipo de eventos fueran lo tuyo, Charlton —dice el desconocido. Luego parece fijarse en mí por primera vez—: ¡Vaya! —Y me guiña un ojo de manera lasciva—. No hace falta que me digas nada más. —Se queda de pie, sonriendo y mirándonos a Charlie y a mí. Y tras un incómodo silencio, pregunta—: ¿No nos vas a presentar?

Charlie pone los ojos en blanco.

—Kitty, este es mi hermano Harrington. Harry, esta es mi amiga Kitty Collins.

Los ojos de Harry crecen tanto como los platos de las mesas.

—¿Kitty Collins? —le habla a Charlie más que a mí—. ¡Es muy gracioso que estés en un sitio donde no se sirve carne teniendo en cuenta tu historia familiar! —dice rebuznando como un burro.

—Hola, soy Kitty. —Le tiendo la mano a la morena desnutrida que Harry no tiene ninguna prisa en presentarme.

—Bridget. —Pone una mano flácida en la mía, diminuta, como la de un niño, bastante cuidada pero inquietantemente pequeña, y me permite estrechársela. Intento sonreír, pero ella evita por completo el contacto visual y mantiene la mirada fija en Harry.

—Bueno —dice Harry—. ¿No es estupendo? —Le chasquea los dedos a la camarera, que, para ser justos con ella, no deja que su sonrisa de yeso vacile ni un micromilímetro—. Sé buena y tráenos dos sillas más, muñeca. Será mejor que nos sentemos con Charlton y su amigo. No me encuentro a menudo con mi hermano pequeño en una noche de fiesta.

—Lo siento —me dice Charlie al oído mientras su hermano suelta otra carcajada.

Como si de repente se acordara de que estoy allí, Harry se vuelve hacia mí.

—De hecho, te sigo en Instagram. Me encantaron las últimas fotos en biquini.

—¿Y tú qué haces aquí, Harry? —Charlie cambia de tema—. No me creo que hayas dejado de comer filetes y hamburguesas.

—No. —Señala a Bridget—: Twiggy quería venir. A ella también le gustaría ser una influencer de Instagram, Kitty. Quizás podrías darle algunos consejos.

Miro a Bridget, que sigue con la mirada perdida. ¿Se habrá olvidado de cargarle la batería antes de sacarla de casa? Sonrío, dulce como el aspartamo.

—Claro. ¿Hay algo en particular sobre lo que quieras consejo, Bridget?

¿Desarrollando una personalidad quizás?

—No, gracias. —Nos cruzamos las miradas.

Nos quedamos sentados en un silencio desconcertante que solo se rompe cuando vuelve la atractiva camarera, esta vez con un montón de muestras del menú de degustación. Harry no puede apartar los ojos de su pecho.

—Sopa de champiñones y alcachofas, unas minimuestras de nuestras famosas y variadas No-Hambruguesas, palitos de No-Pescado con salsa tártara y nuestro risotto de remolacha. Todos nuestros platos han sido creados para ofrecerles el sabor vegetal más exquisito. —Nos va soltando el discurso con una sonrisa deslumbrante mientras deposita un enorme plato en la mesa.

—Prefiero algo con un poco más de carne en los huesos —dice Harry, prácticamente babeando sobre sus tetas. Veo que la camarera, que según la chapa que lleva se llama Donna, se estremece un poco bajo su mirada. Ella encorva los hombros y cruza los brazos sobre el pecho.

—Bueno, este es un restaurante vegano, señor, así que... —Su sonrisa vacila un poco.

—¡Ya lo sé! Solo estoy coqueteando un poco contigo, nena. Ahora, sé una buena chica y tráenos más de estos maravillosos cócteles.

Charlie mira boquiabierto a su hermano.

Cuando llegan las bebidas, unos dolorosos veinte minutos más tarde, es un camarero varón quien las entrega. No es tan sonriente como Donna.

31

DENTRO DE UN UBER, EN EL SOHO

—Bueno, ha sido horrible —susurra Charlie mientras entramos en nuestro Uber una hora más tarde—. Siento lo de Harry. Parece un capullo, lo sé, pero no tiene mala intención.

—No te disculpes. —Le agarro la mano y se la aprieto un poco, sintiendo cómo la tensión cruje entre nosotros. O también podría ser la estática—. Fue un placer conocerle. Ni siquiera sabía que tenías un hermano.

Charlie gime, se pasa las manos por la cara y se desploma en su asiento.

—No era así exactamente como pensaba presentártelo. —Me mira a través de los dedos—. ¿Quieres dar semejante paso tan pronto?

—No creo que pudiera —digo señalando los tacones altos de mis Jimmy Choo.

—Por lo general, me aseguro de tener al menos diez citas antes de dejar que alguien conozca a mi familia. —Me agarra la mano. Vuelvo a sentir un crujido otra vez—. ¿Podrás perdonarme alguna vez, Kitty Collins?

—Debería preguntarte si puedes perdonarme por llevarte al restaurante posiblemente más raro de todo Londres —le contesto—. Sigo sin creer lo del arca gigante. Quienquiera que haya tenido esa idea debería acabar en el infierno.

Charlie se ríe entre dientes.

—¿Qué te pareció Bridget? —me pregunta.

—¿Perdona? Lo siento, pero no sé de quién me estás hablando.

Él se parte de risa echando la cabeza hacia atrás. Cuando se calma me mira.

—Quería que esta noche fuera especial —me dice acariciándome suavemente la mejilla.

—Bueno, te garantizo que no olvidaré esta noche en mucho tiempo.

Vuelve a gemir y baja la cabeza fingiendo vergüenza.

—¿Cómo puedo compensarte? —Hay un brillo inconfundible en sus ojos.

—Se me ocurren algunas maneras.

32

APARTAMENTO DE KITTY, CHELSEA

Llegamos a mi edificio e inmediatamente siento que la energía entre nosotros se carga de tensión sexual. Nos acercamos más de lo necesario en el ascensor y siento que mi corazón galopa con esa deliciosa anticipación mientras nuestros cuerpos se rozan.

Cuando entramos en mi apartamento, siento la mano de Charlie en la parte baja de mi espalda y casi gruño de deseo.

—Bonita casa —dice mirando a su alrededor.

—Sí. Fue un regalo de mi madre antes de que huyera al sur de Francia porque se sentía culpable.

—Vaya, pues como regalo por sentirse culpable está bastante bien.

—Umm. Bueno, todo es relativo, ¿no?

—¿Estáis muy unidas?

—No, la verdad es que no. Hablamos en Navidad y en los cumpleaños, pero creo que quiere olvidarse de todo lo que tenga que ver con Londres. No lo pasó muy bien estando aquí, incluso antes de que papá se largara. La prensa fue muy dura con ella.

—Sí, tengo un vago recuerdo de que no les gustó lo rápido que se marchó o algo así... —Pasa los dedos por las paredes de paneles azul oscuro, con una mirada que no consigo descifrar.

—Hubo muchos rumores de que ella había tenido una aventura y que mi padre había tenido una crisis antes de... —Dejo la frase a medias porque Charlie se acerca a mí decidido. Me pone un dedo en los labios, un gesto que normalmente me haría enfadar. Vuelve a oírse un crujido de estática cuando su piel entra en contacto con la mía.

—No hablemos del pasado. —Asiento con la cabeza.

Tiene razón. Cuanto menos se diga, mejor.

Pasa un rato. Rompemos el contacto visual. Mi respiración es rápida y agitada. Es entonces cuando me besa por primera vez. Y yo le devuelvo el beso, disfrutando de la sensación de un cuerpo cálido apretado contra el mío, un cuerpo palpitante, rebosante de bondad y vida, y me dejo fundir en él. Mis manos en su pelo, su muslo entre mis piernas.

Me gusta.

Cuando por fin nos separamos, Charlie me pone las manos a ambos lados de la cara y ladea la cabeza hacia mí.

—En fin. Ahora que ya hemos aclarado esto, me preguntaba si no sería un buen momento para preguntarte si te gustaría publicar algunas de las obras de arte de los refugiados en tu página de Instagram. Es broma. ¿Hago café?

¿Qué? ¿De verdad quiere café?

Me sigue hasta la cocina, donde mira confundido la colección de aparatos que me han enviado para que mienta sobre ellos en Instagram.

—¿Sabes siquiera cuál de estos cacharros hace café?

—¿La verdad? —le digo—. No tengo ni idea. Normalmente lo tomo cuando salgo a la calle. Y sí, soy plenamente consciente de lo mimada que parezco.

Se ríe.

—Bueno, ¿y para qué están los hombres si no es para trastear con aparatos y tecnología?

Hace eso de crujir los nudillos, que es la señal universal de que va en serio, y luego se afana en abrir armarios y añadir agua y mover pequeñas piezas en cajones ocultos de uno de los artilugios de cocina.

Mientras gorgotea y humea a un volumen alarmante, Charlie echa un vistazo al resto de las cosas.

—Para no comer carne, tienes un buen arsenal de cuchillos —me dice blandiendo un cuchillo de carnicero y dándole vueltas entre las manos.

—¿Alguna vez has intentado abrir un coco con una cuchara?

Se ríe de nuevo.

—Eso es algo que nunca me he planteado. Aunque una vez lo hice con una antigua espada samurái en Tailandia.

—Claro que sí.

—¡Es cierto! Lo juro.

Cuando por fin conseguimos hacer el café, pasamos a la sala de estar. Charlie se sienta cuidadosamente en el borde de uno de los sofás. Sus modales me hacen sonreír.

—Puedes ponerte cómodo, no te voy a regañar.

Inmediatamente, parece aliviado y se deja envolver por la comodidad de los carísimos cojines.

—Los viejos hábitos son difíciles de erradicar —dice dando un sorbo a su bebida—. Cuando yo era niño, los muebles eran para admirarlos, no para usarlos.

—Bueno, ya eres mayor —digo sentándome en el otro extremo de la butaca de dos plazas (un modelo Lola de Darlings of Chelsea en azul laguna) y metiendo los pies debajo—. Y mis muebles están para usarlos. —Me inclino y dejo mi taza sobre la mesita. Él hace lo mismo. Es un reflejo. Es una forma de ligar.

Vuelvo a sentir esa sacudida de placer.

Le gusto.

—Bueno... ¿Y hay alguien más que este utilizando este en este momento? —pregunta.

—Solo tú y yo.

—¿Ningún otro hombre en tu vida?

Pienso en Tinder. En los cadáveres. El crujido del metal contra el hueso cuando pasan por las trituradoras.

—Ningún otro hombre. —Vuelve a mirarme fijamente, con sus pupilas negras y voraces.

Se inclina hacia delante y sus labios vuelven a estar sobre los míos. Esta vez su beso es más profundo, me sostiene la cara con una mano y con la otra me empuja suavemente la parte baja de la espalda hacia él.

Le deseo.

Y sé que estamos a punto de hacerlo. Me acerco a él, con las manos a cada lado de su cara. Luego me pone las manos en las caderas y me sube a su regazo. Me acerca para que me siente a horcajadas sobre él, desliza una mano por debajo de mi top Missoni y me lo pone por encima de la cabeza. Me tiemblan los dedos cuando empiezo a desabrocharle la camisa, pero la sensación cuando estamos piel con piel es increíble. Y nos despojamos de la ropa, poco a poco, besándonos y mordiendo la carne expuesta, hasta que nos quedamos desnudos del todo. Tira de mi cuerpo hacia abajo, haciéndome jadear mientras me hundo sobre él y le clavo las uñas en la espalda. Y follamos allí mismo, en mi sofá.

Charlie acaba quedándose a pasar la noche y tenemos sexo tres veces más antes de que se marche a la hora de comer del día siguiente.

—Es una de las ventajas de ser el jefe —me dice mientras me da un beso de despedida.

—¡Oh, «el jefe»! Eso me pone.

—Te llamaré más tarde. Tengo planes para ti.

—Sí, jefe.

Me estiro en la cama, disfrutando de la felicidad postcoital, cuando suena mi teléfono. Es Hen, que nos recuerda que ha reservado mesa en Zuma para comer. Había olvidado que habíamos quedado hoy y estoy tentada de cancelarlo.

Aunque me hace ilusión poder hablarles de Charlie y de todo el sexo que estoy teniendo por fin.

33

ZUMA, KNIGHTSBRIDGE

—Pero alguna cosa mala tendrá que tener, ¿no? —Maisie bebe un sorbo de agua helada, tratando de mantenerse lo más sobria posible para su cita con Rupert más tarde.

—Ninguna, que yo haya descubierto hasta ahora —le respondo—. Por cierto, ¿podemos dejar de venir aquí? Si tengo que comerme otra maldita vaina de edamame me muero.

Hen hace esa cosa grimosa con los ojos, los gira tanto hacia atrás que solo se le ve la parte blanca y parece poseída.

—Tiene que haber algo malo. —Sus ojos vuelven a su sitio, pero ahora se entrecierran.

—Acabo de decírtelo, vainas de edamame.

—Sabes lo que quiero decir, Kitty.

—Aún es pronto para saberlo —le digo—. Todavía estamos en la fase de portarnos bien entre nosotros.

—Apuesto a que aún no has plantado un pino en su casa. —Tor y Maisie se ríen.

—En serio, ¿ese es el nivel ahora? —dice Tor—. ¿Que si ha hecho un zurullo en su casa? Basta, por favor, me van a salir arrugas antes de tiempo.

—¿Pero lo has hecho o no? —Hen está decidida.

—¿Por qué con cualquier otra persona todas queréis saber

los detalles del sexo, pero conmigo queréis saber si he cagado en su casa? ¿Qué os pasa a todas?

Ahora se están riendo.

Amigas de toda la vida o no, las mujeres son pirañas cuando huelen sangre.

—Llevamos viéndonos unos cinco minutos y todavía no he estado en su casa —les informo. Y bajando la voz y un poco la cabeza, continúo—: ¿Y ahora puedo hablaros del sexo?

Las cejas de Hen se mueven al menos dos centímetros por encima de su cabeza, lo que, teniendo en cuenta su devoción por el bótox, resulta impresionante.

—¿Disculpe? —Agarra una copa de champán vacía de la mesa y la señala en mi dirección—. ¿Podría repetir lo que acaba de decir a la mesa, señorita Collins? —Lo dice como si estuviera en *Line of Duty*[13] o algo así.

—No —confieso mirando a la mesa—. Hemos estado en mi casa, que estaba más cerca —digo mientras Maisie hace una mueca—. Y hay cuatro baños en mi apartamento, para que lo sepáis las que estáis tan preocupadas por mis cacas. Además, aún es muy pronto. Solo hemos tenido tres citas.

—¿Y por qué no te ha llevado a su casa? —Hen ha encontrado su hueso y no lo soltará sin luchar—. Toda esa mierda de los hombres ingleses de que su casa es su castillo. ¿Por qué mantiene sus puentes levadizos levantados?

—Tal vez tenga compañeros de piso. Uf... —Maisie se estremece y le doy una patada rápida en el tobillo desnudo por debajo de la mesa—. ¡Ay! Serás perra.

—Fuimos compañeras de piso. ¿Yo también era un «Uf» para ti?

---

[13] Serie de televisión de la BBC centrada en una unidad de Policía que lucha contra la corrupción.

—¡No! —Se ríe—. Tú eras la mejor. Si no tengo en cuenta tu obsesión por los cuchillos, que es un poco rara para una «pacifista vegana». Pero éramos unas crías. Todo eran fiestas y ninguna de nosotras tenía trabajo entonces.

—Ninguna de nosotras tiene trabajo ahora —reflexiona Tor.

—¿Quién comparte piso con treinta y tantos? A menos que sea superpobre. Sé que renegó a todo ese dinero de su padre. ¿Es realmente pobre? No parece un vagabundo. Y siempre huele bien.

—Vaya. Gracias por tu resumen tan conciso, Maisie. Aunque creo que no tiene compañeros de piso. —Bueno, o al menos no lo ha mencionado nunca. De repente me vienen a la cabeza imágenes de Zooey Deschanel semidesnuda y Megan Fox en *New Girl* peleándose por el baño—. Estoy bastante segura de que no tiene compañeros de piso.

—Apuesto a que tiene un diseño horrible y se avergüenza de que tu casa sea tan elegante —dice Maisie.

—Oh, Dios —dice jadeando Tor—. Imagínate que entras y tiene una de esas fotos del horizonte de Nueva York en la pared. —Se estremece y engulle el resto de su bebida de un trago—. Creo que preferiría ver antes un póster de MAGA[14].

—Podría ser un asesino —dice Hen—. Imagínatelo. Tu Joe Goldberg[15] personal. Y tienes un acosador. Tal vez sea Charlie. Tal vez sea el espeluznante Dan Humphrey de *Gossip Girl*.

—¡Hen! —Maisie vuelve a indignarse.

—Mi teoría no es tan loca —dice Hen—. Quiero decir que es básicamente el Mary Poppins de los novios, pero no has visto su casa.

---

[14] Eslogan que forma parte de la cultura pop estadounidense y que empleó Ronald Reagan primero y Donald Trump más tarde: *Make America Great Again* («Haz América grande otra vez»).

[15] Protagonista de la serie *You*.

—Aún no me ha invitado. Como ya os he dicho, es pronto todavía para eso. Y sois todas unas idiotas. ¡Por favor, dejadme hablar del sexo ahora!

—No. No hasta que hayas ido a su casa y hayas revisado su aspiradora en busca de trozos de hueso. Ligamentos... Tú ya sabes lo que tienes que buscar, Reina de los Mataderos.

—Es un poco raro que ni siquiera me haya invitado —digo mientras me sirvo un poco de *sushi* vegano.

—Hace tiempo que no tienes una relación, Kits. Y todas sabemos el daño que te hizo Adam, tus problemas por lo de tu padre y blablablá. Pero créeme, ya deberías haber follado en su casa.

Umm. Puede que Hen tenga razón. Es hora de planear algo.

34

TRENES DEL SUROESTE, UN TREN, EN ALGÚN LUGAR

—Es intrigante.
—¿El tren? Seguro que ya has viajado alguna vez en uno. —Charlie me mira de reojo y esboza una media sonrisa.
—Quizá una vez, cuando era niña. ¿Siempre hace tanto calor? De todos modos, me refería a dónde me llevas. Supongo que tramas algo más que hacerme revivir pesadillas infantiles con el transporte público. —Charlie se ríe y me atrae hacia él—. Ven aquí, princesa.

Vamos de pie porque, aunque he aceptado ir en tren, no me gusta nada sentarme en uno de esos asientos raídos en los que probablemente haya materia fecal. Además, huele fatal, como a cigarrillo rancio y olor corporal. Pero no pasa nada, porque cada vez que el tren avanza a sacudidas, que son muchas, nos chocamos y me llega una agradable bocanada de la fragancia que lleva mi cita, que además huele de maravilla. Hemos tropezado el uno con el otro tantas veces que Charlie ya me está medio sujetando con su mano en la parte baja de mi espalda y he enterrado mi nariz en su camiseta. Algo que tampoco me disgusta.

El tren entra en Vauxhall y Charlie me agarra de la mano.
—Vamos, señora, esta es nuestra parada.
¿Vauxhall? ¿En serio?

—Me llevas a los sitios más bonitos.

Caminamos un rato y me alegro de que Charlie al menos me haya avisado para que lleve algo cómodo en esta cita. Llevo mis deportivas Prada con unos *leggings* negros de piel sintética de Karl Lagerfeld (que son un poco pegajosos con el calor, pero como dijo David Bowie: «Podemos ser héroes por un día») y un bonito top con chaleco de Missoni. Charlie está muy sexi con unos vaqueros oscuros, que creo que son de Tom Ford, y una camiseta caqui holgada. Ha tomado el sol y el tono bronceado de su piel le sienta realmente bien. Me pilla mirándole y me guiña un ojo.

—¿Me estás mirando, Kitty Collins?

—Tal vez. Un poco.

—¿Me das el aprobado?

—Sí. Supongo.

—Eso es mejor que un no rotundo —me dice entre risas—. ¿Puedo decirte que estás increíble?

—Puedes.

—Estás increíble.

—¿Con estos harapos viejos que llevo?

Sonreímos mutuamente. Me gusta cómo somos el uno con el otro.

Bromeamos, pero coqueteamos al mismo tiempo.

Me gusta.

Me gusta quién soy cuando estoy con este hombre.

35

RANDOM AXE OF KINDNESS, VAUXHALL

Caminamos un poco más, sin hablar ni soltar anécdotas ridículas y molestas para llenar el vacío. En lugar de eso, nos miramos cada pocos pasos y volvemos a compartir esa sonrisa, como si tuviéramos un secreto. Es increíblemente sexi. Al final nos detenemos frente a lo que parece una especie de almacén abandonado.

Eso es increíblemente poco sexi.

—Me has traído a una fábrica —le digo—. No solo me has hecho ir en transporte público, sino que ahora me has traído a una fábrica. ¿Qué clase de cita es esta? ¿Voy a tener que rellenar pollos o algo así?

Charlie se ríe y me alborota el pelo, lo que normalmente sería como mínimo un delito de mutilación, pero me gusta el escalofrío que siento cuando me toca.

—Eres muy escéptica. —Pulsa un timbre y una chica de unos veinte años, con un lado de la cabeza rapado y un portapapeles digital colgando precariamente de la mano izquierda, nos abre la puerta.

—Hola, chicos, bienvenidos a Random Axe of Kindness[16] —dice con voz de: «Tengo una resaca brutal, pero necesito este trabajo», lo cual me gusta. Siempre desconfío de la gente que es demasiado alegre cuando trabaja. Eso sí que no es normal.

Puede que sí sea escéptica.

—¿Habéis reservado?

—Sí —dice Charlie—. Para dos, a nombre de Chambers.

La chica frunce el ceño ante su portapapeles durante un par de segundos.

—Genial, aquí está. Seguidme arriba y os daré vuestras hachas.

Levanto una ceja y miro a Charlie. Se acerca y me pellizca la mejilla mientras subimos unos escalones tras el trasero de Portapapeles.

—Estás adorable cuando pones esa cara de confusión.

—Me da miedo preguntar para qué necesitamos hachas. Supongo que esto no es un restaurante de estrella Michelin.

—Lanzamiento de hachas. —Me mira moviendo las cejas—. ¿Qué te parece? ¿El perdedor paga la cena?

Las escaleras nos llevan a una sala enorme, dividida en una especie de cabinas alargadas. Cada cabina tiene lo que parece una diana al final. Hay un paragüero lleno de hachas afiladas a la entrada de la cabina. Portapapeles saca una y la blande hacia nosotros.

—Obviamente, esto es muy peligroso —nos dice—. Sé que no sois idiotas, pero necesito que firméis una renuncia por si hay algún accidente o resulta que sois los típicos asesinos que están deseando usar un hacha a su antojo.

---

[16] Literalmente «Hacha aleatoria de bondad». Aunque se trata de un hacha de doble filo que ya usaban los griegos para la guerra, hoy día sirve para hacer referencia a las hachas de los leñadores.

No puedo evitar una carcajada un tanto exagerada.

Portapapeles y Charlie me miran fijamente.

—Perdón... Son los nervios.

Charlie se ríe también, pero Portapapeles sigue mirándome sin despegar los ojos de mí. Supongo que aquí no se bromea con la salud y la seguridad. O puede que haya oído lo mismo un millón de veces.

—Bien, ¿alguno de vosotros ha hecho algo así antes?

Quiero reírme otra vez.

—Yo no. ¿Kitty?

Sacudo la cabeza, sin confiar en lo que mi boca pueda decir si la abro.

Portapapeles nos habla brevemente de la importancia de dar un giro al hacha y de no ponerse detrás de alguien que agita una en el aire. Me pregunto si habrá alguna historia detrás de que nos diga algo tan obvio. Nos hace firmar algo en el portapapeles, que ahora me doy cuenta de que en realidad es un iPad, y se marcha. Pero no sin antes echarle un buen vistazo al culo de Charlie, que se agacha para agarrar un hacha de la cesta. No puedo culparla. Le guiño un ojo y se va corriendo.

—Es una elección extraña para un pacifista —le digo a Charlie, que está sopesando dos hachas.

—Sí. Pero sigo siendo un hombre. Tengo que encontrar una salida para todos mis instintos de cazador-recolector en alguna parte.

—Lanzar hachas a una diana sobredimensionada es sin duda la solución que estabas buscando.

—En efecto. Bueno, primero las damas. ¿Estás lista?

—Tú primero. Quiero ver contra qué tengo que defenderme.

Charlie flexiona los brazos, da una gran zancada hacia atrás y arroja el hacha contra el objetivo. Da un par de vueltas antes de caer al suelo sin fuerzas.

—Umm. Pensé que esto se me daría bien.

—¿En qué consiste exactamente?

—Es un rollo muy masculino, como comprenderás. El hombre usa el hacha para matar y llevar comida a la mujer. —Me río mientras agarro un hacha—. La clave está en la postura —dice Charlie.

—Bueno, no voy a aceptar consejos de alguien que ni siquiera puede dar en el blanco, ¿verdad?

—Cierto. Al menos ten cuidado con tus uñas. Si luego necesitas una visita de emergencia en un salón de uñas, eso corre de tu cuenta.

Pongo los ojos en blanco y me preparo para lanzar mi golpe. Da vueltas en el aire como una estrella ninja, directo al centro de la diana. Me giro para mirar a Charlie, que está a mi lado. Tiene la mandíbula por los suelos.

—¿Todavía quieres apostar?

Un hombre de la cabina contigua observa a través de la pared de alambre de gallinero. Hace una fuerte inspiración y sacude la cabeza mirando a Charlie.

—Vas a dejarnos en mal lugar, colega —dice.

Casi puedo ver la bravuconería masculina de Charlie disiparse. Tal vez me he pasado de lista. ¿Está enfadado? Siento que la ansiedad me agarrota la base del cuello mientras espero a que reaccione. ¿Qué coño pasa?

Charlie se encoge de hombros y se ríe.

—Bueno, al menos sé quién puede cubrirme las espaldas por las malas calles de Londres. Me alegro de estar a su lado. —Se vuelve hacia mí—: ¿Cómo es posible? ¿Matas vampiros en tu tiempo libre o algo así?

—Soy la Princesa del Matadero —le recuerdo—. No es la primera vez que tengo un hacha entre las manos.

—Pues no había caído. En cualquier caso, tienes talento.

—O lo tienes o no lo tienes. —Me revuelvo el pelo como si nada—. El secreto está en la muñeca.

—Eso —Charlie me hace a un lado y va a recoger nuestras hachas— es algo que puedes enseñarme más tarde. —Se detiene a medio paso, mirando fijamente al objetivo—. Pero más dulcemente.

El resto de la velada es bastante agradable, pero al cabo de una hora y media los dos decidimos que lanzar un hacha a un blanco tiene un límite de diversión.

—¿Qué quieres hacer ahora? —pregunta Charlie mientras Portapapeles nos hace bajar las escaleras y nos conduce a la salida—. ¿Vamos a comer algo?

—¿Qué tal si vamos a tu casa? —le digo—. Nos pilla cerca y además tengo ganas de ver tu cama.

—¿En serio? —Hace una mueca.

Asiento mientras paso mi brazo por el suyo.

—Claro. ¿Tienes acaso algo que ocultar?

—Uf. Bien. —Me mira y me aparta un pelo de la cara—. Por suerte para ti, decirte que no me resultaría duro.

—Hablando de dureza. —Desciendo la mano por su torso y me detengo en la parte superior de sus vaqueros antes de deslizarla dentro.

Charlie sonríe mientras intenta abrir la aplicación de Uber en su teléfono. Se da por vencido tras un par de segundos mientras lo acaricio.

—Quien dijo que los hombres no pueden hacer varias cosas a la vez tenía toda la puta razón. —Se guarda el teléfono en el bolsillo, se vuelve hacia mí, me agarra del pelo y me da un beso. Me muestra un lado diferente de Charlie. El lanzamiento de hacha y la paja al aire libre han despertado algo en su cerebro animal. El beso es casi agresivo en su necesidad. Su boca me devora mientras me empuja contra la pared. Con la mano izquierda me sujeta los brazos a la espalda y la derecha la desliza entre mis *leggings* y luego la ropa interior—. Estás muy mojada —me susurra y me muerde el lóbulo de la oreja, antes de continuar el asalto a mi boca. Se aparta un instante y me mira a los ojos. Sus pupilas son tan grandes que sus ojos parecen completamente negros—. ¿Está bien así? —Asiento con la cabeza, suelto las manos y lo acerco a mí, enganchando una pierna a su cintura para facilitarle el acceso—. Joder, me encanta sentir lo excitada que estás por mí.

En cuestión de minutos alcanzo un estremecedor clímax y siento cómo me aprieto contra sus dedos, dejándolos empapados de mi satisfacción. Saco su mano de mis pantalones y lamo sus dedos hambrienta, sin dejar de mirarle a los ojos.

—Umm —gruñe—. Tienes razón, todo es cuestión de muñeca.
—Espera.
—No puedo. Eres una chica mala, Kitty Collins.
—Pide ya un maldito coche.

36

PISO DE CHARLIE, CLAPHAM JUNCTION

—La verdad es que no entiendo por qué no has querido traerme antes —le digo más tarde, cuando estamos desnudos en la cama de Charlie, con los últimos rayos de luz colándose por las persianas venecianas que cubren el gran ventanal victoriano—. Esto es precioso. Perfecto.

—Vivo de alquiler. Es bastante frío, hay humedades y estoy bastante seguro de que comparto la casa con una familia de ratones.

—Dices todas esas cosas como si fueran malas. ¿Alquilado? Dios, mi apartamento está pagado con dinero manchado de sangre. Literalmente. ¿Frío? Por si no te has dado cuenta, estamos en medio de una ola de calor impresionante. ¿Humedad? En todas partes hay humedad. ¿Y los ratones? A mí me parecen monos. —Me acerco a su mejilla y vuelvo su cara hacia la mía—. ¿Por qué te avergüenzas?

—Quiero que te impresione.

Me incorporo.

—Charlie. Ya estoy impresionada por ti. Me importa una mierda dónde vivas. Eres tú el que me impresiona. Tú. —Le agarro la mano—. Eres divertido, amable, compasivo y sexi de cojones. Y en cuanto a este chico que tienes entre las piernas —me meto sus dedos en la boca y los chupo suavemente, uno a uno—, definitivamente, tenemos que pasar más tiempo conociéndonos.

—¿De verdad? —Charlie se queda mirándome a los ojos.

—Sí. De verdad.

—Compararme con algunos de tus ex es algo... —Frunce el ceño—. No es agradable, la verdad.

—No lo hagas. Para empezar, la mayor parte de lo que has leído en Internet es una mierda. Y, en segundo lugar, les das cien mil vueltas a ellos.

Todavía parece enfurruñado.

—Mírate. ¿Te imaginas a Ben o a cualquiera de su calaña alejándose del dinero de su padre? ¿Trabajando por su cuenta? ¿Y haciendo algo para ayudar a otras personas? Pensaba que era solo cosa de mujeres lo de ponerse neuróticas y celosas.

—A ver si lo he entendido, ¿no te importa que viva como un estudiante?

—No. Y me horroriza que pienses que yo te juzgaría de esa manera. —Hago un puchero de mentira.

—Me parece que es hora de hacer las paces. —Se inclina y me besa los labios—. Tienes una boca preciosa. Quiero decir, tu cara es preciosa, pero tus labios... Necesito besarlos. —Los besa—. Y saborearlos. —Me chupa suavemente el labio inferior—. Y morderlos. —Sus manos me rodean la espalda con urgencia y me acerca a él, con sus dientes mordisqueándome la boca—. Y follármelos.

Está a kilómetros por delante de Rupert.

37

APARTAMENTO DE KITTY, CHELSEA

Voy a pasar los próximos días en un estado de euforia por Charlie y estoy encantada de poder decirle a Hen y a todo el mundo que por fin he estado en su casa. Y no es precisamente un antro de drogas, un portal a una dimensión maligna o un burdel.

Hen: ¿Ni siquiera unas misteriosas manchas que podrían ser de sangre? ¿O una habitación misteriosa con una cerradura industrial?

El wasap de Hen parece de decepción.

Kitty: No. Ni un solo instrumento de tortura. Todo normal.
Hen: Oh.

Puede que ella esté decepcionada, pero yo no. No hasta que me dice que tiene que irse por un asunto de trabajo un par de noches. Básicamente hemos pasado todas las noches juntos durante la última semana y media, así que no es mala idea tener algo de espacio, pero un fuerte golpeteo empieza en mi cabeza. Eso es lo que pasa cuando me encariño con la gente. Esa es la razón por la que no he tenido una relación desde Adam. Y por eso, una hora o así después de que Charlie se haya ido de viaje, me encuentro otra vez echando un vistazo a mi teléfono. Agitada. Sé que voy a terminar volviéndome loca, convenciéndome de que se está follando en secreto a Jenna o a cualquiera. Necesito una distracción, así que abro Tinder.

Sé a quién estoy buscando esta vez. Un entrenador personal llamado Niall King. Como a Daniel Rose, lo vi en las noticias hace un par de días. Había sido liberado por el juez después de seguir a una mujer a su casa y atacarla. Afortunadamente, ella logró escapar, pero la siguiente (porque siempre hay una siguiente) podría no tener tanta suerte.

Según el informe, se habían conocido en Tinder, pero ella no quiso volver a verle después de su primera cita. Obviamente, eso fue demasiado para su frágil ego y decidió que acosarla sería la mejor opción para hacerla cambiar de opinión. Culpo a Hollywood por esto. Todavía existe la idea de que intentar conquistar de manera insistente a una mujer que ha expresado claramente no tener ningún interés en ti es romántico.

El juez no consideró necesario enviar a Niall a prisión, a pesar de admitir que «suponía una amenaza para las mujeres». En su lugar, se le ordenó asistir a un programa de modificación de conducta y hacer doscientas horas de servicio comunitario.

Un maldito programa de conducta.

Bueno, si la ley no va a sacar a este hombre de las calles, entonces lo haré yo.

Es hora de que me ponga creativa y me haga otro nuevo perfil de Tinder. Esta vez elijo una foto de Google de una rubia de ojos saltones, a la que llamo Kelly. Kelly se ha separado recientemente de su pareja, con la que tiene tres hijos pequeños, y busca a alguien comprensivo y paciente que le ayude a rehacer su vida.

Como era de esperar, Niall no tarda en morder el anzuelo. Se desliza en los mensajes de Kelly como una rata en una alcantarilla. Al menos los delincuentes sexuales sociópatas son predecibles.

Resulta que a Niall no le van las «largas e interminables charlas» en la aplicación Messenger. Prefiere quedar en persona.

Kelly responde: *Me encantaría conocerte en persona. El problema es que me resulta difícil salir por la noche debido a los niños. Aunque duermen bastante bien. ¿Quieres venir a tomar algo a mi casa? No tengo nada que hacer esta noche.*

Niall apenas puede creer en su suerte: *Sería estupendo. Pero solo si estás segura. No quiero que te sientas en peligro.*

Aprieto los dientes mientras Kelly responde: *Qué majo. Pero no te preocupes, confío en ti.* Luego le da mi dirección y le dice que venga sobre las ocho de la tarde.

Me preparo para un asesinato del mismo modo que para una cita. Siempre me aseguro de estar bien depilada y me peino con esmero con cepillo y secador antes de la cita. Me gusta tener buen aspecto mientras les cuento exactamente lo que les voy a hacer durante las próximas horas.

Mi maquillaje es mínimo, un poco de base y algo de máscara de pestañas. Veo que el reloj marca las ocho de la tarde (los niños de Kelly ya están profundamente dormidos) y siento un delicioso latido en el pecho al saber que ya casi es la hora.

Niall no me decepciona, y oigo que llaman a mi puerta exactamente a las ocho. Me aliso la falda, escondo la jeringuilla en la manga y me preparo para el espectáculo.

—Oh —dice Niall, dándose cuenta de que no soy Kelly cuando abro la puerta—. Estoy buscando a Kelly.

—Tú debes de ser Niall. Kelly me ha hablado mucho de ti. —Le doy un destello de mi famosa sonrisa de Instagram—. Está aquí, le dije que me quedaría unos minutos para comprobar que no eres un asesino en serie.

Los dos nos reímos.

Me hago a un lado para dejar entrar a Niall en el apartamento y él suelta un pequeño quejido justo cuando le clavo la jeringuilla en el cuello. Cae al suelo como el saco de mierda que es. No puedo evitar darle una patada a su torso mientras está en el suelo. Sin embargo, no he pensado bien las cosas y, a la hora de mover a esa bestia hinchada a base de esteroides, sudo la gota gorda intentando arrastrarlo hasta la cocina, donde he colocado mis herramientas y forrado el suelo con hojas de *Vogue*.

De hecho, apenas puedo desplazarlo.

Rápidamente me doy cuenta de que voy a tener que hacerlo aquí mismo, en el pasillo. Echo un vistazo a las paredes recién pintadas y hago una mueca al darme cuenta de que me espera mucho trabajo para tener el lugar listo para matar. Y con unas dos horas antes de que don Esteroides se despierte, será mejor que me ponga manos a la obra. Es una tarea agotadora trasladar todas las páginas de las revistas de la cocina al pasillo y me resisto a usar la cinta adhesiva en los suelos de roble macizo.

Las paredes también son un problema. Lo ideal sería que no tuvieran salpicaduras de sangre. Definitivamente, las salpicaduras de sangre no son un elemento decorativo deseable. Con cautela, uso cinta adhesiva para pegar las páginas en las paredes, maldiciéndome por no haber previsto los problemas que tendría para mover a un hombre que pesa una tonelada.

Por fin he terminado cuando oigo algún movimiento de Niall en el suelo, donde yace atado con cinta adhesiva por las muñecas y los tobillos. Y la boca, por supuesto.

Estoy deseando que llegue el momento.

Mientras me dirijo a la cocina, donde está mi cuchillo Shun recién afilado, esperando a abrirse paso a través de la carne de esa escoria, oigo que llaman a la puerta.

¿¿Qué??

Agarro el cuchillo y lo escondo en la manga antes de ir hacia la puerta.

Mierda.

Es Charlie. Y trae flores.

Echo un vistazo al pasillo. Las paredes y el suelo están como si hubiese explotado un quiosco y con un culturista semiinconsciente saliendo de un coma de GHB en medio.

Sería bastante complicado explicar esto. Tal vez pueda fingir que estoy fuera.

Charlie vuelve a llamar a la puerta.

—¿Kits? Soy Charlie. Abre la puerta. Rehan me ha dicho que estás dentro.

Maldito seas, Rehan.

Abro tímidamente la puerta unos centímetros y me asomo.

Qué situación más incómoda.

—Sé que debería haber llamado antes, pero quería hablar contigo sobre lo de James. ¿Puedo pasar? —Levanta una ceja medio milímetro, apenas perceptible, pero suficiente para que el gesto resulte sugerente.

—Umm. No es un buen momento ahora mismo si te soy sincera.

Parece cabizbajo, pero aun así es irresistible. Intenta mirar a través de la puerta.

—Parece que tienes al menos medio número de *Elle* en las paredes. ¿Qué estás haciendo?

—Es la revista *Vogue*. Y estoy haciendo algunos cambios en la decoración.

Charlie parece desconcertado.

—¿Tapando las paredes? —Niall elige ese momento para emitir un gruñido desde la esquina. Está casi despierto del todo y lucha contra sus ataduras, está claro que no le asusta el trozo de cinta adhesiva en la boca.

—¿Qué ha sido eso? —pregunta Charlie, estirando el cuello para ver el interior del apartamento—. ¿Estás bien?

—Hen está aquí —digo, dándole a Niall una patada de advertencia en la ingle—. Estamos probando una nueva técnica de depilación. Es bastante dolorosa.

Charlie pone cara de sentirse incómodo.

—Vale, reunión de chicas. Lo he entendido.

No estoy segura de que esté convencido.

—¿Quizá podamos ponernos al día mañana? —pregunta.
—Por supuesto que sí. —Le hago un gesto con la mano.

Se aleja de mí unos pasos antes de dar media vuelta.

—Es gracioso. Pero estoy seguro de que el Instagram de Hen decía que estaba fuera con Grut esta noche. Debo de haberme equivocado. —Se da la vuelta y se dirige hacia el ascensor, sin mirar atrás.

Cierro la puerta y me hundo contra ella. Malditas redes sociales.

Me ocuparé de Charlie más tarde, porque ahora Niall necesita toda mi atención. Ya está totalmente despierto y me mira con esa mezcla de miedo y desconcierto que tanto me gusta.

—Era mi novio —le digo a la montaña de basura que me está mirando—. Es un buen hombre. No hay muchos como él. Y ahora, gracias a ti —le doy otra patada en la ingle—, probablemente piense que me estoy follando a otro.

Me pongo a horcajadas sobre Niall y saco mi cuchillo antes de arrancarle la cinta aislante de la cara. Es bastante fuerte, así que al mismo tiempo le hago una minidepilación facial.

—Joder —se queja, y le pongo el cuchillo justo en la nuez de Adán.

—¿Te ha dolido? A partir de ahora, habla solo cuando te hable, o te juro que te arrancaré la laringe de la garganta. ¿Entendido?

Niall asiente débilmente.

—Probablemente te estés preguntando qué está pasando aquí, ¿verdad? Probablemente te estés preguntando cómo pasaste de conocer a una adorable mamita soltera en línea a ser drogado y retenido.

Vuelve a asentir y el miedo en sus ojos empieza a excitarme.

—Creo que en el fondo sabes perfectamente lo que está pasando, Niall. Haz una pequeña búsqueda en tu alma y dime lo que piensas.

Frunce el ceño y se le marcan líneas profundas en la frente. O ha pasado demasiado tiempo al sol o ha mentido sobre su edad en Internet.

—No sé qué está pasando aquí, aparte del hecho de que obviamente estás loca de remate —me dice—. ¿Dónde está Kelly? ¿Quién coño eres tú?

Le golpeo la cabeza con los nudillos.

—Pareces tonto. No hay ninguna Kelly, maldito sociópata sudoroso. ¡Me la inventé! Era una treta para traerte aquí y así poder hacerte daño y matarte. Ahora, piensa por qué una mujer que no te conoce querría hacer eso.

Casi puedo ver cómo el interruptor hace clic en su cabeza.

—¿Eres pariente de una de esas zorras que han intentado encerrarme o algo así? ¿Quién te ha metido en esto? Son todas unas putas mentirosas.

—Las cinco mujeres, que no tienen absolutamente ningún vínculo entre sí, se inventaron historias escandalosamente similares sobre cómo las golpeaste violentamente, ¿verdad?

Asiente con la cabeza.

—Deja de asentir antes de que te arranque la médula espinal. Respóndeme. ¿Me estás diciendo que todas se lo inventaron?

—Se cabrearon cuando corté con ellas y me denunciaron por tonterías. La tal Beth era una psicópata. Vino a por mí. Como le dije a la Policía, me atacó con una cuchara de madera. Fue en defensa propia lo que le hice.

Leo las noticias en mi teléfono.

—Aquí dice que le rompiste la nariz por dos sitios, le fracturaste la mandíbula y le desgarraste tanto el manguito rotatorio derecho que el hombro se le salió del sitio. No pudo sostener a su hija durante seis semanas. ¿Y dices que fue en defensa propia? Eres tres veces más grande que esa mujer.

Está callado. Sabe que está jodido.

—¿Y a qué viene eso de las madres solteras? ¿Por qué siempre vas a por mujeres con hijos? ¿Obtienes algún beneficio extra por tener público?

—Son más fáciles. La mayoría están tan desesperadas por tener un hombre en su vida que aguantan cualquier cosa.

—Eso ya me gusta más. —Paso la punta del cuchillo lentamente por la cara de Niall. Se desliza por su piel como si fuera mantequilla, dejando un riachuelo de color carmesí chorreando por su mejilla—. Solo dime una cosa, Niall, ¿disfrutas lastimando a las mujeres? Puedes ser honesto. No vas a salir vivo de aquí de todos modos —le digo con toda la tranquilidad del mundo.

—Estáis todas locas. Te jodería con gusto si tuviera la oportunidad.

Me inclino más hacia él, el penetrante olor de su sudor casi me hace vomitar, pero esa deliciosa mirada en sus ojos que no coincide con sus intrépidas palabras me espolea.

—Dime lo que me harías.

Pasa un segundo antes de que responda:

—Empezaría por agarrarte del pelo y golpearte la cabeza contra una de tus mesas de mármol. Eso te aturdiría, tal vez incluso te dejaría inconsciente. Entonces te daría una puta patada, loca de los cojones.

—Con eso me basta. —Le clavo el cuchillo profundamente en el cuello, girándolo a medida que entra. Los filos son dentados, así que sé que esto hará que la experiencia sea un poco más dolorosa. Niall gorgotea y hace gárgaras mientras la sangre brota de la herida del cuello y empieza a acumularse en pequeños charcos rojos sobre las páginas de las revistas del suelo. Había olvidado que *Vogue* no es muy absorbente. Las páginas son tan satinadas que la sangre se queda encima. La próxima vez tendré que usar otro tipo de papel.

Permanezco a horcajadas sobre Niall mientras la vida se le

escapa. A veces me pregunto cómo sería decirles a las víctimas de estos hombres lo que he hecho. Me pregunto cómo reaccionarían. ¿Me lo agradecerían? Mientras tiro suavemente de los párpados de Niall para cerrarle los ojos, pienso en cuántas futuras Kellys y Beths he salvado de este bruto.

Voy a disfrutar viéndole pasar por las trituradoras.

A la mañana siguiente, que casualmente es domingo (lo que significa que puedo utilizar los mataderos durante el día), bajo a mi coche con las bolsas que contienen los paquetes cuidadosamente envueltos con los restos de Niall. Estoy abriendo el maletero cuando siento un golpecito en el hombro.

—¿Podemos hablar, señorita?

Me doy la vuelta y siento que el corazón casi me salta por la garganta cuando me encuentro cara a cara con dos policías uniformados.

—Solo será un momento.

Sonrío con dulzura, aunque noto que me tiemblan ligeramente las mejillas y que el corazón parece querer salírseme de las costillas.

—Por supuesto. ¿En qué puedo ayudarles?

El primer oficial (de mediana edad, ojos arrugados, barbudo) mira a su colega antes de dedicarme una sonrisa avergonzada.

—Eres la chica de Instagram, ¿verdad? ¿Kitty Collins?

—Esa soy yo.

Vuelve a mirar a su colega, una morena alta con una cara increíblemente bonita, y le hace un gesto seco con la cabeza.

—Te lo dije. —Se vuelve hacia mí—: Mis hijas son muy fans tuyas. —Se da unas palmaditas antes de sacar un teléfono del bolsillo. Pasa el dedo rápidamente un par de veces antes de girar la pantalla hacia mí y mostrarme una foto de dos jóvenes adolescentes, con grandes sonrisas y rizos rubios.

—Son muy guapas —digo.

—Sé que esto es un poco incómodo, y siéntete libre de decir que no, pero ¿hay alguna posibilidad de que pueda hacerme un selfi contigo? Se volverían locas.

¿Mi corazón golpea como un tambor en mi pecho y él quiere un puto selfi?

—Por supuesto. No hay ningún problema.

Nos quedamos de pie en la calle, él intentando sacarnos la mejor foto, con los restos de un hombre recién despedazado a nuestros pies, ocultos en bolsas de tiendas de diseño.

—Muchas gracias —dice cuando por fin se queda satisfecho con la foto que emocionará a sus hijas adolescentes. Señala con la cabeza las bolsas que hay en la calle—. ¿De compras?

—Solo son algunas devoluciones. —Sonrío, todo encanto, mientras me agacho a por las bolsas.

—Oh, permítame. —Recoge mis cosas y las mete en el maletero—. Bueno, que tenga un buen día. Y gracias de nuevo. —Luego, junto con su colega, se dirige a Londres, totalmente inconsciente de que acaba de ayudarme a cargar un fiambre troceado en mi coche.

Me quedo pasmada durante unos segundos ante lo que acaba de ocurrir.

38

MATADERO COLLINS'CUTS, HAMPSHIRE

A media mañana recibo un mensaje de Charlie preguntándome si puede venir a hablar conmigo. Me pilla a medio camino de pasar los restos de Niall por la picadora cuando mi teléfono suena y no puedo evitar manchar de sangre la pantalla mientras tecleo una respuesta.

Kitty: ¡Claro! Estaré en casa después de comer. ☺
Charlie: Nos vemos entonces.

Sin besos.

Sé que no es una buena señal y que voy a tener que inventar algo convincente para explicar lo que pasó anoche.

Charlie llega alrededor de las dos de la tarde y no me devuelve la sonrisa cuando abro la puerta.

Esto es peor de lo que pensaba.

—¿Quieres beber algo? —le pregunto, llevándole a la cocina—. Estaba a punto de tomar algo de *sushi* vegano, si te apetece...

Se sienta frente a la isla de la cocina y sacude la cabeza.

El silencio entre nosotros se llena de tensión. Me doy cuenta de que no es de las buenas.

Me siento delante de él y me preparo para lo que viene a continuación.

—Esto es por lo de anoche, ¿verdad?

Él asiente.

—No soy idiota, Kitty. Era bastante obvio que había un hombre contigo.

Abro la boca para decir algo, pero me interrumpe:

—Sé que no hemos hablado de tener una relación exclusiva, pero me he puesto celoso. No me ha gustado nada. No me ha gustado que me mintieras. Aunque sé que no debería haberme pasado sin avisar.

—No es lo que piensas... —empiezo, encogiéndome ante el cliché.

—No importa —suspira—. Lo que pasa es que me volvió loco pensar en ti con otro hombre. En lo que estarías haciendo con él.

Me viene a la mente la imagen de Niall con la cabeza inclinada hacia un lado, sin vida, y un cuchillo clavado en el cuello, y casi me río.

—En fin —continúa Charlie—, supongo que lo que intento decir es que no estoy preparado para esto. Me gustas, Kitty, mucho. Pero no estoy en un punto en el que pueda arriesgarme a salir herido. Y tú obviamente no estás lista para involucrarte con alguien en serio. Lo siento, pero no creo que pueda volver a verte. Solo quería hablarlo contigo cara a cara y no quedar como un idiota.

No sé qué decir. ¿Qué se dice cuando te dejan?

—De verdad que no es lo que piensas.

—Entonces, ¿me lo cuentas?

—No puedo —respondo sacudiendo la cabeza.

—Si estoy con alguien, lo doy todo —me dice—. No me gustan las medias tintas ni las relaciones abiertas ni nada de eso.

Asiento con la cabeza.

Charlie se inclina y me besa en la mejilla.

—Sé feliz, Kits.

Y luego se marcha.

Diez minutos después, mi teléfono emite un pitido y veo que tengo un mensaje en Insta.

Al menos este escapó con vida.

El Asqueroso. Con la increíble sincronización que solo un acosador de Internet puede lograr. Intento ignorar el temor de que alguien, en algún lugar, parece conocer todos mis movimientos.

Paso el resto del día en la cama, con una botella de vino.

39

APARTAMENTO DE KITTY, CHELSEA

Siento que no puedo respirar en este momento. El apartamento me hace sentir claustrofóbica y dondequiera que miro parece haber recordatorios de lo que podría haber tenido con Charlie. Y si además le sumo lo de mi acosador, siento que mi sistema nervioso ha recibido una gran paliza. Me estoy asfixiando.

—Tienes que alejarlo de tu mente —digo en voz alta, lo que me asusta aún más. ¿Desde cuándo soy esa clase de personas que hablan solas?

Le envío un wasap a Tor. He decidido que unos días junto al mar con una piscina infinita, servicio de mayordomo y un bar en la piscina es exactamente lo que se necesito:

¿Qué tal si pasamos unos días en Mykonos?

No tarda en responder. Y reservo vuelos para la mañana siguiente.

40

VUELO BA10009 DE BRITISH AIRLINES, SOBREVOLANDO ALGÚN LUGAR DE EUROPA

Al beber la primera copa de champán en el avión, siento que me relajo, como si me sumergiera en un baño caliente. Además, el champán siempre sabe mejor cuando vuelas en primera clase a un destino de lujo.

—Vamos, escupe —me dice Tor una vez que el auxiliar de vuelo ha hecho la demostración y se apaga la luz del cinturón de seguridad.

—¿Qué quieres decir?

—¿En serio pretendes que me crea que has improvisado unas vacaciones sin motivo? Te conozco, Kitty, estoy segura de que hay algo que va mal. ¿Es Charlie?

Asiento con la cabeza, aturdida por un repentino y abrumador sentimiento de tristeza.

—Ha roto conmigo. —Me tiembla la voz y bebo un trago de champán con la esperanza de tragarme la pena.

—¿Por qué? Pensé que todo iba bien.

—Cree que le he engañado. Vino a mi apartamento cuando yo estaba con otro hombre allí y no le dejé entrar, pero no es lo que él piensa. —Tampoco es que pudiera explicar la verdad.

Tor me mira con los ojos muy abiertos.

—Entonces, ¿qué estabas haciendo con otro hombre en casa si no le has puesto los cuernos?

—Es algo personal. —Suspiro—. Pero no estaba engañándole con otro. Mi palabra debería ser suficiente. ¿Por qué no puede confiar en mí?

—Bueno... —Me mira con desconfianza—. Suena bastante sospechoso. Sobre todo si no le dejaste entrar. —Pone su mano sobre la mía—. Mira, te creo y te conozco desde hace tiempo para saber que no eres una tramposa y que no mientes. Lo vuestro es algo muy reciente y quizá lo mejor sea que os separéis unos días.

Asiento, sintiendo como si me hubieran arrancado parte del corazón, y apoyo la cabeza en el hombro de Tor mientras ella me acaricia el pelo.

—Todo irá bien, cariño —me dice—. Te lo prometo.

Me siento mejor en cuanto bajamos del avión y nos envuelve el calor. Es un calor diferente a la opresiva humedad de Londres. Siento que aquí puedo respirar de verdad. Tor pasa su brazo por el mío y me aprieta fuerte mientras nuestro chófer se hace cargo de nuestras maletas y nos lleva al coche que nos espera, con el mejor aire acondicionado que he conocido nunca.

41

CAVOO RESORT Y VILLAS, MYKONOS

El hotel que reservo para nosotras es decadente, que es exactamente lo que necesito. Además del mayordomo personal, nuestra *suite* tiene una piscina privada que se adentra en el Egeo. Un azul tan puro que nos duelen los ojos al mirar. Nos espera una enorme botella de champán con hielo y nos reímos como colegialas mientras bebemos y exploramos el lugar que será nuestro hogar durante los próximos días. Nos ponemos inmediatamente el biquini y nos sumergimos en el fresco remanso azul de la piscina. Estoy encantada de haber elegido la Villa Platino. Es preciosa y está muy lejos de Chelsea. Es exactamente lo que necesito.

—¿Ya te sientes mejor? —me pregunta Tor, dándome una copa de Chablis recién sacada del minibar. Miramos al mar en silencio durante unos instantes. Veo cómo un avión parte el cielo en dos con su cola blanca.

—Recibí otro mensaje del Asqueroso —digo rompiendo el silencio—. No sé qué quiere de mí.

—¿Vas a ir a la Policía? —pregunta Tor—. ¿Qué te ha dicho esta vez?

—Ese es el problema, que no me ha dicho nada. Solo una foto de la fiesta de Pemberton.

—¿Con un teleobjetivo gigante o qué? —Tor pone cara de no entender nada.

—No. —Sacudo la cabeza—. Desde dentro de la fiesta.

Ella lo digiere por un momento.

—Pero si solo había gente que conocemos.

Niego con la cabeza.

—Joder. —Deja el vaso en el borde de la piscina. Se pone seria—. ¿Crees que podría ser alguien del personal? Había muchos camareros. Tal vez piensan que así pueden hacer algo de dinero extra.

Frunzo el ceño.

—Esa es la cuestión. Quienquiera que sea no me ha pedido dinero. No me ha pedido nada. Es raro.

Tor vuelve a agarrar su vaso.

—Bueno, vamos a tratar de no pensar en ello durante los próximos días. Necesitas relajarte. Tus chakras lo necesitan, nena.

Sonrío y choco mi vaso contra el suyo.

—Sí, por el olvido y el relax.

Nuestro mayordomo nos trae la cena a nuestra *suite* a las siete de la tarde, pero es evidente que la petición de que fuera vegana no ha llegado hasta la cocina. El carrito que nos ha traído está lleno de marisco: gambas gigantes con minúsculas patas y ojos que parecen pequeñas cuentas negras, miembros amputados de cangrejos y langostas, cadáveres de pulpos en miniatura. Una masacre oceánica sobre un lecho de virutas de hielo. Hago una foto rápida de las vísceras con mi teléfono y la subo a Instagram.

Muerte en el paraíso: El veganismo aún no ha llegado a las islas griegas #AsesinatoEnMykynos #SalvemosNuestrosMares #Veganismo #EstoNoEsVegano.

Tor se ríe de mi cara de horror y empieza a cantar *Like a Vegan*, su divertidísima versión del clásico de Madonna. Empieza a comer aquel cementerio acuático mientras yo intento llamar a recepción para explicarles mi situación. Por fin llega el mayordomo, que se disculpa profusamente en griego y me trae ensalada, aceitunas, queso feta (por el amor de Dios), pan y aceite. Me he acostumbrado tanto a que en el Reino Unido haya menús veganos en casi todas partes que estoy bastante decepcionada. Siento que mi humor empieza a decaer de nuevo y me sirvo un poco de vino para frenarlo.

—Ojalá no me gustara tanto comer animales —dice Tor mientras chupa la cabeza de un langostino antes de arrancarle las patas y el caparazón—. Eres mucho mejor persona que yo, preocupándote tanto por la vida. Además, te mantiene delgadísima.

Los diversos trastornos alimenticios de nuestro grupo de amigas son secretos a voces. Tor y yo sabemos que en unos veinte minutos se excusará y se irá al baño, donde utilizará el extremo de su cepillo de dientes para vomitar todo esto en el retrete. Incluso la he visto beber agua del grifo a propósito para vomitar más. Luego está Hen, que se ha apuntado a la dieta *light* de la Coca-Cola, pero sin el *light*. Afirma que nada en el mundo suprime el apetito como una buena Coca-Cola «con todo el azúcar». Lástima que también suprima la estabilidad emocional y la capacidad de no ser una perra gruñona. Maisie paga un dineral para que un médico privado le ponga una inyección cada dos semanas que al parecer le quita las ganas de comer. Lo cual sería maravilloso si no fuese por el hecho de que los efectos secundarios incluyen los eructos más malolientes y repugnantes que he tenido la desgracia de presenciar, y vómitos espontáneos. A lo largo de los años les he visto probar de todo, desde comer con cubiertos de bebé hasta sobrevivir a base de carne y nata.

—No soy vegana por capricho, Tor —le digo por enésima vez—. He visto lo que les pasa a los animales cuando los matan para comer. No es el tipo de cosa que te hace desear una jugosa hamburguesa después de una noche de fiesta, créeme.

—Sí, pero estas cosas no son lindas ovejitas que hacen beee beee. —Ya está borracha—. ¿A quién le importa si hago esto? —Le arranca la cabeza a otro langostino.

—Tor, para, por favor.

Me pone la misma cara que una niña a la que han regañado.

—Lo siento. En fin, ¿qué quieres hacer esta noche? ¿Salimos a tomar algo? ¿O nos damos un tratamiento de *spa* en la habitación?

—Me gusta la idea de un masaje y una película... —digo mientras pongo un mantel encima de los restos del marisco y lo llevo fuera para que lo recojan. Cuando vuelvo a entrar, Tor ha desaparecido en el baño de su habitación y estoy segura de que oigo unas leves arcadas.

Media hora más tarde, estamos tumbadas boca abajo en unas camas de masaje que han aparecido mágicamente de algún armario de la *suite*. Dos hermosas mujeres griegas nos frotan con aceites. Estoy en éxtasis y puedo sentir cómo con cada movimiento me sacan de la cabeza a Charlie y al acosador. Tor se ha dormido y tiene la boca entreabierta mientras ronca suavemente. Me veo abrumada por la repentina oleada de afecto que siento hacia ella. Pase lo que pase en mi vida, sé que puedo contar con ella, Hen y Maisie. Son mis pilares. La familia que pude elegir.

A la mañana siguiente, la cocina compensa con creces el espectáculo de horror de la noche anterior con un plato de fruta fresca que llega junto con café recién hecho, una amplia variedad de bebidas vegetales y una selección de panes.

Tor está casi tan contenta como yo.

—Esto es increíble —dice, mientras le pone mantequilla y queso al pan—. No puedo creer que hayamos dormido hasta tan tarde —añade entre bocado y bocado—. Creo que tengo *jet lag*.

—Sabes que solo hay dos horas de diferencia horaria, ¿verdad?

Se ríe y se encoge de hombros.

—Si digo que tengo *jet lag*, es que tengo *jet lag*, ¿vale?

—De acuerdo.

Comemos envueltas en un silencio de esos que solo puedes tener cómodamente con alguien a quien conoces desde hace años.

—¿Qué hacemos hoy? —pregunta Tor después de su tercer café—. ¿Quieres hacer turismo o simplemente relajarte?

—Con relajarme me doy por satisfecha —le digo—. Quiero decir que no hay nada mejor que esto, ¿verdad?

Las dos contemplamos las vistas, las camas flotantes que dan a ese mar precioso, el horizonte brumoso que bien podría ser el borde del mundo.

—También es un buen lugar para hacer fotos —dice Tor.

Pasamos el día tumbadas en las tumbonas de la piscina, nadando, bronceándonos y vaciando el minibar. A la hora de comer, el mayordomo nos trae un surtido de embutidos, que hacen chillar a Tor, hummus, dolmas, ensaladas más verdes y más rojas de lo que estoy acostumbrada, un magnífico arroz pilaf y panes de pita griegos hechos a mano con un untable de habas para picar. Lo regamos con una sangría de granada, posiblemente lo más delicioso que he probado en mi vida.

Después del festín, seguimos holgazaneando un poco más y acabo durmiéndome como solo se duerme en un día de vacaciones, borracha de sol y alcohol, relajada y, de alguna manera, agotada a pesar de no haber hecho nada más que estar tumbada. Entro y salgo de la consciencia antes de caer en un sueño profundo y sin sueños, con el sonido del mar como canción de cuna.

Cuando me despierto, estoy desorientada y tiritando ligeramente, ya que el sol ha comenzado su dorado descenso hacia el horizonte. Tengo la cabeza confusa por el vino y la sangría. Me incorporo, desconcertada, y miro a mi alrededor. Tor no está durmiendo en la otra tumbona de la piscina como esperaba, así que entro a trompicones.

—¿Tor? —grito, pero la *suite* está inquietantemente silenciosa.

Mi teléfono está sobre la cama, donde lo dejé cargando. Siento una gran decepción cuando veo que no hay nada de Charlie.

Pero Tor sí me ha mandado un montón de mensajes diciendo que se ha ido de bares y que intentar despertarme ha sido como intentar despertar a un muerto. Me dice el nombre del lugar donde se encuentra y que está con unas chicas que ha conocido en el bar del hotel mientras yo estaba inconsciente.

¡Ven a divertirte!, me incita, pero veo que hace más de dos horas que envió esos mensajes y probablemente haya captado la indirecta de que no me apetece salir por la noche.

¡Acabo de despertarme!, le contesto. *Voy a darme un baño y a meterme en la cama. Lo siento, estoy agotada. Pero quiero que me cuentes todos los detalles por la mañana. Besos.*

Me responde unos minutos después con un emoticono de cara triste y un selfi con dos chicas guapísimas de las que se ha hecho amiga mientras yo dormía. Sonrío para mis adentros. Tor no tiene la angustia interior que yo tengo. Me agota porque tengo que fingir todo el tiempo, mientras que a ella le sale natural. Le mando un beso y le digo que la veré por la mañana. Después nado largos en la piscina privada hasta que los músculos de mis brazos no dan más de sí. Me ducho, tomo unos frutos secos del minibar y me duermo con una comedia romántica de los ochenta cuyo nombre no recuerdo, pero en la que sale Sarah Jessica Parker.

No estoy segura de cuánto tiempo duermo. Me despierta un ruido animal procedente del salón de la *suite*. Con el corazón acelerado, recuerdo que no cerré las puertas batientes antes de acostarme. Agarro lo único que puedo usar como arma (un *stiletto* y un bote de laca) y me pongo de puntillas para entrar en el salón. Pero allí no hay ningún animal salvaje, solo Tor con un aspecto que nunca le había visto antes. Tiene la cara embadurnada de maquillaje, la ropa sucia, el pelo hecho un desastre y solo parece tener un zapato. Está tumbada boca abajo en el sofá blanco, su cuerpo se convulsiona con aullidos. Es el ruido que yo creía de un animal. Solo puedo mirar horrorizada unos instantes antes de acercarme a ella. Supongo que ha bebido demasiado y que se ha peleado con las chicas con las que estaba. Pero estoy desconcertada porque Tor nunca actuaría así. Ella vendría dando zancadas como Beyoncé en la época de *Lemonade* y me haría sentarme a tomar chupitos con ella hasta que todo lo demás no importara ya. En cuanto le pongo la mano en el brazo, se levanta de un salto, se refugia en la esquina del sofá y me mira como si fuera un animal salvaje. Un segundo más o menos de confusión cruza la cara de Tor antes de que me reconozca y su expresión cambie de miedo a... algo que nunca antes había visto en la cara de Tor. Está totalmente descompuesta.

—Kitty. —Me tiende los brazos como una niña pequeña.

Voy hacia ella, la envuelvo en mis brazos, le acaricio el pelo y dejo que solloce en mi hombro.

—¿Qué ha pasado? —Miro el reloj digital con altavoz. Son las cinco y media de la mañana. El sol empieza a desperezarse, proyectando un resplandor dorado por toda la habitación.

No contesta durante unos instantes, solo solloza en silencio entre mis brazos.

—Tor, ¿qué pasa? ¿Alguien te ha hecho daño? —Ella asiente—. Te traeré una copa. —Me dirijo al minibar y sirvo dos copas de *brandy*. Tor se bebe la suya de un trago, se limpia los ojos y respira hondo.

—Salimos en un yate —me cuenta—. Las chicas con las que estaba habían conocido a unos chicos hacía unos días y nos invitaron a salir todos en su barco. Se llamaba *Liberty*. Empezó bien. Estábamos todos bebiendo y había coca. Pero luego empecé a sentirme muy muy fuera de mí. —Hace una pausa y le doy mi copa de *brandy*, que esta vez bebe más despacio—. Ya me conoces, Kits, no es que no pueda controlarme con la bebida y las drogas, pero es que me notaba fuera de mí. Apenas podía mantenerme en pie. Uno de los chicos, no recuerdo su nombre, parecía amable, intentaba ayudarme. Me llevó a una de las literas del barco para que me acostara. Pero entonces empezó a besarme. Intenté apartarle y decirle que tenía novio, pero nada funcionó. No podía hablar, no podía moverme. Tuve que quedarme tumbada mientras él... él... —Se bebe el *brandy*—. ¿Me pones otro, por favor? Creo que todavía estoy en estado de *shock*. —Le tiemblan las manos mientras me tiende la copa.

—Claro. —Vuelvo a la barra—. Así que te violó. ¿Es eso, no?

Asiente mientras le doy la bebida.

—Pero eso no es todo. —Me preparo para lo que venga a continuación—. He debido de desmayarme o algo así porque lo siguiente que recuerdo es despertarme con uno de los otros hombres, creo que se llamaba Archie, en la cama conmigo, tocándome. Estaba demasiado asustada para decir nada, así que fingí que seguía inconsciente mientras él también tenía sexo conmigo. —En ese momento se derrumba en mis brazos. No hay ninguna palabra que pueda mejorar su situación, así que nos quedamos sentados mientras amanece, acariciándole el pelo hasta que llora todo lo que puede—. Tengo que ir a la Policía —acaba diciendo, a pesar de todo lo que se le viene encima. Pienso en las advertencias que todas hemos oído sobre tratar de no borrar las pruebas, los frotis internos y los exámenes que harán que se sienta como si la violaran de nuevo.

Yo la miro horrorizada, de repente me viene a la mente una noticia de hace unos años. Era una situación similar en otra isla griega. Pero cuando la mujer denunció la violación, fue detenida y encarcelada. Su familia tardó meses en llevarla de nuevo a casa. La habían acusado de mentir. La ley la protegía para no ser identificada en los medios de comunicación, pero no ocurría lo mismo en las redes sociales. Tor no podría hacer frente a algo así. Ella es muy reservada. Ella siempre dice que ser una mujer negra viviendo en Chelsea ya es bastante malo.

—Tor, no creo que ir a la Policía sea la mejor idea. Esto no es como Inglaterra. Aquí no tratan bien a las mujeres. —Busco la historia en mi teléfono y se la enseño. Se derrumba aún más.

—¿Y qué voy a hacer? No pueden salirse con la suya. Probablemente le hagan esto a más mujeres cada noche.

—No se saldrán con la suya. Te lo prometo.

Me paso el día cuidando de Tor mientras su humor oscila entre la desolación y la furia, pasando por un montón de fases más. Le lavo el pelo en la bañera gigante del baño principal, la envuelvo en mullidos albornoces y toallas, pido sus platos favoritos al servicio de habitaciones y le sirvo vino. Más tarde, nos sentamos en la terraza a disfrutar de los últimos rayos de sol.

—Siempre pensé que me defendería —dice mirando al mar—. No pensé que sería una de esas mujeres que simplemente lo aceptan.

—Te drogaron —le recuerdo.

—Pero no la segunda vez. Me quedé allí tumbada. Estaba muy asustada. Se me pasaban cosas terribles por la cabeza. Tenía miedo de que me mataran o que me tiraran al mar.

—¿Cómo te escapaste?

—El barco nunca dejó el muelle. Cuando Archie... —Se atraganta con su nombre—. Cuando terminó, me vestí y salí corriendo. Gritaban cosas tras de mí. —Se seca una lágrima.

—¿Qué pasó con las otras chicas?

—No tengo ni idea. No parecían estar en el barco cuando me fui. —Me mira—. Tengo miedo de irme a dormir esta noche.

—Espera.

Unos minutos después, vuelvo con dos pastillitas blancas y un vaso de agua. Tor me mira.

—Está bien, es solo un poco de Valium. Te ayudará a dormir. Y yo estaré aquí.

Se traga las pastillas y se va a su habitación. Me tumbo a su lado, abrazándola fuerte, hasta que empieza a roncar suavemente. Es mi señal.

Una hora más tarde, estoy vestida con un vestido corto rojo y unas alpargatas. Llevo el pelo rizado como en la playa y, gracias a mi bronceado, el único maquillaje que llevo es máscara de pestañas. Me encanta lo fácil que es arreglarse en vacaciones. Antes de salir, por la terraza, no por el vestíbulo principal, echo un vistazo a Tor, que sigue profundamente dormida. Agarro mi bolso y el picahielos del bar y me adentro en la noche griega.

42

PUERTO DE MYKONOS, MYKONOS

Recorro a pie los quince minutos que me separan del puerto con el corazón marcando el ritmo. *Li-ber-ty. Li-ber-ty. Li-ber-ty*, dice al compás de mis pasos. Es de noche cuando atravieso el centro de la ciudad, pero ni siquiera siento la necesidad de cubrirme. Mucha gente me ve, pero no hay nada que me haga destacar. Soy una mujer más, con un vestido de playa, como cientos de otras. Sin embargo, debo acordarme de decirle a Tor que retire sus publicaciones de Instagram de la isla. Cuanta menos gente sepa que estuvimos aquí, mejor.

Llego al puerto deportivo rapidísimo. Está muy bien iluminado, lo que facilita ver los nombres en los laterales de los barcos. La verdad es que es un espectáculo, pequeños veleros acurrucados junto a yates gigantes y todos los tamaños intermedios. Siempre me ha gustado navegar. Teníamos un yate cuando era más joven, y esos días idílicos paseando por el agua, bajo el sol, son algunos de mis recuerdos más felices. Probablemente sea nostalgia o el síndrome del falso recuerdo, pero no me viene a la cabeza ni un solo momento de mis padres discutiendo cuando estábamos en el barco. El ama de llaves nos preparaba una deliciosa cesta de comida (o la compraba en Fortnum) y nos sentábamos en la terraza a comer y charlar. Mi madre parecía cobrar vida con la brisa marina agitándole el pelo, parecía feliz, libre. No sé qué fue del yate. Supongo que se fue con ella a la Costa Azul.

Me quito los pensamientos de la cabeza y vuelvo a concentrarme. No estoy aquí para suspirar ante los bonitos barcos y ponerme sentimental por un recuerdo que probablemente me he inventado. Acelero el paso y, al cabo de unos cinco minutos, veo por fin la palabra «*Liberty*» en el costado de uno de los yates medianos. Alcanzo a distinguir tres figuras en la cubierta. El sonido de un bajo retumba tan fuerte que el amarre tiembla. Miro la hora en el móvil, no es tarde. Inhalo profundamente, el olor del agua de mar ayuda a apagar el pequeño fuego de ansiedad que arde en mi vientre desde que salí del hotel. Quiero hacerlo, tengo que hacerlo, pero tres hombres son demasiados. No tengo ni idea de cómo va a salir esto.

Me acerco a la proa y grito por encima de la música. ¿Estáis celebrando una fiesta ahí arriba?

Bajan el volumen de la música y alguien, un hombre, me mira desde el borde. Se me eriza la piel mientras me evalúa, sopesando si merece la pena invitarme a bordo o no. Paso la prueba. Sonríe y me recuerda al lobo de un libro ilustrado que tenía de niña.

Grotesco.

—Desde luego que sí. ¿Te gustaría unirte a nosotros, preciosa?

Finjo vacilar.

—No sé. Intento encontrar a mis amigas. Estarán preocupadas.

—Vamos. Puedes enviarles tu ubicación desde aquí y decirles que vengan también. Cuantos más seamos, mejor. —Me muerdo el labio, fingiendo reflexionar—. Sube y tómate una copa al menos mientras las llamas. No es seguro que andes por ahí sola en la oscuridad.

—Muy amable por tu parte. —Le sonrío como si fuera la más agradecida del mundo.

—Espera ahí, iré a buscarte.

Dos minutos después sale del barco. Es alto, fácilmente supera el metro ochenta. Musculoso. Pelo negro, ojos oscuros y piel morena. Lleva un polo rosa (Ralph Lauren), unos chinos color crudo y unas Birkenstock blancas en los pies. Se acerca tranquilamente y me tiende una mano enorme.

—Theo —dice, con un acento inconfundiblemente londinense.

—Soy Kitty —respondo, estrechándole la mano.

—¿Te animas a subir a bordo entonces?

Asiento con la cabeza y me lleva por la pasarela hasta el barco.

43

YATE DE ARCHIE, PUERTO DE MYKONOS

Subimos una incómoda escalera de caracol de unos tres peldaños antes de llegar a la cubierta principal. Otros dos hombres están sentados en los asientos de cuero blanco, bebiendo champán. Delante de ellos hay una mesa con una botella de Veuve enfriándose en una cubitera y unas líneas de lo que supongo que es cocaína.

—Esta es Kitty —dice Theo, presentándome—. Estos son Archie y Freddie.

Si Theo es un lobo, entonces Archie es una araña. Un monstruo venenoso esperando que algo caiga en su trampa.

—Bienvenida a mi humilde morada, Kitty, ¿te apetece una copa? —Me tiende una copa de champán.

—Gracias. —La acepto, obviamente sin intención de bebérmela.

Archie es pelirrojo, tiene la cara llena de pecas, un Rolex y lleva un polo Ralph Lauren azul marino y unos chinos color crema. Freddie es muy guapo, tiene el pelo oscuro (y en abundancia tanto en la cabeza, los brazos como por fuera de su polo Ralph Lauren verde) y los ojos tan azules que casi son azul marino. Les sonrío amistosamente.

—Chinchín entonces —dice Freddie levantando su copa. Hago como que bebo un sorbo.

—¿Este es tu barco? —le pregunto a Archie—. Es precioso.

—Sí, lo acabo de comprar con la paga extra de este año. —Ah. Un chico de ciudad—. ¿Quieres que te lo enseñe?

—¡Sí, por favor! Puede que tenga que bajar un poco el entusiasmo. Parezco una presentadora de televisión para niños.

—Entonces venga por aquí, señorita. —Archie se levanta y agarra su copa. Comprueba que yo sigo sosteniendo la mía.

Le sigo, como una buena chica, primero hasta la pequeña cabina donde están los mandos del barco.

—Este es el camarote del capitán. Si tienes suerte, te llevaré a dar una vuelta más tarde. —Se ríe. Es bastante guapo, pero muy engreído, y eso le hace perder el atractivo—. Por aquí. —Me lleva de nuevo por la pequeña escalera y estamos bajo cubierta. Hay una sala de estar, con asientos de cuero blanco que parecen no haber sido usados nunca—. Hay una bañera de hidromasaje en la cubierta —dice—. Y mira esto. —Me lleva a la zona del bar y deja su bebida para enseñarme cómo el minifrigorífico-congelador dispensa hielo—. Genial, ¿verdad?

Mientras juguetea con la nevera, cambio mi copa por la suya y dejo caer una pastilla dentro. Ni siquiera se da cuenta de que su copa se ha rellenado milagrosamente mientras jugaba con el cacharro de los hielos y bebe un buen trago de mi cóctel especial.

Ahora viene lo mejor. Me pone la mano en la parte más baja de mi espalda y me dirige hacia la popa. Donde están los dormitorios. Hay dos, igual de lujosos, con interiores de nogal y camas enormes. Siento que me mira.

—Avísame si necesitas tumbarte o algo. Por si se te sube a la cabeza. —Asiente ante mi copa antes de beberse de un trago la suya.

—Lo haré.

—¡Bebe entonces! Me mira mientras bebo casi la mitad de la bebida.

Archie me lleva de vuelta a cubierta y Theo se me echa encima inmediatamente.

—Tengo una raya preparada para ti, nena —me dice, dándome un billete enrollado como si estuviéramos en los ochenta.

—No, gracias. No tomo drogas. Sí, soy una aburrida, lo sé. Pero mis amigas sí toman.

—¿Otra copa? —me ofrece Freddie.

—Estoy bien, de verdad —le digo.

—¿Has llamado a tus amigas, muñeca? —dice Theo—. No está siendo una gran fiesta, ¿verdad? —Se está frustrando. Está claro que no soy tan divertida como él esperaba.

—Ah, sí —digo, saco el móvil del bolso y hago como que escribo un mensaje.

Mientras tanto, Archie empieza a tener peor aspecto. Está sudando, su cara brilla por el esfuerzo de no caerse.

—¿Estás bien, Arch? —pregunta Freddie.

—En realidad, no me siento muy bien. —Archie está resollando ahora—. Creo que debería acostarme. —Intenta moverse hacia las escaleras, pero tropieza. Freddie salta para ayudarle.

—Joder. Pero ¿cuánto has bebido?

—Demasiado sol, me temo. —Theo se ríe—. Una piel tan blanca no puede soportar tanto. —Me mira para comprobar que me río con él—. Dulces sueños, colega.

Mientras Freddie lleva a Archie bajo cubierta, Theo se acerca a mí.

—Entonces, ¿qué es lo que haces, muñeca?

El punzón está clavado en su cuello antes de que termine su frase.

—Yo mato a la gente —digo, mientras saco la púa y veo cómo se desliza por el suelo y la sangre se acumula a su alrededor como una mancha de aceite. Está inconsciente. Oigo los pasos de Freddie que sube las escaleras riendo. Ve a Theo desangrándose en la cubierta y yo sosteniendo el picahielos.

Hay un hermoso momento en el que nuestras miradas se cruzan y él se queda momentáneamente paralizado por el horror antes de darse la vuelta para huir. Es tiempo suficiente para que yo le gane terreno. Lo alcanzo cuando llega al último escalón y le clavo el pico en la espalda, derribándolo. Cuando vuelvo a sacarlo, se gira para mirarme.

—¿Por qué coño...?

—Sí, yo también me lo preguntaba. Deberías haber saltado por la borda. Tendrías muchas más posibilidades de escapar.

—¿Por qué me has apuñalado, maldita zorra? —Su voz es poco más que un gruñido ronco. Tiene un dolor terrible. Bien.

—Ya sabes por qué. No puedes drogar y violar en manada a mi amiga y seguir con tus pequeñas vacaciones, gilipollas. —Esta vez le clavo el punzón en la yugular y veo cómo gorgotea y se agarra el cuello.

Dos menos.

Voy a tener que limpiar esas escaleras antes de que accidentalmente resbale con la sangre de Freddie y me parta el cuello.

Me bajo del barco, lo desamarro, vuelvo a subirme y me dirijo al timón para encender el motor. Hacía mucho tiempo que no pilotaba un barco, pero resulta que es como montar en bicicleta. No literalmente, obviamente.

44

LIBERTY, EN ALGÚN LUGAR DEL MAR EGEO

Conduzco el barco lejos de la isla durante media hora antes de apagar el motor y dejarlo a la deriva. Me cuesta mucho sacar al enorme Theo de una pieza por la borda. Me fastidia no ser lo bastante fuerte y tener que partirle los huesos del fémur y el húmero, antes de utilizar una botella de Veuve rota para cortarle los músculos y demás.

Me recompenso con una copa de champán.

Es igual de doloroso subir a Freddie por la escalera de caracol y volcarlo también, pero por suerte no pesa tanto como Theo y soy capaz de sacarlo por el lateral de una pieza.

El verdadero problema es la sangre y, como es habitual en los hombres, no hay productos de limpieza a bordo. Hay algo de lejía, que vierto sobre las manchas más resistentes antes de fregarlas, pero la preciosa tarima de nogal está destrozada. Una pena.

Y ahora el número tres.

Rebusco un poco en la cocina que Archie me enseñó con tanto orgullo y encuentro lo que busco. Un cuchillo afilado y dentado. Es un Sabatier, lo que me da un poco de emoción.

Abajo en la litera, Archie está volviendo en sí. Está aturdido y confundido, y parece pensar que se está recuperando de una operación. Todavía no, amigo. Todavía no.

Su mirada se fija en la mía cuando me dirijo hacia donde está tumbado, boca abajo, en la cama.

—¿Enfermera? —dice, con la voz todavía espesa por las drogas—. No me encuentro muy bien. ¿Hay algún médico?

—Yo soy el médico, Archie. —Sonrío y me siento en la cama. Él me devuelve la sonrisa, aliviado.

Me arrodillo junto a sus tobillos, con sus pies entre mis muslos. Intenta levantar la cabeza, pero no controla bien el cuello.

—¿Qué es todo eso? Parece sangre.

—Es sangre. —Su nuez de Adán palpita.

—¿Estás herida?

—No, no. Estoy bien. —Le sonrío—. Tuve que hacer algunas operaciones.

Ahora no parece tan aliviado.

—Esto es un barco. Es mi barco.

Asiento con la cabeza, animada.

—Sí, hemos salido de excursión.

—¿Dónde están Theo y Freddie?

Sacudo la cabeza.

—No. Estamos los dos solos. ¿A que es bonito?

A Archie, siempre desagradecido, no le parece nada bien y empieza a gritar.

—Shhh, shhh —le tranquilizo—. Estamos a kilómetros de la costa. Nadie nos oirá.

Luego me desplazo más arriba de su cuerpo y empiezo a desabrochar sus pantalones. Como era de esperar, la pastillita azul que le eché antes en la bebida ha hecho efecto y su pene sale de los pantalones. Se queda mirándolo como si no pudiera creérselo.

—¿Qué haces? —pregunta, nervioso pero intrigado. ¿De verdad cree que, incluso en este estado, querría follármelo?

—Voy a hacerte la mamada de tu vida, Archie —le digo—. Y antes de que te corras voy a saltar sobre esa preciosa polla para sentirte dentro de mí cuando lo hagas.

Parece que se le llenan los ojos de lágrimas.

—Por supuesto que no. Voy a serrarte la polla desde la base. Luego voy a ver cómo te desangras por la entrepierna. Y luego voy a tirarte a ti y a tu polla violadora al mar. ¿De acuerdo?

Y entonces saco el cuchillo de detrás de mi espalda y empiezo a cortar la base de su pene.

Es una suerte que estemos tan lejos en el mar, porque los gritos que emite son realmente ensordecedores. Suelo disfrutar con los ruidos que hacen los hombres mientras los descuartizo, pero esto es patético. Le digo que se calle. Intenta resistirse, pero aún está débil por la droga, por no mencionar que tiene media polla colgando.

—Supongo que quieres saber de qué va esto, ¿no?

—Por favor, para. Por favor.

—Umm. Creo que eso es lo que mi mejor amiga te dijo anoche. No paraste, ¿verdad? Así que creo que yo tampoco lo haré.

Hay mucha sangre, parece que sí es verdad que se les concentra todo ahí abajo cuando se empalman.

No tardo mucho en serrarlo por completo. Archie solloza como un bebé mientras se lo acerco a la cara.

—Theo —llama intentando gritar.

—No te oirán, cariño. Lamentablemente, hemos tenido un par de incidentes de hombre al agua.

—Por favor, por favor, no me mates —suplica—. Cambiaré. Lo prometo. Daré dinero a organizaciones benéficas contra la violación. Le daré dinero a tu amiga. Iré a la Policía. —Mira desesperado la polla, que sigue colgando en mi mano delante de él—. ¿Puedes ponerla en hielo o algo?

—Lo siento, va a ser que no.

En lugar de eso, tiro el pene amputado junto a él en la cama y vuelvo a subir a la cubierta principal para disfrutar de las vistas. Tomo un par de copas más de champán de una botella que he abierto y miro al cielo. Es un tópico, pero en Londres no te das cuenta de lo bonitas que son las estrellas y otras cosas del espacio. Y realmente te hace sentir pequeño e insignificante. Bueno, ha hecho a Theo, Freddie y Archie insignificantes de todos modos.

Voy a ver cómo está el paciente al cabo de media hora y compruebo que tiene ese brillo típico de la muerte en los ojos. El viejo Archie no se ha esforzado mucho. Lo que sí supone un esfuerzo es envolver su cuerpo en las sábanas empapadas de sangre y arrastrarlo hasta la cubierta. Luego arrojo a Archie al mar, seguido de su pene. Bajo rápidamente a cubierta por última vez, para limpiar las marcas de dedos de los vasos y cualquier otro rastro. Me miro en uno de los espejos de cuerpo entero. Por suerte, mi vestido es de color rojo oscuro (planifico con antelación), pero tengo sangre por los brazos y las piernas. Me doy una ducha rápida, que luego tengo que limpiar también. Después encuentro una de las chaquetas rosas de Archie y me la pongo por encima del vestido.

A continuación regreso al timón y utilizo la aplicación de navegación de mi teléfono para devolver el barco al puerto, donde lo amarro y me dirijo al hotel.

Cuando estoy en mi habitación, me quito la ropa ensangrentada, la meto en una bolsa al fondo del armario y me deslizo en la cama junto a Tor.

Luego me duermo.

Al día siguiente, Tor me dice que quiere volar a casa lo antes posible.

—No puedo quedarme aquí. Me aterroriza encontrarme con ellos si vamos a algún sitio. Y solo quiero mi cama. Y a mi madre.

—Yo también tengo muchas ganas de salir de aquí. Por supuesto —le digo, dándole una manzanilla y dos Valiums. Paso las horas siguientes intentando reservar un vuelo mientras Tor hace las maletas con apatía y finalmente consigo dos asientos en clase turista para esa tarde. Tor me pide otro Valium y duerme durante casi todo el vuelo de vuelta a casa. Miro por la ventanilla hacia el Egeo y me pregunto cuánto tiempo pasará antes de que los cuerpos aparezcan en algún lugar. Eso me distrae de la falta de espacio y del hedor corporal ajeno.

De vuelta en el Reino Unido, llevo a Tor a una de las mansiones de Sylvie en Surrey. Está claro que Tor le ha contado la mayor parte de lo sucedido y yo esperaba un enfrentamiento con ella por dejar que Tor se fuera sola. Pero no lo hace. En lugar de eso, nos abraza a las dos.

—Mis pobres bebés —dice—. ¿Quieres quedarte, Kitty? Tenemos mucho espacio. Eres más que bienvenida.

Le doy las gracias, pero le digo que no.

—Creo que Tor necesita estar a solas con su madre.

Tor me abraza con fuerza y me susurra «gracias» en el cuello.

Cuando vuelvo a mi apartamento, me siento como si tuviera un trastorno de estrés postraumático. Me tomo un par de pastillas y me meto en la cama, agotada. Se acabó el descanso que había planeado.

Solo cuando estoy en ese hermoso punto intermedio entre el sueño y la vigilia recuerdo la ropa ensangrentada en el fondo del armario en Mykonos.

Joder.

Pero ahora estoy demasiado drogada como para preocuparme.

45

NOTICIAS DE APPLE

AUMENTA LA PREOCUPACIÓN POLICIAL POR LA DESA-PARICIÓN DE TRES BRITÁNICOS QUE ESTABAN DE VACACIONES EN MYKONOS

Crece la preocupación por la desaparición de tres hombres en la isla griega de Mykonos. Los hombres, cuyos nombres aún no se han hecho públicos, aunque se cree que son de Londres, tenían que haber regresado de su viaje a la popular isla a principios de esta semana, pero no se han puesto en contacto con sus respectivas familias.

Se sospecha que el trío se alojaba en un yate perteneciente a uno de los miembros del grupo. El barco ha permanecido atracado en el puerto principal de la isla, sin rastro de los hombres. Los testigos han dicho que los hombres eran caras conocidas de la fiesta nocturna, pero afirman que no han sido vistos en ningún bar o club desde la semana pasada.

Se ruega a quien tenga alguna información que se ponga en contacto con la policía de Mykonos en el teléfono +30 7732459.

46

APARTAMENTO DE KITTY, CHELSEA

Joderjoderjoderjoderjoderjoder.
Ahora está en la red que tres hombres han desaparecido de Mykonos y que yo dejé una bolsa cubierta de una mezcla de la sangre de todos ellos en el fondo de un armario.
Siento que estoy perdiendo la cabeza.
No puedo parar de dar vueltas y más vueltas.
Cada vez que suena mi teléfono estoy segura de que es la Policía. Ha pasado una semana desde que dejamos el hotel y seguro que ya habrán limpiado la *suite*. No puedo dejar de imaginarme a una de las encantadoras camareras encontrándose con la bolsa llena de sangre y gritando. Lo habrán entregado a la Policía. Ese vestido de verano tiene mi ADN, además de la sangre de los tres hombres desaparecidos (muertos) por todas partes. No puedo concentrarme en nada. Charlie me ha llamado unas diez veces, pero ni siquiera me atrevo a escuchar sus mensajes de voz. ¿Qué va a pensar de mí cuando descubra la verdad? Quiero decir que sé que cada hombre que he matado se lo merecía, pero, aun así, he matado a gente. A mucha gente. No puedo respirar. Y no puedo esperar. Decido llamar al hotel:
—Chairete, Cavoo Resort —responde la recepcionista.
Siento que se me congela el corazón.
—Umm... ¿Hola? ¿Habla inglés?

—Ah, inglés. Sí, sí. ¿En qué puedo ayudarle?

—Fui huésped del hotel hace una semana y media y creo que me dejé algo en la habitación.

—Bien, un momento. Te paso con el servicio de limpieza.

Es insoportable, me ponen en espera y me obligan a escuchar música folclórica griega.

—Hola, habla usted con el servicio de limpieza. ¿En qué puedo ayudarle?

—Hola, fui huésped hace una semana o así y creo que me dejé algo en la habitación.

—De acuerdo. No hay problema. ¿Puede decirme usted en qué habitación?

—Eeeh... Era una Villa Platino. La Azure, creo.

—De acuerdo. Azure. Espere un momento mientras lo compruebo. Gracias. Y vuelvo a estar en espera, escuchando otra ves esa música que hace que me sangren los oídos. Siento que llevo diez años esperando antes de que la mujer retome el teléfono de nuevo.

—¿Hola, señorita? Aquí no hay nada de la *suite* Azure. Lo siento. Que tenga usted un buen día.

—¡Espere! ¿Está segura? ¿Nada que pudiera haber sido entregado a, no sé..., la Policía o algo así?

Se oye una carcajada desde el otro lado.

—¿Por qué íbamos a darle nada a la Policía? Su habitación está despejada. Lo siento. Lo que usted ha perdido no está aquí. Adiós.

—Gracias —murmuro, aunque ya me ha colgado. Estoy más que confusa. Mi teléfono suena y la aplicación de Instagram me dice que tengo un mensaje de texto. Suspiro y lo abro:

Lo que pasa en Mykonos se queda en Mykonos. ¿O no?

El Asqueroso ha vuelto. Esto es exactamente lo contrario de lo que necesito ahora mismo. Agarro tres pastillas de Valium y me las tomo con un buen trago de vodka antes de volver a la cama.

El timbre sonando insistentemente acaba por sacarme de mi estado comatoso por las drogas. No sé qué hora es, pero está oscuro. Tardo unos instantes en darme cuenta de que ese horrible sonido procede del timbre de mi puerta. ¿Será la Policía? ¿Y no podrían entrar ellos solos o llamar a uno de los conserjes? Tropiezo a ciegas con la puerta y veo a Tor fuera. O una versión de ella. Lleva zapatos planos, pantalones de *jogging* y una gorra.

—¡Kitty! Abre la puerta ahora mismo.

Uf. Me froto los ojos y la abro. Tor entra como una tromba, enciende las luces, se dirige a la barra, sirve dos copas de carísimo Sauvignon Blanc y se sienta a la isla de la cocina antes de dirigirme la palabra:

—Siéntate —me ordena.

Sin entender muy bien qué está pasando, saco uno de los taburetes (Danetti, de piel sintética color verde lima) que hay enfrente de ella y me siento. Tomo un sorbo de vino y Tor tira una bolsa sobre la encimera que hay entre nosotras. Es una bolsa de plástico de una de las tiendas de regalos de Mykonos.

—Vamos —me dice—. Ábrelo.

No necesito abrirlo para saber lo que hay dentro. Pero le sigo la corriente de todos modos. Está claro que Tor no está de humor para meterse conmigo. Desenvuelvo la bolsa y saco un vestido rojo y una americana rosa cubierta de sangre seca. Tor me está mirando como una psicópata. Pero aún podría besarla.

—¿Qué coño es esto? —dice ella—. Y no intentes engañarme, que te conozco.

Se hace el silencio mientras sopeso si decirle la verdad. Pero antes de que pueda hablar, Tor consulta su teléfono y empieza a leerme una noticia, la de los tres hombres desaparecidos.

—Dime que esto —señala el vestido— no tiene nada que ver con esto. —Agita el teléfono en el aire—. Nada de gilipolleces, Kitty.

Así que, respiro hondo y le cuento todo.

47

EL BALCÓN, APARTAMENTO DE KITTY, CHELSEA

Eso es lo que le hice creer. Por supuesto que no le conté todo.
—Tuve un aborto espontáneo —le digo, sorprendidada por mi asombrosa facilidad repentina para mentir mientras estamos sentadas al sol de la tarde—. No quería contárselo a nadie porque ni siquiera se lo había dicho a Charlie y no sabía qué hacer al respecto. Por eso quería alejarme. Para pensar. Él pensó que le estaba engañando, iba a decírselo. Pero entonces te atacaron y me pasó esto esa noche... Y no pude decir nada entonces. No después de lo que habías pasado. No sabía qué más hacer, así que metí la ropa que llevaba puesta en el armario. —He conseguido llorar, probablemente porque soy una persona horrible. ¿Quién miente a su mejor amiga sobre algo así?

Sospecho que un monstruo.

—Kitty, deberías habérmelo dicho.

—Te habían violado, Tor. No era el momento de hablar de mí.

—Así que pasaste por todo eso sola. No lo vuelvas a hacer.

—Lo siento —murmuro. Y lo siento de verdad. Por hacerle creer algo que no es cierto.

—¿Estás bien? Quiero decir... ¿Cómo te sientes?

—Estoy bien. —Suspiro—. Pero, por favor, no se lo digas a los demás. No quiero que Charlie se entere y sienta que tiene que hablar conmigo. Está claro que no tenía que ser así. No quiero pensar en ello. Ya pasó.

Tor se queda mirándome y rellena mi copa de vino.

—Ojalá me lo hubieras dicho.

—Ni siquiera estaba muy avanzado. No más de cuatro semanas más o menos.

Me mira durante largo rato. No consigo entender la expresión de su cara. Al final se acerca a donde estoy sentada y me abraza.

—Oh, Kits —dice ella—. Lo siento mucho. Es horrible lo que has tenido que pasar. —Me besa la cabeza y vuelve a acercarse a mí—. Las peores vacaciones de mi vida.

Encendemos la pequeña estufa que tengo para las noches frías. Aunque no hace nada de frío, el tiempo no ha cambiado durante nuestra ausencia, pero echamos el vestido y la chaqueta y vemos cómo arden.

—Suerte que no vestimos de New Look —dice Tor riéndose—. O habrían explotado como fuegos artificiales con tanto poliéster.

Sonrío y ella me abraza. Pero entonces se le cruza algo por la cara tan rápido que no sé lo que es. Me mira fijamente durante un largo rato mientras el humo se esparce por la tarde londinense.

—Gracias —susurra en voz tan baja que podría haber sido fruto de mi imaginación.

Ya que parece que estamos en una situación de revelación total, debería aprovechar este momento para confesar algo. El borracho del bar no era el primer hombre que mataba. Siempre he sabido que había algo oscuro dentro de mí, pero la mayor parte del tiempo he sido capaz de mantenerlo enterrado en lo más profundo, como cuando intentas meter al gato en una caja cuando eres niño. Lo noté por primera vez la noche que pillé a mi padre con la madre de Hen. Aunque no entendía del todo lo que estaba pasando, sabía que era malo.

Fue unos años después cuando vi por primera vez a mi padre pegar a mi madre. Había llegado a casa del trabajo de un humor de perros e inmediatamente se había encerrado con una botella de *whisky*.

—Hoy no te metas con tu padre —me advirtió—. Está pasándolo mal en este momento.

—¿Qué pasa? —pregunté con trece años y pensando que ya era mayor.

Mi madre me sonrió y me dio un golpecito en la nariz.

—Nada por lo que tengas que preocupar a tu hermosa e inteligente cabeza, cariño. ¿Por qué no vas a hacer los deberes ahora y así te olvidas de ellos durante el fin de semana? Si los terminas, quizá podamos después hacer algo divertido juntas. Solo nosotras.

Me encantó la idea, la abracé y subí corriendo a mi habitación, decidida a resolver las horribles tareas de Matemáticas que nos habían asignado.

A las cinco de la tarde, una de las amas de llaves llevó a mi habitación una bandeja con mi cena.

—Tus padres han pedido que te quedes aquí, corazón. Están teniendo una discusión de adultos. Yo me iré ahora a casa, así que haz lo que te han pedido. —Me miró con tristeza y me apretó suavemente el hombro. Creo que se llamaba Moira, pero no lo recuerdo bien. Lo que sí recuerdo son sus ojos grandes, marrones y tristes. Y me preguntaba qué le había pasado en la vida para que estuviera tan triste. En aquel momento no tenía ni idea de que la culpable era yo.

Cené y seguí con los deberes, pero me distrajeron los ruidos del piso de abajo. Voces altas. El sonido de algo rompiéndose. Un golpe. Un grito. Aunque había aprendido a no espiar a la gente, el grito me asustó. Bajé corriendo las escaleras hasta el salón principal. Mi madre estaba agazapada en un rincón.

—Por favor, Robert, no es culpa mía.

No me habían visto, así que no tenían ni idea de que vi a mi padre retirar la mano derecha hacia atrás, cerrarla en un puño y golpear la cara de mi madre. Una y otra vez. Ni siquiera eran bofetadas, que tampoco se podían perdonar, sino puñetazos en toda regla, de los que había visto en programas de televisión que no debía ver, pero que veía de todos modos. La cara de mi madre empezó a parecerse a la de una fruta magullada, pero un ojo seguía lo bastante abierto como para mirarme, horrorizada. Pude sentir el miedo en esa mirada y, sin palabras, me dijo que me fuera.

«Vete o irá a por ti también».

48

THE PHENE, CHELSEA

El asado de los domingos en The Phene es una de nuestras tradiciones desde que tenemos edad legal para beber alcohol. Entonces nos creíamos adultos de verdad. Recuerdo cuando tenía dieciocho años. Aún no había conocido a Adam. El interés de la prensa por la desaparición de mi padre ya casi era inexistente. Yo estaba anímicamente más tranquila por aquel entonces. Aunque no siempre. Recuerdo que Hen tuvo que impedir que me dirigiera a las oficinas de la revista en la que trabajaba un chico en particular, armada con un hacha que había robado de una de las carnicerías. ¿Su delito? Había puesto una cuenta atrás en su repugnante página web.

El primer titular ya era bastante malo: *XX días hasta que legalmente puedas ofrecerle tu morcilla a la heredera de la carne.*

El segundo me puso colorada: *XX días hasta que legalmente puedas dejar a la heredera de la carne tan molida que te suplicará por tu morcilla.*

—Básicamente es animar a los hombres a que me hostien y me violen —recuerdo que le grité a Hen, que era la única persona lo suficientemente valiente como para acercarse a mí mientras blandía un hacha.

—Kits, es solo una página web, cariño —dijo mi madre, intentando tranquilizarme. Pondremos una queja y que lo quiten.

—Pero no es solo en un puto sitio web, ¿verdad? —Estaba furiosa—. Y no soy solo yo. Es esta puta cultura asquerosa que les dice a los hombres que está bien emborrachar a las chicas para que se acuesten con ellas.

Me enfurecí, despotriqué y le di tantas vueltas al hacha que mi madre me dio dos pastillas de su alijo especial. Cuando por fin me calmé, ella y Hen se sentaron conmigo.

—Ya estoy harta —les dije—. Es asqueroso.

Hen me alisó el pelo, mientras mi madre hacía una llamada muy enfadada a la sede de la revista.

—¡Diles que nunca estaría tan borracha como para follarme a uno de sus lectores cabeza de chorlito! —grité furiosa.

Tuve que empezar a ver a mi terapeuta tres veces por semana después de aquello y «Kitty y el hacha» pasó a formar parte del pasado. Aunque nunca lo olvidé.

Pero ahora somos adultos. Y somos más que capaces de ver algo malo en Internet y controlar nuestros ánimos.

Excepto esta vez.

—Tienes que estar de coña. —Tor está mirando su teléfono—. ¿Qué coño pasa? —Se vuelve hacia mí primero, con los ojos ya medio llenos de lágrimas.

—¿Qué pasa?

Me empuja el teléfono. Twitter.

Miro su teléfono. Es una captura de pantalla de un mensaje de un futbolista llamado Raphael Reynolds. Es joven, guapo, el mundo a sus pies y otros juegos de palabras futbolísticos. Y también, con una puta polla enorme, por lo que parece.

Si no respondes, iré yo mismo a tu casa y te violaré. Ja, ja, ja, ja, ja.

—¿Esto es de verdad?

Miro el mensaje asombrada, luego a Tor, que asiente. Le paso el teléfono a Hen. Ella hace lo mismo y se lo da a Maisie, hasta que los cuatro hemos visto las capturas de pantalla.

—Vaya —dice finalmente Maisie—. ¿Te importaría contarnos de qué va todo esto?

—No sé mucho más de lo que veis —dice Tor. Pero me devuelve el teléfono y yo paso varias capturas de pantalla más. Hay unas cinco en total en las que se le ve amenazando e insultando a una chica que claramente le había rechazado.

—¿Y son reales? ¿Se han verificado? —pregunta Hen.

Tor suspira, cansada del mundo, y a continuación contesta:

—Según Emily —una de Las Extras—, sí. Pero está en libertad bajo fianza. Probablemente ni siquiera le acusen si dice que lo siente.

Todos nos sentamos en un silencio atónito. Un camarero se acerca y nos pregunta si queremos más *prosecco*. Maisie niega con la cabeza y pide la cuenta.

—El problema con hombres como Raphe —dice Tor— es que se creen intocables. Y la verdad es que lo es. Hace lo que le da la puta gana y deja que sus jefes arreglen el desaguisado.

—¿Quién es la chica? —pregunta Maisie—. ¿La conocemos?

Tor se encoge de hombros.

—No pasará mucho tiempo antes de que la nombren en Twitter. Y que, obviamente, sea objeto de una caza de brujas.

Pagamos y nos vamos, cada una de nosotras igualmente perturbada por las revelaciones de Twitter. Pero incluso antes de llegar al vestíbulo de mi edificio, un plan empieza a gestarse en mi mente.

49

APARTAMENTO DE KITTY, CHELSEA

No es frecuente que Las Extras jueguen un papel importante en nuestras vidas, pero un pensamiento se ha instalado en mi cabeza, con sus tentáculos extendiéndose por mi cerebro. Detesto a las grupis del fútbol. Me dan ganas de agarrarles la cabecita y hacerles entrar en razón. «No es una carrera profesional a elegir», quiero gritar. Pero nunca me escucharían. Todas quieren ser la próxima Victoria Beckham.

Agarro el móvil y recorro mis contactos hasta encontrar el nombre que busco. Jodie Jones, la reina de Las Extras y la más desesperada de las aspirantes a WAG[17]. Necesito hacer una nueva mejor amiga para esta noche. La temporada de fútbol aún no ha comenzado, lo que significa que los gilipollas pateapelotas seguirán saliendo por los clubes nocturnos, siendo fotografiados engañando a sus parejas o conduciendo medio borrachos.

—¡Hola, Jodz! ¿Vas a salir esta noche?
—¡Kitty! Hola, nena. Sí, vamos a ir a Raffles. ¿Vienes?
—Te veré allí.
Uf.
Es hora de dar el pistoletazo de salida.

---

[17] Hace referencia a las «esposas y novias» de los futbolistas (*Wives and Girlfriends*).

50

RAFFLES, KING'S ROAD, CHELSEA

Odio las discotecas. Lo recuerdo mientras estoy en una de las barras del Raffles intentando, desesperadamente, pedir un vodka para relajarme y sentirme menos cohibida. Ya he tenido que rechazar la atención no deseada de tres hombres y solo llevo aquí media hora. La cabeza me da vueltas, me siento claustrofóbica, hay demasiados cuerpos y poco aire acondicionado. Algunas de Las Extras están aquí y me rodean, intentando entablar conversación conmigo, pero a) no las oigo y b) no quiero pasarme la noche escuchándolas cotillear y quejarse.

—Amber ha estado engañando a Jesse con Andre —intenta decirme una de ellas, creo que se llama Emily.

—Me importa una mierda —le digo.

—¿Qué? ¿No te oigo?

—¡Qué mala suerte!

Aunque no tenemos mucho que ver, me alegro de que Las Extras estén aquí. Me hace parecer menos triste apuntalando la barra de bar. La noticia de que tienen una mesa me alegra. Mis pies me están matando. ¿Me estoy haciendo vieja?

—Ven y siéntate con nosotras, Emily tiene una mesa. —Pensé que estaba hablando con Emily. De todos modos, enlaza su brazo con el mío y tira de mí hacia donde están sentadas.

—Mira a quién he encontrado en el bar —dice No Es Emily.

—Bien hecho, Emma —dice otra persona—. Oye, Kits, ¿con quién has venido? Probablemente espera que Ben y algunos de su equipo aparezcan más tarde. Es muy popular entre ellos, aunque no sé quién se lleva la peor parte.

—Estaba esperando a Jodie —grito—. Pero no parece que vaya a venir.

—No te preocupes, quédate con nosotras. Tasha, sírvele a Kits un *voddie*, ¿te apetece?

La chica, que se llama Tasha, saca una botella de Grey Goose de la cubitera de la mesa y me sirve un poco en un vaso.

—¿Mezclado con algo? —me pregunta.

Sacudo la cabeza.

—Así está bien. Me gusta solo.

Sonríe mientras me pasa el vaso, como si estuviera en compañía de la reina o algo así. Intento no perder de vista a los que entran y salen, pero Las Extras no paran de hacerme preguntas:

—Me encanta tu vestido, cariño, ¿de quién es?

—Paloma Wool.

—¿Vendrá Ben esta noche?

—Ni idea.

—¿Es cierto que Maisie se está viendo con Rupert ahora?

—Eh... Sí.

—¿Sabías que solía salir con Sophie?

—No, no lo sabía. —¿Quién coño es Sophie?

Después desconecto durante un rato y Las Extras se aburren de la novedad de tenerme en su mesa. Estoy demasiado ocupada oteando el local para ver si ya ha aparecido algún futbolista. Doy por hecho que aparecerá alguno, si no Las Extras no estarían allí. Apostaría un riñón (no uno de los míos) a que convertirse en una WAG es lo más ambicioso que pueden hacer.

Efectivamente, unos diez minutos después, se oye un enorme chillido de Emma/Emily/Tasha/Quiensea.

—Mira. Ese es Raphe Reynolds, ¿no?

Echo un vistazo y veo a alguien que apenas parece tener edad para estar allí moviéndose entre la multitud, que se abre para él como el puto mar Rojo. Es innegablemente guapo, pero después de haber leído sus mensajes llenos de bilis y odio, su nivel de atractivo es cero. Sus ojos ya están recorriendo el club, absorbiéndolo todo, buscando a su presa. Su mirada se cruza con la mía durante una fracción de segundo y yo desvío la mirada. Cuando me vuelvo un par de segundos después, sigue mirándome. Esta vez es él quien interrumpe nuestra mirada. Estamos jugando al tenis ocular, el primer paso del flirteo. Eso es bueno. Cuando sus ojos vuelven a encontrarse con los míos unos segundos después, le recompenso con una sonrisa coqueta, antes de fingir que veo a alguien conocido. Esta vez no miro hacia atrás. Si se lo pongo demasiado fácil, perderá el interés. Me viene a la mente una frase que soltó Ben una vez (o puede que fuera uno de sus amigos): «Un coño digno necesita ser cazado». Lo sé, encantador. Pero es verdad, necesito dejar que Raphe piense que me está persiguiendo. Necesito ser la presa ahora mismo. Pongo una pajita en mi bebida y bebo un sorbo. La pajita llama la atención sobre mi boca, lo que aparentemente le hará pensar en las otras cosas que puedo hacer con ella. Gracias por el consejo, *Teen Vogue*.

Intento involucrarme en lo que hablan Las Extras. Todas miran furtivamente a Raphe y a los chicos con los que está. Supongo que también son futbolistas, pero no estoy segura. No soy como estas chicas. Ser una WAG tiene absolutamente cero atractivo para mí.

Emma, o Emily, está hablando de Raphe en un susurro bajo.

—¿Sabes que al parecer trata a las mujeres como si fuesen basura? ¿Has visto lo de Twitter?

—No me importa —dice la morena, que creo que se llama Tasha, encogiéndose de hombros—. Ya lo han quitado todo, así que probablemente no sea nada. Míralo, lo que daría por una noche con él. ¿A ti qué te parece, Kitty?

—Es guapo, supongo.

Las chicas se ríen cuando Raphe se acerca a la mesa.

—Señoritas —dice, levantando su copa como si fuera Leonardo DiCaprio en *El Gran Gatsby*. Si crees que los hombres blancos normales y corrientes tienen una confianza que no se merecen, imagínate uno con dinero que ha sido objeto de halagos desde que tenía unos doce años.

Las Extras se ríen a carcajadas, pero yo mantengo la calma. Y, como estaba previsto, atraigo la atención de Raphe.

—Kitty Collins —dice, y se pone en cuclillas a mi lado—. No te veo a menudo por aquí. —Me pone la mano en el muslo derecho y se inclina para hablarme.

Me encojo de hombros.

—Dicen que un cambio es tan bueno como un descanso. —Le sostengo la mirada más de lo que acostumbro y luego la desvío—. La verdad es que ya me iba. Esto no es lo mío.

—Vamos, quédate. Hazlo por mí. —Junta las manos en un gesto suplicante y me hace ojitos de cachorro.

Finjo una risa.

—Ya he bebido demasiado. Tengo que irme a la cama. Pero ha sido un placer hablar contigo.

Me despido rápidamente de Las Extras y me voy, esperando que mi rastro de migas de pan funcione. Efectivamente, justo cuando salgo, siento una mano en mi hombro.

—No puedo dejar que te vayas a casa sola —dice Raphe, todo un caballero cariñoso.

—Estoy bien —digo, añadiendo un pequeño tropiezo a mi caminar—. ¡Uy!

—¿Ves?, no estás bien. Al menos déjame que te lleve o algo.

—¿O «algo»? —Subo el volumen del flirteo al máximo.

—¿Por qué no vienes a tomar un café a mi casa y luego busco un chófer que te lleve? No me lo perdonaría si te pasara algo. No deberías andar dando tumbos por ahí tú sola de esta manera.

Le hago un gesto con la cabeza.

—Vale, pero nada de bromas. ¿Entendido? —Le pincho juguetonamente en el pecho—. Y tendrás que conducir mi coche. No puedo dejarlo aquí.

—Mientras no sea nada fabricado por alemanes, lo conduciré encantado. —Sonríe—. Nos ganaron el mes pasado en un *amistoso* —explica—. No soy racista. —Habría sido muy tierno si no recordara las horribles imágenes que Tor nos mostró en Twitter.

—Es un Range Rover Evoque.

—¿Ese?

Asiento con la cabeza y le paso mis llaves, tambaleándome un poco mientras cruzo la carretera para que sea más creíble.

—Vamos entonces a bajarte la borrachera.

51

APARTAMENTO DE RAPHE, CHELSEA

Tardamos unos diez minutos en llegar al edificio de Raphe, que en realidad no está muy lejos del mío. Aparca el coche en el garaje subterráneo y subimos las escaleras hacia su piso.

—Sé que suena mal, pero no me apetece charlar ahora con los conserjes. —Me mira con cara de asco porque conozco exactamente esa sensación. Así que subimos hasta el ático. Aprovecho para mirarle. No sé si es la luz, pero ahora parece mucho más joven que en el club y parece menos seguro de sí mismo. Se da cuenta de que le miro y se vuelve hacia mí con una gran sonrisa. Me doy cuenta de que lleva una cadena con una R incrustada de diamantes.

Futbolistas.

Sin clase ninguna. Cero.

—Aquí es donde vivo de lunes a viernes, más o menos —me dice Raphe mientras atravieso un largo pasillo repleto de fotos firmadas y camisetas de fútbol enmarcadas—. Tengo una casa en Surrey, que es para fines de semana y vacaciones. Y para las fiestas. —Me dedica una sonrisa—. Ven al salón, quiero enseñarte algo.

Le sigo hasta una enorme sala de estar diáfana, que incluye una barra de bar y una mesa de billar.

—¿Juegas? ¿Quieres jugar? —me pregunta.

—No. Estoy bien, gracias. ¿Es eso lo que querías enseñarme?

Me mira fijamente, se queda en blanco durante un par de latidos.

—Oh. No, era esto. Mira. —Se acerca a la pared del fondo y agita la mano delante de lo que parece una gorra en un marco. Me acerco para verlo mejor y me doy cuenta de que, en efecto, es una gorra en un marco. Miro a Raphe. Su sonrisa se marchita un poco—. Es de Inglaterra —me dice.

—Es bonita. —No estoy segura de cuál es la respuesta correcta.

—Me la dieron cuando debuté la temporada pasada en el equipo nacional. ¿Sabías que había jugado para Inglaterra?

¿Qué es esto? ¿Por qué este futbolista, supuestamente maravilloso, alabado en todo el país por sus habilidades con las mujeres, tan conocidas como las que tiene sobre el terreno de juego, actúa como un torpe de sexto curso que está a solas con una chica por primera vez?

—Sí. Lo sabía. Enhorabuena. Un gran logro. —Está que se cae de orgullo.

—Y mira aquí. Esta es mi vitrina de trofeos. —Voy trotando tras él y me lleva a una vitrina en la que se exhiben varios trofeos. Al mejor jugador joven de la historia y blablablá.

—¿Dijiste algo sobre una copa? —Siento que mi cara delata lo aburrida que estoy.

—Sí. Perdona. ¿Dónde están mis modales? Claro. Eeeh... ¿Vino? ¿Algo más fuerte? También tengo champán. Montones y montones de botellas de champán. Una nevera llena. Probablemente las suficientes como para darse un baño. Quiero decir, no es que esté diciendo que lo hagamos. Solo que podríamos hacerlo.

—Sería un poco pegajoso, creo. El vino sería genial. —¿Por qué me siento como si estuviera haciendo de niñera?

Raphe desaparece en lo que supongo que debe de ser la cocina y yo aprovecho para echar un vistazo al resto de la habitación. Hay muchas fotos de Raphe. Raphe con algún viejo famoso que jugaba al fútbol, creo. Un Raphe adolescente, sosteniendo una bufanda del equipo. Hay una colección de guitarras en una pared, pero eso es básicamente lo único que sugiere que hay algo más bajo ese cliché futbolístico bidimensional.

—Siéntate. —Raphe vuelve al salón con dos copas de vino blanco casi llenas.

—Me acerco y le quito una, que está a punto de desparramarse por la enorme alfombra, que sin duda vale miles de dólares. Luego me dirijo al sofá, una monstruosidad de terciopelo plateado en forma de L, y me siento.

—Hay un *jacuzzi* en el balcón —dice Raphe de repente, como si acabara de acordarse. ¿Está colocado?

—No llevo bañador. Lo siento.

—Podemos bañarnos desnudos. Seguro que estás más buena sin nada puesto. —Se mueve hacia el sofá para estar más cerca de mí. Yo me alejo un poco más y bebo un trago largo de vino.

—Creo que prefiero quedarme vestida y seca.

Se le cae la cara de decepción y tengo una sensación extraña, como si le hubiera dado una patada en la cara a un cachorrito o algo así.

—¿Qué tal un poco de música?

—Claro.

Agarra un mando de un montón de veinte y empieza a pulsar los botones. La televisión se enciende.

A todo volumen.

Los dos nos sobresaltamos y Raphe se ríe nerviosamente mientras mira confuso el mando a distancia.

—¡Lo siento! —grita por encima de Charlotte Crosby, que

está gritando a otro Geordie[18] borracho—. ¡Pensaba que esto era el equipo de música!

—¡No lo es!

—¡No! Pero no puedo bajarlo. —Vuelve a mirar el mando a distancia, perplejo. Supongo que los futbolistas no son conocidos por su inteligencia.

—Dámelo. —Le arrebato el mando y apago la tele—. Dios mío. Mis oídos. No deberías escucharlo tan alto. No es bueno para ti. Te dará acúfenos o algo así.

Raphe agarra otro mando de la colección y pulsa un par de botones. Esta vez le ha tocado el premio gordo: las luces se atenúan y empieza a sonar suavemente música *blues* que probablemente pertenezca a una lista de reproducción llamada: *Cómo violar en una cita*. Ya está. Parece muy satisfecho de sí mismo. Supongo que esto es lo que pasa cuando la gente te dice que eres increíble y te da dinero.

—Deja que te sirva un poco de champán. Te encantará, ya verás. Es muy bueno.

—De acuerdo, sí.

Desaparece y vuelve con dos copas.

—Lo siento, no he encontrado las copas largas.

—Flautas. —Me mira y frunce ligeramente el ceño—. Las copas de champán se llaman flautas.

—Oh. Cierto. Sí, esas. No he conseguido encontrarlas.

—Está bien, no te preocupes. —Alcanzo una y bebo un sorbo. Tiene razón, está delicioso. Pero tengo que mantener la cabeza despejada y no relajarme demasiado. Aunque realmente no me siento en compañía de un peligroso depredador sexual. Más bien de un niño.

Raphe se desplaza a lo largo del sofá, se acerca más a mí otra vez.

---

[18] *Geordie Shore* es un programa de telerrealidad de la cadena MTV que lleva veinticuatro temporadas.

—¿Qué se siente al ser famosa? ¿Cómo es ser famosa? —me pregunta.

—Probablemente tú sepas más de eso. ¿Por qué iba a saberlo yo? —Se ve que todavía le faltan unos cuantos hervores—. Bueno, tú has jugado para Inglaterra. Yo lo único que he hecho es colgar fotos en Instagram.

—Sí, cierto. —Se ríe—. Es otro tipo de fama. Eres muy guapa. Incluso más guapa en la vida real.

—Gracias. Muy amable.

—Siempre has sido mi modelo favorita de Instagram. Tus fotos en biquini en Marbella son espectaculares.

—Es muy amable por tu parte. Pero no soy modelo. Soy influencer.

—¿Estás saliendo con alguien en este momento?

—Eeeh... No. En realidad, acabo de romper con alguien.

—¿Buscas algo de marcha entonces?

—¿Perdón?

—Eso es lo que hacéis las chicas, ¿no? Sacar un clavo con otro clavo.

—Eso es realmente una falta de respeto. Y no, no estoy buscando «marcha» como tú dices. Tal vez debería irme. —Me levanto.

Parece mortificado.

—Oh, Dios, no. Lo siento, no quería decir eso. No quería molestarte. Solo estoy un poco nervioso. Siempre me pongo así con las mujeres guapas. Por favor, no te vayas todavía.

Parece tan serio que vuelvo a sentarme. Necesito controlarme.

No es un buen hombre, es un depredador sexual. Esos mensajes que Tor nos mostró eran repugnantes. Por eso estoy aquí, para conseguir justicia para esa chica y las cientos como ella, no para sentarme a charlar sobre cómo superar una ruptura.

—¿Puedo usar tu baño? —le pregunto.

—Claro. —Raphe se levanta y me conduce por el pasillo—. Grita si te pierdes en el camino de vuelta.

El guardarropa es tan opulento como el resto de la casa, con mármol blanco y accesorios cromados. Revuelvo dentro de mi bolso hasta encontrar lo que busco. Luego vuelvo al salón. Raphe está sentado de espaldas a mí. Tiene el cuello estirado.

—¿No te has perdido? ¿Has pensado mejor lo de darte un chapuzón conmigo en el *jacuzzi*?

—No estoy segura del todo —le digo mientras le clavo la jeringuilla en la piel de la nuca.

Está confuso cuando vuelve en sí y no deja de mirarme como un perro que no entiende qué ha hecho mal. Lucha contra sus ataduras de cinta adhesiva.

—No finjas que no sabes por qué está pasando esto —le digo mientras me pongo a su lado y giro el cuchillo—. Lo sé todo sobre ti y sobre cómo tratas a las mujeres.

Está gruñendo contra la cinta, moviendo la cabeza frenéticamente.

—Sí, vi los mensajes repugnantes que enviaste. Todos los de Twitter lo hicieron antes de que tu mánager los borrara por arte de magia. ¿Tengo razón?

Ahora se retuerce con más fuerza, sacude la cabeza, sus ojos están completamente abierto por el miedo. Bien.

—¿Tienes miedo? Crees que el dinero y el poder lo consiguen todo. Pues esta vez no. —Me siento a horcajadas sobre él y le palpo el cuello en busca de la vena que busco. Ahora forcejea con más fuerza, lo que empieza a molestarme, intentando desesperadamente contarme sus mentiras a través de la mordaza. Le corren lágrimas por las mejillas. Le hago una rápida incisión en el cuello y observo con morboso regocijo cómo su pulso bombea chorros de sangre por todo el suelo blanco. Me quedo un rato hipnotizada. El contraste del rojo sobre el mármol blanco es precioso. Un gruñido y un jadeo me sacan de mi ensoñación. Casi había olvidado que Raphe estaba allí.

Sigue intentando decir algo.

Me doy la vuelta y limpio mientras espero a que se desangre, deshaciéndome de cualquier señal de que he estado allí. Eso incluye lavar las copas de vino.

—Flautas —le digo al desorden en el suelo—. Ese es el problema de los futbolistas. El dinero no puede comprar la clase.

Cuando deja de gorjear y retorcerse, me agacho a su lado en el suelo y le tapo los ojos con los párpados. Realmente parece tan joven. Es difícil compararlo con el repugnante violador en potencia de las capturas de pantalla de Twitter. Satisfecha de haber borrado todo rastro de mi presencia, en ese lugar, salgo por la puerta principal y vuelvo a bajar las escaleras hasta mi coche. Mientras conduzco la corta distancia que me separa de casa, espero a que me llegue la euforia. Ese maravilloso zumbido que viene con la matanza. La alegría pura, sin filtros, de saber que he librado al mundo de un depredador sexual más.

Pero no llega.

52

APARTAMENTO DE KITTY, CHELSEA

Incluso cuando llego a casa y me sirvo mi copa de Chablis de celebración, no hay nada. Me siento vacía. Y hay algo más. Algo que no acabo de entender y que me recorre las venas como mil arañas.

¿Es culpa? ¿Remordimiento?

¿Miedo?

¿O es que estoy enfermando de algo?

Me llevo el vino al sofá con intención de ver la televisión, que se enciende a un volumen agradable y razonable. Están dando las noticias. Dos hombres debaten sobre la presión a la que están sometidos los jóvenes futbolistas. Al parecer, ha habido un incidente en un hotel de Puerto Banús al que han ido de vacaciones algunas de las jóvenes estrellas inglesas. Parece que ha habido un par de detenciones. ¿Es que ninguno de ellos sabe comportarse? Me trago el resto del vino y me voy a la cama, con la sensación de malestar todavía acechando en un oscuro rincón de mi cerebro.

Todavía es temprano cuando me despierto. Me duele la cabeza y creo que me ha dado un tirón en el hombro, debe de haber sido al mover a Raphe anoche. Me froto los ojos, desenchufo el móvil del cargador y me dirijo a la cocina. El silencio, que suelo encontrar relajante, se siente como una presencia en la habitación y desearía (por un instante) que hubiera alguien más allí.

Quizá debería pensar en comprarme un perro. Pongo una cápsula de café en la cafetera y me dirijo al salón, donde enciendo la televisión para acabar con el silencio ensordecedor. Sigue en el canal de noticias de anoche y estoy echando leche de soja en el café cuando oigo el nombre de Raphael Reynolds en boca del presentador de Sky News.

¿Han encontrado ya su cuerpo? Llevo mi bebida al salón. Pero estoy confusa. Las noticias no muestran un caro bloque de apartamentos en el oeste de Londres. En su lugar, el presentador habla desde Marbella, España, según el pie de foto. Subo el volumen.

—*Raphael Reynolds permanece bajo custodia policial en España tras una supuesta pelea en un bar de la ciudad española en la noche de ayer. El delantero centro inglés está acusado de golpear a un camarero que intentó hacerse un selfi con la estrella. Se cree que Raphael había estado bebiendo mucho con amigos y compañeros de equipo durante un largo almuerzo en el exclusivo complejo hotelero. El futbolista inglés también está envuelto en una historia en el Reino Unido en la que se le acusa de acosar a una fan adolescente en Twitter.*

¿Qué? ¿¡QUÉ!?

La televisión muestra ahora imágenes grabadas con el teléfono de alguien en las que se ve a un hombre (que se parece mucho al que asesiné anoche) golpeando a un camarero, mientras otros hombres intentan retenerlo.

—*El portavoz de Raphael ha confirmado que permanece detenido. A pocas semanas de que comience la nueva temporada futbolística, su club británico está preocupado por lo que pueda depararle el futuro a su estrella revelación.*

Pongo las noticias desde el principio y vuelvo a verlas. Lo hago cuatro veces más antes de dirigirme a la cocina, tirar el café por el fregadero y beberme un buen vodka.

Entonces grito.

De acuerdo. Que no cunda el pánico. Tiene que haber una explicación simple aquí. Raphe no puede estar en prisión en Marbella y muerto en su apartamento de Chelsea. Pero si está en Marbella, ¿quién es el tipo que maté anoche? ¿Maté a alguien anoche? ¿Me estoy volviendo loca? Agarro el móvil y escribo un mensaje.

Yo: Me alegro de haberte visto anoche. Siento haberme ido antes. Estaba un poco más borracha de lo que pensaba. ¡Espero no haber hecho nada vergonzoso!

Tal vez Emily (Las Extras): ¡Hola! Te perdiste una noche divertida. No, estuviste bien, no te preocupes. Pasaste la mayor parte del tiempo hablando con Ruben, bendito sea.

Yo: ¿Ruben?

Tal vez Emily (Las Extras): Ruben Reynolds. Ya sabes, el hermano pequeño de Raphe. Es superdulce.

Joder. Joderjoderjoderjoderjoder.

Abro mi teléfono y escribo: «Hermano de Raphael Reynold» en el buscador. La primera entrada es la página de Wikipedia de Raphe y me desplazo hasta la parte de la familia. *Hermanos: Rowan, 30, y Ruben, 18.*

Mierda.

He matado al hombre equivocado.

Y no solo un hombre. Un maldito niño.

Me dirijo a la barra y me sirvo un vodka solo. Luego otro. Luego otro. Me tomo uno, dos, tres Valium, pero mi pulso sigue marcando un ritmo de tambor en mi sistema nervioso. Y de repente, por primera vez en más de una década, siento la necesidad imperiosa de hablar con mi madre. Es algo que nunca deja de desconcertarme, las necesidades más primarias que tenemos los humanos, seamos quienes seamos. Vuelvo al sofá y agarro el móvil, mis manos se niegan a calmarse. Me desplazo ineptamente por mis contactos antes de estabilizarme lo suficiente como para pulsar el de mi madre.

Suena unas diez veces y me la imagino, en el porche de su casa de la Riviera, de fiesta con sus nuevos amigos, mirando el nombre que ilumina su teléfono. Casi puedo sentir su vacilación a tantos kilómetros de distancia. Contestar o no contestar, la tentación de rechazarla es casi abrumadora. Pero no lo hace y, a pesar de lo temprano que es, acaba contestando:

—Kitty, ¿qué has hecho?

Y esas palabras son todo lo que necesito oír.

De repente, ya no soy una mujer de veintinueve años, sino una niña de quince. Una niña de quince años que acaba de matar a su propio padre rompiéndole el cráneo con un jarrón antiguo. Y mi madre está ahí sentada, cubierta de sangre y salpicaduras cerebrales, mirándome como si no tuviera ni puta idea de quién soy. Y aunque sé que está muerto, a pesar de que está inmóvil delante de nosotras, sigo golpeándole con el jarrón. Y golpeo y golpeo hasta que oímos crujir los huesos y estallar las articulaciones, y todo lo que queda de la parte superior de su cuerpo es un amasijo pulposo, como una ciruela machacada. Mi madre y yo nos miramos, horrorizadas, durante lo que parece una eternidad, antes de que ella se levante, se ponga el camisón para cubrirse los pechos y los muslos magullados y se acerque a mí. Me quita el jarrón de las manos temblorosas y me abraza.

—Kitty, ¿qué has hecho? —me susurra en la oreja izquierda mientras yo permanezco inmóvil, como una niña decidida a ganar el premio en una fiesta de cumpleaños demente—. ¿Qué has hecho?

«Te he salvado», pienso aturdida. «Eso es lo que he hecho, salvarte».

Me pone las manos a ambos lados de la cara y me gira la cabeza para que la mire directamente a los ojos. Mi madre era... es preciosa. Sus ojos son de un azul tan intenso que casi parecen violetas. Era la reina absoluta de Londres antes de casarse con mi padre y convertirse en otra esposa más. La vida que anhelaba cuando era niña y crecía en los barrios más pobres de Londres pronto se vio empañada y odiada al darse cuenta de lo que realmente significaba. Un marido infiel, palizas regulares y agresiones sexuales, la lástima de las mujeres a las que se suponía que llamaba amigas, a pesar de que la mayoría de ellas se habían acostado con su marido. Con una hija ingrata que era dolorosamente para ella la niña de papá. No era de extrañar que mi madre se derrumbara. Y para cuando tuve edad suficiente para asimilar todo lo que había pasado, mi madre ya estaba demasiado rota para curarla.

Aquella noche estaba casi catatónica mientras limpiaba y daba órdenes, pidiendo cuchillos para cortar carne y martillos hasta que mi padre fue poco más que un montón de carne caótica envuelta en plástico. Se puso al volante del Range Rover de papá. Condujo hasta uno de los mataderos, el de West Country. Me ayudó a desenvolverlo y a tirar los trozos de su cuerpo a la picadora. Apagó el circuito cerrado de TV antes de conducir su coche a un conocido lugar donde la gente se suicidaba. Luego se puso al volante de otro coche que había aparecido en el matadero mientras estábamos fuera y volvimos a casa.

Pasamos dos días en un silencio incómodo, bebiendo té, con mi madre besándome la cabeza y acariciándome el pelo, antes de que llamara a la Policía y denunciara la desaparición de mi padre. Escuché cómo les mentía sobre su depresión, sobre cómo le había afectado trabajar en un negocio que giraba en torno a la muerte. Y ella escuchaba cómo yo les contaba las mismas mentiras. Mentiras sobre mentiras sobre mentiras, y supe que la vida nunca volvería a ser la misma.

Unos seis meses después, mi madre anunció que vendía nuestra casa porque se iba a vivir al sur de Francia para empezar de nuevo. No me pidió directamente que me fuera con ella. Además, me dijo que yo tenía mi vida aquí y a mis amigos. Que tenía que terminar mis estudios y que mi francés nunca había sido muy bueno. En lugar de invitarme a acompañarla, se gastó un dineral en uno de los apartamentos más caros de Chelsea que pudo encontrar. Tenía a la familia de Hen cerca, siempre me vigilaban. Me iba de vacaciones con ellos. James estaba encantado de tener otra hija que no fuera «arisca» como Hen ni «muy enérgica» como Antoinette. Me enseñó a jugar al tenis cuando Hen no mostraba ningún interés. Me ayudó a navegar cuando Hen pasó por una etapa gótica en la que no hacía más que poner los ojos en blanco y quejarse de que yo le gustaba más a su propia familia. Eso no era cierto. Nunca he congeniado con la madre de Hen. Supongo que no congenias con mujeres a las que tu padre se tira encima de una mesa de billar.

En fin, volvamos al presente. Encuentro reconfortantes a los omnipresentes conserjes. Casi más de lo que nunca lo fue mi familia. Mamá me envía una asignación demasiado generosa cada mes, pero tiendo a no tocarla; en su lugar, vivo de mis propios ingresos de las redes sociales. Hay una regla tácita entre nosotras de no hablar de La Cosa. Hablar podría resquebrajar el barniz. Podría hacerle recordar la mirada en mis ojos cuando aplasté el cráneo de mi padre con aquel jarrón.

—Kitty, ¿qué has hecho?

Vuelvo al presente y de repente me siento infantil y patética por necesitar a mi madre.

—Oh, nada —le digo—. Solo quería saber cómo estabas.

—¿Te das cuenta de la hora que es? ¿Estás borracha? ¿Drogada? Vete a la cama.

—Sí, lo siento. No podía dormir. Te llamaré pronto.

—A una hora más apropiada la próxima vez, por favor.

—Sí, lo siento.

Hay una larga pausa.

—¿Kits?

—¿Sí?

—Te quiero, cariño.

—Yo también te quiero.

Luego la línea se corta y probablemente ese sea todo el contacto que tendré con mi madre hasta Navidad, cuando me invite a esquiar o algo así y yo le mienta diciendo que tengo planes con un novio ficticio. Mentiras y más mentiras.

53

APARTAMENTO DE KITTY, CHELSEA

Ha pasado una semana desde que maté a un hombre inocente. Una semana desde que acabé con la vida de alguien que no había hecho absolutamente nada malo, aparte de tener la desgracia de estar emparentado con una absoluta escoria.

Obviamente, está en todas las noticias. No he podido evitarlo, así que he apagado todo y me he refugiado en mi piso. Incluso he desconectado la wifi por si acaso tengo la tentación de torturarme un poco más.

Hace tres o cuatro días que no salgo de la cama. Aparte de para conseguir más vino o drogas. Apesto. Puedo olerme cada vez que me muevo, que tampoco es que haya sido mucho.

La primera noticia que vi sobre la muerte de Ruben se repite una y otra vez en mi mente como una película *snuff* de la que no puedo salir.

EL CADÁVER DE RUBEN REYNOLDS, HERMANO MENOR DEL FUTBOLISTA RAPHAEL REYNOLDS, HA SIDO DESCUBIERTO EN LA CASA DE LA ESTRELLA DEL FÚTBOL

Según sus amigos, Ruben había estado disfrutando de una noche en la discoteca Raffles, en el suroeste de Londres, antes de volver a casa cerca de la medianoche. Sus amigos dijeron que

parecía estar de buen humor. La alarma saltó dos días después, cuando Ruben, de 18 años, no se presentó a una segunda cena organizada con su familia. Su hermano mayor, Rowan, y su padre encontraron el cadáver en el apartamento de Raphael, en Chelsea, donde Ruben se alojaba mientras su hermano estaba de vacaciones en España.

La autopsia determinará la causa de la muerte, pero la Policía Metropolitana ha confirmado que ha abierto una investigación por asesinato y que cualquier persona que tenga alguna información sobre los movimientos de Ruben esa noche debe ponerse en contacto con ellos urgentemente.

Raphael ha sido liberado de la custodia policial en España, donde fue detenido tras una reyerta en estado de embriaguez. Se cree que está de camino al Reino Unido para encontrarse con su familia.

Tras el artículo, llegan las inevitables historias sobre Ruben. De cómo idolatraba a su hermano futbolista. Cómo seguía viviendo con su madre y su padre y cómo se emocionó cuando Raphe le pidió que cuidara de su apartamento de Chelsea. Cómo a veces se hacía pasar por su hermano para impresionar a las chicas porque nunca había tenido una novia de verdad. No puedo dejar de verlo: Raphe hablando en las noticias, fotos de su madre, atormentada y gris, su padre suplicando cualquier información sobre la muerte de su hijo. Me siento frente al televisor y dejo que las noticias se repitan. Las pongo otra vez y las vuelvo a ver. Y otra vez. No me muevo del sofá en... ¿Cuánto tiempo paso así? Horas, puede que días. Soy incapaz de dormir a pesar del cóctel de tranquilizantes que me meto en la garganta. Cuando el sueño llega, no es un dulce alivio. Es una pesadilla grotesca. Sueño que estoy de parto, pero la cabeza del bebé es arrancada durante el alumbramiento. Una comadrona sin rostro me pone al niño decapitado sobre el pecho y cuando miro hacia abajo es Adam, con ese riachuelo de sangre saliendo de su boca. Intenta agarrarse a mi pecho, pero yo grito, estoy paralizada y no puedo despertarme. Cuando vuelvo en mí, estoy empapada en sudor, temblando y confusa.

La única persona con la que tengo algún contacto durante este tiempo es el doctor William, mi proveedor de medicamentos, que me proporciona una entrega semanal de píldoras y pociones, como si fuera un servicio de suscripción.

Sigo diciéndome que fue un error, pero no puedo aceptarlo. Un error es confundir la mantequilla láctea con la vegana, no drogar y asesinar a un inocente. Luego hay más sueños. Esta vez es Ruben ahogándose en un mar de sangre, gritando que le ayude. Estoy en un muelle mirándole y saludándole. Le traga una ola escarlata. Me hago selfis mientras él se ahoga en sangre. Oigo la voz de mi madre: «Kitty, ¿qué has hecho?».

Aumento la cantidad de pastillas, mezclo Diazepam y Zoplicone, y añado Lorazepam por si acaso. No quiero soñar. Quiero estar inconsciente. No quiero que mi cerebro siga vomitando dentro de mi cabeza. Me meto puñados en la boca como si fueran caramelos y los bebo con vodka. Al final consigo arrastrarme del sofá a la cama y me quedo allí, con las sábanas tapándome la cabeza. Solo salgo para comprar más drogas o vodka.

Creo que oigo el timbre varias veces, pero estoy tan inconsciente que no puedo asegurarlo. ¿Y por qué debería responder? ¿Quién podría ser? Los únicos que deberían visitarme son los de la Policía. He considerado llamarlos yo misma. Me lo merezco.

¿Qué me detiene?

No se centrarían solo en el asesinato de Ruben. Se centrarían especialmente en mí, pondrían mi vida bajo un microscopio y descubrirían que no soy un virus, sino muchos. Descubrirían la verdad sobre todos los demás. Todos los demás y mi padre. Mi madre se vería arrastrada a ello, Tor también. Y Charlie lo vería todo. Él sabría la verdad, que es mucho peor que yo engañándolo con otro hombre. Él sabría que tengo un monstruo viviendo dentro de mí que puede matar. No importaría que fuera un error, que él nunca debió morir. «Sí, mato hombres, pero solo a los que se lo merecen». La idea de que me vea así me aterroriza más que la prisión.

En los raros momentos en que soy capaz de arrastrarme fuera de la cama, llego hasta el balcón, donde me siento, todavía escondida. El tiempo no significa nada y probablemente paso horas mirando al suelo. Me pregunto cuánto me dolería caerme desde aquí arriba. Mis sueños continúan, y Adam se une a Ruben en el mar de sangre. Pero no sabe nadar. No puede salvarse ni gritar pidiendo ayuda. Solo puede parpadear.

Pienso en mis caros cuchillos, mis queridos Shun, y me imagino cortando la carne de mis muñecas. Presionar lo suficiente como para cortar la delicada piel y llegar hasta la vena, abriéndola como una cremallera, viendo cómo esta vez la sangre fluye fuera de mi propio cuerpo. Fantaseo con ello, incluso voy hasta la cocina y agarro uno de los cuchillos. Pero la verdad es que incluso suicidarme me parece demasiado esfuerzo. Dejo el cuchillo y vuelvo a la cama, tomando de camino mi cóctel autoprescrito de vodka y pastillas. Me doy cuenta de algunas cosas durante este periodo. Ya he mencionado el sonido ocasional del timbre de la puerta. A veces hay un golpeteo más insistente. Y también está el calor. Todavía no se ha ido. No abro ninguna ventana (salvo cuando pienso en tirarme por una), así que el apartamento apesta. Mi limpiadora suele venir dos veces por semana, pero no tiene llave. Pienso brevemente que debería pagarle de todos modos; no es culpa suya que yo tenga una especie de crisis nerviosa. Pero entonces el pensamiento de las aplicaciones bancarias y de la vida vuelve a ser demasiado para mí y tomo más drogas y bebo de una botella de vino esta vez y pronto todo se desvanece de nuevo. Una ola negra y oscura me baña y me lleva con ella. De vuelta a la paz del olvido total.

54

HOSPITAL DE CHELSEA Y WESTMINSTER, FULHAM ROAD

Antes de despertarme, me doy cuenta de que algo no va bien. Tengo un malestar considerable. Siento mi garganta como si me hubiera tragado uno de mis cuchillos. Dios, espero no ponerme enferma. Ya me siento bastante mal como para tener que lidiar con una enfermedad física real. También hay demasiada luz, lo que me molesta porque hace más de una semana que no abro la persiana. Tengo los párpados pegados, como si tuviera conjuntivitis. Joder, parece que me voy a arrancar las pestañas. Eso no sería nada agradable. Cuando por fin consigo abrir los ojos, tengo que volver a cerrarlos porque está claro que estoy teniendo una de esas extrañas experiencias oníricas en las que creo que me he despertado, pero no es así. Porque, cuando los abro, veo a Charlie sentado junto a mi cama. Está leyendo un libro, con las gafas puestas. Abro los ojos por segunda vez y sigue ahí. ¿Qué es lo que pasa?

—¿Charlie? —intento decir, pero me sale un graznido.

Levanta la vista, alarmado.

—¿Kitty? ¿Estás despierta? Quédate quieta. Necesito una enfermera. —Arroja su libro al suelo y casi tropieza con sus propios pies al salir de la habitación.

¿Una enfermera?

Intento incorporarme, pero me doy cuenta de que estoy

conectada a una máquina. Y esta no es mi habitación. Es un hospital. Debería haberlo sabido por ese olor horrible. Siento que mi corazón empieza a acelerarse y mi respiración se vuelve superficial. Es el principio de un ataque de pánico, pero, debido al dolor de garganta, no puedo controlar la respiración. Siento que empiezo a entrar en barrena cuando Charlie vuelve a entrar con una mujer de mediana edad, que supongo que es enfermera.

—Shhh, shhh —dice, obviamente sintiendo mi pánico—. Vamos a sentarte y a controlar tu respiración. Estás a salvo. —Me acaricia el pelo y me agarra de la mano mientras respira lentamente conmigo. Al cabo de un minuto me siento mucho más tranquila—. Bien, vamos a traerte agua. Seguro que te duele mucho la garganta. —Me sirve agua de una jarra que hay en la mesilla de noche del hospital y yo trago con urgencia, con una ligera mueca de dolor.

—¿Qué está pasando? —pregunto con una voz que no me reconozco.

—Estás en recuperación, cariño, estás bien —dice la enfermera.

—Kitty, ¿no te acuerdas? —Charlie me mira fijamente con horror.

Sacudo la cabeza, confusa.

—Intentaste suicidarte. Tuve que pedirle a Rehan que me dejara entrar en tu apartamento porque llevabas días sin escribir ni contestar al teléfono ni a la puerta ni nada. Todos estábamos muy preocupados. Y cuando entré, estabas en la cama, con paquetes vacíos de pastillas y bebida por todas partes, no reaccionabas en absoluto. Tuve que llamar a una ambulancia.

La enfermera asiente.

—Tuvimos que hacerte un lavado de estómago, cariño.

¿Cariño? Vuelvo a sacudir la cabeza.

—No, no intentaba suicidarme.

—Bueno, imitaste muy bien a alguien que lo intentaba. Él probablemente te ha salvado la vida —dice la enfermera. Charlie hace ese adorable gesto de sonrojarse que consigue que me derrita—. ¿Cómo te encuentras?

—Cansada. Confusa.

—Vale, voy a llamar a un médico para que venga a echarte un vistazo. Volveré pronto. ¿Quieres más agua?

Asiento agradecida y ella me sirve otro vaso antes de salir por la puerta, canturreando.

Charlie viene, se sienta a mi lado en la cama y me sujeta la mano.

—Kitty. ¿Por qué no me has llamado?

De verdad cree que intenté suicidarme. Dios mío.

—Charlie, en serio, no intentaba suicidarme —le digo, pero por su mirada me doy cuenta de que no me cree.

—Sé que has estado luchando con... cosas —dice, apretándome la mano.

—Pero... —Me pone suavemente un dedo en los labios.

—Mira, yo también he tenido mis momentos de oscuridad. Cuando mi padre me dejó, me sentí devastado. A veces solo mi hermano me ayudaba a seguir adelante. Estaba muy deprimido. Tomaba pastillas. También pensé en terminar con todo. Muchas veces.

Oh, Dios. Por favor, detén esto.

—Lo que estoy tratando de decir es que sé lo que se siente. Y voy a ayudarte a superarlo. ¿Vale? Estoy aquí para ti. Voy a quedarme contigo hasta que estés mejor. Se lo he dicho a los médicos. Han hablado de ingresarte o algo así si no hay nadie que te cuide en casa.

—Charlie, eres muy amable, pero no necesito una niñera.

Charlie frunce el ceño.

—No me estaba ofreciendo. Ya lo estoy haciendo. Es eso o un psiquiátrico. —Se inclina hacia delante y me besa en los labios, lo que no debe de ser una experiencia muy agradable, a juzgar por el sabor de boca que tengo. Un psiquiátrico o mi exnovio, que cree que intenté suicidarme.

Vuelve a entrar la encantadora enfermera, esta vez acompañada de un médico con la barba más espesa que he visto en mi vida.

¿Seguro que eso es higiénico?

Mi respiración empieza a acelerarse de nuevo, pero Charlie me acaricia suavemente la mano con el pulgar y empiezo a calmarme.

—*Hello*, Kitty. —Se ríe entre dientes. Encima graciosillo. La habitación permanece en silencio. Carraspea antes de continuar—: Bueno, nos has dado un buen susto, jovencita, pero por suerte no ha habido daños graves. Uno de nuestros psiquiatras vendrá más tarde para hablar contigo, y luego ya veremos. Por el momento, no creo que haya necesidad de ingresarte. Y el señor Chambers ha dicho que se quedará contigo mientras te ayudamos a resolver lo que te trajo aquí.

Tengo un repentino recuerdo de cuando intentaba detener la hemorragia del cuello de Ruben Reynold. No estoy segura de que sea buena idea que alguien indague en mi mente.

Charlie asiente con la cabeza.

—Le he dicho a Kitty que me quedaré con ella el tiempo que haga falta. Dormiré en el sofá. Necesitas a alguien que cuide de ti, ahora estás muy frágil.

—Sí, creo que es una buena idea. Tienes mucha suerte de tener a alguien que se preocupa tanto por ti.

Charlie me mira, y hay tal adoración en sus ojos que me dan ganas de gritar. No soy quien crees que soy. No soy lo que crees que soy.

—De todos modos —continúa el doctor—, dejemos a Kitty tranquila, el psiquiatra estará aquí en breve.

Charlie me besa la mano.

—Estaré fuera, cariño, ¿vale? Lo siento. Te quiero.

Joder.

¿Cree que lo hice por él? No es que haya hecho nada.

Me quedo sola tres minutos y medio antes de que entre una señora, probablemente de unos cuarenta años. Miro sus zapatos. Miu Miu. La psiquiatría debe de estar bien pagada. Me sonríe, pero la sonrisa no le llega a los ojos y me doy cuenta de que no me está evaluando, me está juzgando. Estoy muy cansada, pero sé que tengo que dar el espectáculo de mi vida. Ojalá me hubiera maquillado.

—Hola, Kitty —dice, demasiado despacio. Ella ya está tratando de hacerme morder.

—Hola —respondo, y sonrío débilmente.

—Soy la doctora Jensen, pero puedes llamarme Emma si quieres.

—Vale. Gracias, doctora Jensen.

Finge mirar unas anotaciones, pero sé que es solo para aparentar, ya que probablemente tuvo un orgasmo cuando le dijeron que le habían asignado una paciente famosa.

—Veo en tu historial que has recibido asesoramiento y medicación por depresión. Eso fue después de la desaparición de tu padre. ¿Es eso cierto?

Asiento con la cabeza.

—Fue una época muy difícil.

—Por supuesto. ¿Crees que el episodio actual tiene algo que ver con eso?

Odio la forma en que dice «episodio», como si mi vida fuera un programa de Netflix.

—Realmente no lo sé. Es posible. Pero, sinceramente, me he pasado. Demasiada bebida. Demasiadas drogas. No he dormido lo suficiente. En realidad, no estoy aquí porque haya intentado suicidarme. —Me mira fijamente. Casi me atraviesa.

—Con el debido respeto, Kitty, no estoy segura de que nadie

acabe en el hospital por una sobredosis de alcohol y medicamentos accidental.

—No fue eso. Tenía problemas para dormir y...

—¿Por qué? —Joder, lo ha dicho tan rápido que me da vueltas la cabeza.

—¿Por qué qué?

—¿Por qué tienes problemas para dormir? ¿En qué piensas?

—En nada en particular. Es algo con lo que siempre he luchado...

—No hay nada al respecto en tu historial médico. Si llevas mucho tiempo con problemas para dormir, ¿por qué no has pedido ayuda?

—Veo a dónde va. —Le doy lo que quiere—. Porque me he estado automedicando —digo en voz baja.

Asiente, satisfecha. Garabatea algunas cosas en sus notas. Lucho contra el impulso de estrangularla con el cable del monitor cardíaco y quitárselas.

—De acuerdo, Kitty. No creo que tengas ninguna enfermedad mental subyacente. Creo que solo necesitas cuidarte. Puedo remitirte a un consejero sobre la automedicación, pero supongo que probablemente querrás hacerlo en privado, ya que tienes los recursos.

Asiento con la cabeza.

—Buena elección. Además, la TCC[19] *online* que te ofrecerán a través del NHS apenas te servirá de algo. Es una de esas horribles áreas donde el dinero tristemente escasea.

Vuelvo a asentir y tomo nota para contárselo a Charlie.

—Podrás irte a casa hoy, siempre que aceptes que el señor Chambers se quede contigo temporalmente. Y tendrás que hablar conmigo por teléfono semanalmente. Además de sesiones semanales con un consejero o psicoterapeuta de tu elección. No creo que seas un peligro para ti ni para nadie. ¿Te sientes

---

[19] Terapia Cognitivo Conductual.

cómoda yendo a casa con Charlie? ¿Tienes algún problema con eso?

—Dios, no, nada de eso. —Sacudo la cabeza y ella me mira durante un rato que se me hace eterno.

—Bien, si estás contenta de irte a casa y dejar que Charlie te cuide... —Hace una larga pausa—. Entonces te daré el alta. —Se acerca y me toca suavemente la mano—. Por favor, cuídate, ¿vale?

Asiento con la cabeza.

—Por supuesto.

55

BLACK CAB, ENTRE KENSINGTON Y CHELSEA

—Tor me contó lo del bebé. Lo del aborto —me dice Charlie mientras avanzamos a la velocidad de una paloma que se distrae fácilmente.

Oh.

Vaya.

Lo había olvidado.

—¿Por qué no me lo dijiste?

Mi cabeza no está preparada para esta conversación.

—Lo último que me habías dicho es que pensabas que me estaba follando a otro, así que, ¿por qué iba a hacerlo?

Tiene la decencia de parecer avergonzado.

—Deberías habérmelo dicho. No puedo creer que te enfrentaras a eso tú sola. ¿Por qué no me dijiste que estabas embarazada?

—¿Podemos hablar de esto más tarde, por favor? —balbuceo—. No recuerdo a quién le he contado qué. Y sigo sin entender del todo cómo acabé en el hospital. En un hospital de la Seguridad Social.

Todavía me pica la piel por las dichosas sábanas.

—¿Era mío?

La mirada que le dirijo cuajaría la leche, como le gustaba decir a una de mis abuelas.

Se pasa el resto del trayecto mirando por la ventanilla. Incluso el conductor del *black cab*[20] que nos ha estado observando con mucho más interés del necesario empieza por fin a prestar atención a la carretera.

—Hablaremos en mi casa.

—Sí, lo siento. Por supuesto. —Parece totalmente desconsolado.

Este no es mi mejor momento.

---

[20] Taxi negro icónico de Londres.

56

APARTAMENTO DE KITTY, CHELSEA

Volvemos a mi casa y Charlie no para de actuar como una madre, algo que no encuentro nada atractivo, la verdad. Pero cuando me miro en el espejo por primera vez en Dios sabe cuánto tiempo, pienso que Charlie probablemente tampoco me encuentre muy atractiva. Tengo el pelo grasiento y lacio, y me cuelga de la espalda como una cola de rata anudada. Mi piel parece gris, sin rastro de mi bronceado de Mykonos. He adelgazado. Mucho. Mis clavículas sobresalen y mi cara parece demacrada.

Sorprendentemente, el piso está inmaculado. No hay ni una botella de vino vacía ni un paquete de pastillas a la vista.

—Rita vino a limpiar mientras estabas fuera —dice Charlie, al ver mi confusión—. Creímos que era mejor que no vieras el desastre cuando volvieras, la casa estaba bastante mal.

Me apunto en la cabeza darle una buena propina a Rita la próxima vez que venga. Me dirijo cautelosamente a mi dormitorio, donde vuelvo a verme en el espejo y casi grito.

Parezco la chica de *The Ring*.

—Voy a darme una ducha —digo—. Me siento horrible.

Charlie me mira, con cara de preocupación.

—Charlie, puedo ducharme sola. No voy a hacerme nada. Te lo prometo.

Me dedica una sonrisa triste.

—No quiero sentirme como tu carcelero.

—Pues entonces no actúes como tal.

Me dirijo al baño y abro la ducha. Me quito la ropa y examino mi delgadez en el espejo. También se me ven las costillas. Maisie estaría celosa. Pienso en hacerme un selfi y enviárselo, pero me doy cuenta de que podría ser de mal gusto. También me doy cuenta de que no sé dónde está mi teléfono. Me meto en la ducha y abro el grifo al máximo. Me enjabono el pelo con champú y me unto el cuerpo con el caro gel de ducha. Me enjuago, me echo un puñado de acondicionador y decido afeitarme las piernas mientras espero a que el potingue que he echado al pelo haga su efecto. Pero al arrastrar la cuchilla por las piernas me doy cuenta de que aún me tiemblan las manos y me hago varios cortes en la piel. Veo cómo la sangre se convierte en un remolino y cae por el desagüe. La cabeza me da vueltas y tengo que sentarme en la fría porcelana. Entonces me doy cuenta de que estoy llorando. Me trago desesperadamente los sollozos para que Charlie no me oiga e irrumpa en el baño decidiendo que he vuelto a atentar contra mi vida. Permanezco así unos diez minutos, intentando detener el flujo de sangre y lágrimas, antes de salir con cuidado y envolverme en una de mis toallas de baño gigantes, que ahora me resultan aún más gigantes. Me seco, me peino un poco, me pongo el pijama y me dirijo al salón, donde Charlie se pasea leyendo algo atentamente en su teléfono. Me ve, aprieta el botón lateral y se lo mete en el bolsillo.

Sonríe y aplaude, como si fuera un hombre de negocios, lo que me hace sobresaltar.

—Lo siento —me dice—. Entonces, ¿qué prefieres? ¿Sofá y manta o la cama?

—Sofá, por favor. —Me siento torpemente en él, mientras Charlie se revuelve y me trae almohadas y una manta. Me prepara té. Yo quiero vodka.

—¿Necesita algo más?

—Mi teléfono y mi portátil, por favor.

Me mira y hay un silencio entre nosotros.

—Me han aconsejado que te mantenga alejada de las redes sociales. —Le noto incómodo.

—¿Qué? ¿Por qué? Ese es mi trabajo.

—Bueno, teniendo en cuenta por lo que estás pasando, probablemente te vendría bien un poco de tiempo libre, ¿no crees?

—No estoy pasando por nada. Estoy bien. ¿Cuántas veces tengo que decirte que no estaba tratando de suicidarme?

—Kitty. Te encontré inconsciente en tu cama, rodeada de mierda. Todo estaba lleno de botellas de alcohol vacías y cajas de pastillas. ¡Pensé que estabas muerta! Te tuvieron que hacer un lavado de estómago, por el amor de Dios. Ese no es el comportamiento de alguien que está bien. —Se pasa la mano por el pelo y se sienta en el sofá a mis pies—. ¿Es por nosotros? ¿Por el bebé?

Espera. ¿Qué? ¿Cree que hice esto porque estaba embarazada y me dejó? Los hombres son realmente ridículos a veces. Incluso los que no son sociópatas.

—Charlie. Esto no tiene nada que ver contigo o con el aborto. Te lo prometo. Tampoco intenté suicidarme, solo me excedí un poco tratando de lidiar con otras cosas, ¿de acuerdo? Y ahora ¿puedes darme mi portátil? Quiero leer las noticias y ponerme al día.

Parece dudar.

—Puedes sentarte ahí, y si empiezo a perder el control, te avisaré.

Me doy cuenta de que sigue reticente, pero Charlie se levanta, localiza mi ordenador y me lo entrega. Tengo que averiguar qué coño está pasando con Ruben Reynolds.

Sinceramente, me sorprendió que no hubiera un guardia de prisiones sentado frente a mi habitación del hospital. Rápidamente pongo su nombre en la barra de búsqueda y cientos de enlaces llenan la pantalla. Me dirijo a Apple News. No son grandes noticias.

AÚN NO HAY PISTAS SOBRE EL HERMANO ASESINADO DE UNA ESTRELLA DEL FÚTBOL

La policía que investiga el brutal asesinato de Ruben Reynolds, hermano menor de la estrella internacional inglesa Raphe, tiene previsto celebrar una rueda de prensa a finales de esta semana tras admitir que aún no han encontrado ninguna pista sólida relacionada con el caso.

Ruben fue visto por última vez con amigos y compañeros de su hermano en la discoteca Raffles de Chelsea, en el suroeste de Londres. Pero los testigos dicen que le vieron salir del local temprano y solo. Las cámaras de seguridad lo confirmaron, pero se desconoce cómo regresó Ruben al lujoso apartamento que estaba cuidando para su hermano, mientras este disfrutaba de unas vacaciones de pretemporada en España. Se ruega a quien tenga alguna información sobre los movimientos de Ruben tras abandonar la discoteca que se ponga en contacto con la Policía.

Raphe, cuatro veces internacional con Inglaterra, declaró: «Estamos desesperados por saber quién ha matado a nuestro querido hermano e hijo. Nuestra familia está desolada porque algo tan horrible haya podido ocurrir en mi casa, dotada de los más modernos sistemas de seguridad. Estamos decididos a no descansar hasta que su asesino sea llevado ante la justicia».

Se me revuelve el estómago y de repente me mareo. Una rueda de prensa. Una maldita rueda de prensa. Seguro que alguien dice algo de que estuvo hablando conmigo. Charlie nota claramente un cambio en mi energía.

—Te dije que no era buena idea. ¿Necesitas algo? ¿Otro té? ¿Una de tus pastillas?

—Las dos cosas, por favor. Gracias.

Mientras se va a por mis provisiones, respiro hondo y abro Instagram. Como era de esperar, hay una enorme cantidad de mensajes que no me molesto en revisar. Son de gente preguntándome dónde estoy y esas cosas. Pero solo hay un mensaje que busco. No me decepciono cuando lo veo.

El avatar retorcido y feo. El Asqueroso.

Con manos temblorosas, lo abro.

Se te acaba el tiempo. Aprovecha al máximo tu libertad. Adjunta una foto un tanto pixelada. Somos Ruben y yo, un rato después de salir del club, en mi coche.

¿Qué quieres?, le escribo enfadada. Pero cuando envío el mensaje, la pantalla se pone rara y me dice que ese usuario no existe. Charlie se acerca con una taza de té y dos pastillitas que me han indicado que me tome cuando esté agobiada.

Me vendría bien tomar la caja entera ahora mismo. Se sienta a mi lado y me quita con cuidado el portátil, cerrándolo.

—Es suficiente por ahora —me dice.

Tiene razón, es Internet suficiente para un día. Mi cerebro ya está empezando a entrar en espiral. Tengo que averiguar qué quiere ese maldito acosador y cómo es que puede tener acceso constante a mí como parece. Miro a Charlie. ¿Será él? ¿He dejado entrar ingenuamente a mi enemigo en mi vida? Quiero decir, acaba de admitir que tiene un pasado oscuro. ¿Qué podría estar escondiendo? Cuando sus ojos se encuentran con los míos, se suavizan y centellean. Por supuesto que no es él. De todos modos, una de las fotos era de él y yo, así que no tendría sentido.

—Kitty, hay algo de lo que quería hablarte.

Oh, Dios.

—Dime, ¿qué pasa?

Charlie respira hondo.

—Vale, bien, pues... cuando te encontré aquí y llamé a la ambulancia, quiero decir..., incluso antes de eso, cuando nadie podía localizarte, estaba muy preocupado. Solo quería verte. No me importaba nada más. —Hace una pausa y vuelve a respirar hondo—. En fin, lo que intento decir, de una forma muy torpe, es que te eché mucho de menos cuando no estabas. Y que te quiero. Y que, cuando estés preparada, que sé que puede tardar un poco porque es obvio que estás pasando por algo importante, espero que podamos volver a intentar lo de tener una relación. —Ahora se mira las manos—. ¿Qué te parece?

—Charlie —le digo—. Ya estoy lista. No necesito esperar. —Me siento bien y me inclino hacia delante—. Te quiero.

Me mira y de repente esos hoyuelos que tanto me gustan vuelven a aparecer en su cara, y de repente me siento como cuando te sientas al aire libre por primera vez cuando comienza la primavera.

—Yo también te quiero. —Se acerca, me toma la cara entre las manos, me acaricia las mejillas con los pulgares y me mira (estoy segura de que sigo teniendo un aspecto horrible) antes de besarme la boca, suavemente como una pluma.

57

APARTAMENTO DE KITTY, CHELSEA

Tor viene de visita la noche después de volver del hospital. Charlie la deja entrar y ella agita unas flores en su dirección. Vuelvo al sofá, Charlie sigue tratándome como a una inválida. Se acerca y me abraza. Hundo la nariz en su pelo y respiro su maravilloso olor que para mí es tan familiar.

—Hola —me dice—. Realmente sabes cómo llamar la atención, Kits, lo reconozco. —Se sienta en el extremo inferior del sofá, cerca de mis pies. Charlie está rondando. Tor le lanza una mirada severa.

—Bien —dice Charlie—. Voy a poner esto en agua y luego me iré a dar una vuelta.

Tor sonríe mientras él se dirige a la cocina.

—Es un buen hombre —me dice, y tengo una sensación de calor en el estómago, como si fuera un día helado y estuviera comiendo sopa—. Ahora, chica, tienes que contarme todo. ¿Qué demonios ha pasado? Sabes que puedes hablar conmigo si te sientes mal.

—No he intentado suicidarme —digo por millonésima vez—. En serio. Solo intentaba olvidar algo y, obviamente, llevé las cosas demasiado lejos.

—Demasiado lejos es vomitar en la puerta de un club. No es ausentarse sin permiso durante una semana y acabar en el hospital con un lavado de estómago. Tienes suerte de estar viva.

—Me agarra las manos—. Lo que sea que te esté perturbando, tienes que dejarlo ir. Inténtalo conmigo. Salgamos al balcón. Conecta con la naturaleza. —Me sorprende que podamos estar en contacto con la naturaleza en el décimo piso de un bloque de apartamentos en medio de una de las ciudades más superpobladas del mundo. Pero le sigo la corriente.

Me lleva fuera, se sienta con las piernas cruzadas en el sofá y me sujeta las manos.

—Ahora cierra los ojos y respira hondo.

Hago lo que ella dice.

—Ahora suelta el aire lentamente hasta contar ocho e imagínate en una burbuja de luz blanca brillante.

Pongo los ojos en blanco, intentando imaginarme en una burbuja.

—Ahora imagina una cuerda que te une a lo que te molesta. Sigue respirando profundamente.

Me imagino a Ruben, mirándome con ojos suplicantes y desesperados mientras le digo que no puedo llamar a una ambulancia. Imagino una cuerda que sale de mi estómago y me une a él.

—Ahora imagina unas tijeras enormes o un cuchillo cortando esa cuerda. Vuelve a respirar hondo. Eres libre.

Oh, Tor. Si fuera tan simple como eso.

—¿Cómo te sientes? —me pregunta, con el rostro iluminado por la esperanza—. Es un ritual para cortar el cordón umbilical y liberarte de las cosas que te han estado reteniendo.

Le devuelvo la sonrisa.

—Bueno, seguiré intentándolo. Gracias.

—Charlie estaba tan preocupado por ti —me dice—. Se ve claramente que está enamorado. —Tor se alisa el pelo y suspira—. Siento haberle contado lo del bebé. Estaba muy enfadada con él. Quería que supiera lo frágil que eres y cuánto daño te había hecho. Pero no me correspondía a mí decirle nada. —Puedo sentir su mirada clavada en mi perfil.

—No había ningún bebé —le digo, ahora mirándola a la cara.

Una pequeña arruga aparece entre sus cejas.

—Mira, no voy a entrar en un debate contigo sobre dónde empieza la vida, pero estabas embarazada. Y luego no lo estabas. No puedes ignorar eso y seguir como si no hubiera tenido un impacto emocional en ti. —Tor ha estado yendo a terapia desde la violación. Lo que la está ayudando. Pero no a mí. Aun así, no puedo decirle la verdad.

—Apenas fue una falta. —Suspiro—. Y desde luego no tuvo nada que ver con el supuesto intento de suicidio.

Me mira de reojo.

—¿Crees que podrías estar en fase de negación, Kits?

—No. No creo que esté en fase de negación, Victoria. No quiero tener un bebé. Y la naturaleza se encargó de esa decisión por mí. Y no intenté suicidarme. Estaba de mal humor, no podía dormir y me automediqué demasiado. Esas cosas pasan. ¿Por qué todos intentais hacerme creer que hay algo malo en mí?

—Porque podrías haber muerto. Porque has perdido un bebé. Porque has sido tan dolorosamente infeliz durante tanto tiempo. No has sido la misma desde lo de A...

—Ni se te ocurra decir su nombre —le advierto.

—No me importa el tono de voz que uses conmigo, Kitty Collins, tienes que superar lo de Adam. No fue culpa tuya. —Me agarra las manos y las junta con las suyas—. Sé que te sientes mal. Lo sé. —Me atrae hacia ella y me pone la cabeza en su hombro, apoya la suya en el mío.

—Me siento fatal —le digo—. Quería que le hicieran daño. Ni siquiera lo lamenté cuando se lo hicieron.

—Nena, todos deseamos que les pasen cosas horribles a la gente que nos hace daño. Pero tú no eres la maldita *Carrie*. Tus pensamientos no tienen nada que ver con lo que pasó.

No. No fueron mis pensamientos.

—De todos modos, te prometo que el terapeuta te ayudará. El que estoy viendo ha hecho milagros conmigo. Y es una persona muy agradable.

Estoy segura de que un terapeuta es exactamente lo que Tor necesita para empezar a curarse de lo que le pasó en Grecia. No estoy muy segura de cómo tratarían un intento de suicidio, un aborto espontáneo que nunca ocurrió y varios hombres muertos en mi pasado reciente. Pero es una buena oportunidad para cambiar de tema:

—¿Y tú cómo estás?

Aparta sus manos de las mías y las mete bajo su trasero.

—No lo sé —casi susurra—. Algunos días estoy bien y es como si no hubiera pasado nada. Pero otros hasta el claxon de un coche me hace saltar. También tengo días que no salgo de la cama. Paul dice que es estrés postraumático.

—¿Paul?

—El doctor Paul. —Juro que hay rubor en sus mejillas—. Dice que hay muchas cosas que podemos hacer para recablear mi cerebro.

Apuesto a que sí.

—¿Es bueno? Tu doctor Paul...

Entonces es cuando lo veo. No es más que una pequeña suavización de su expresión, pero se está enamorando de su terapeuta y, sin tener ningún título en Psicología, apostaría a que no es algo bueno.

—¿Qué? —me pregunta Tor, con toda la inocencia victoriana de una feligresa.

—Te estás sonrojando.

—Es de noche y soy negra.

—Puedo sentir cómo te ruborizas.

—Oh, Kits —dice ella—. Intenta comer algo. Tus pómulos parecen los de Maléfica. Y no lo digo como un cumplido.

—Deja de cambiar de tema —le digo mientras sacudo la cabeza.

—Lo dice la reina del cambio de tema.

—De acuerdo. Cuando estés lista, estaré aquí. Solo tienes que decirlo —le digo—. Eres vulnerable. Y no sería nada ético.

Me besa en la cabeza antes de irse.

—Te quiero, Kits.

58

APARTAMENTO DE KITTY, CHELSEA

Durante las próximas semanas, Charlie y yo estamos casi siempre solos en nuestra pequeña burbuja. Nunca he vivido con nadie antes y nunca ha sido algo que me atraiga, por razones obvias. Pero con él, simplemente funciona. Se asegura de que coma bien, de que duerma lo suficiente y de que pase poco tiempo frente a la pantalla. Lo que me ha ayudado mucho a calmar la mente. Los medicamentos que me dieron en el hospital están haciendo efecto y siento que vuelvo a la normalidad, sea lo que sea. Supongo que no es una locura.

Según lo acordado con el hospital, también tengo sesiones de terapia dos veces por semana. Mi terapeuta es un chico llamado Peter que me recomendó la madre de Tor. Supongo que Tor se está guardando al doctor Paul para ella. Es lo que Hen llamaría un DILF[21], lo que hace que las sesiones de una hora sean algo más llevaderas. Hablamos mucho de mi infancia y de mi padre. Peter parece creer que sufro un trauma profundo por todas las cosas que vi de niña.

—No es sano ver tanta muerte a una edad tan temprana —me dice durante una sesión—. Eso puede desensibilizarte. Diría que tu reciente crisis es una reacción reprimida a lo que presenciaste de niña. —Yo diría que mi reciente crisis probablemente tiene

---
[21] *Dad I Like to Fuck* («Padre con el que me gustaría acostarme»).

más que ver con haber asesinado accidentalmente a un hombre inocente y haberlo dejado desangrándose cuando podría haberlo salvado. Pero ¿qué sé yo?

A medida que le voy contando cada vez más cosas a Peter, descubro que también me estoy abriendo más a Charlie. Le hablo de la retorcida relación de mis padres y le confieso que no echo de menos a mi padre.

—No siento pena por su pérdida —le dije una noche, mientras comíamos comida japonesa a domicilio sentados en el suelo. (Nota: he recuperado todo el peso que perdí durante mi «episodio»).

—Bueno, no sabes si está muerto —dice Charlie entre bocados de comida—. Estás en una especie de limbo en ese sentido. No me extraña que las cosas sean tan difíciles para ti.

Me encojo ante mi metedura de pata.

—Sí, pero hay una especie de proceso de duelo por el que pasar cuando alguien se va de tu vida. Ya sea porque se muere, desaparece o simplemente te deja.

—Lo sé. Siento lo mismo por mi padre —me dice Charlie al mismo tiempo que me abraza—. Y él no está desaparecido ni muerto.

—¿No lo echas de menos? —le pregunto sorprendida. Desde que me confesó lo de su depresión, Charlie no me ha hablado mucho de su familia.

—A veces. —Se encoge de hombros—. Es difícil porque Harry todavía se relaciona con él. Pero no quiero a alguien en mi vida que no pueda apoyarme. ¿Cómo era esa frase de Marilyn Monroe? «Si no puedes lidiar conmigo en mi peor momento, definitivamente no me mereces en el mejor». —Se revuelve el pelo de manera un poco exagerada—. Ninguno de nosotros es perfecto, Kits, todos somos humanos tratando de hacer lo mejor en la vida. Pero también cometemos errores. Nosotros tenemos que aprender a perdonarnos por esos errores. Somos nuestro peor juez y jurado.

Me sonríe y me pregunto si puedo contarle lo de Ruben. Un error enorme y devastador, pero un error, al fin y al cabo.

Creo que me lo guardaré para mí por ahora.

Mientras le observo, comiendo y hablando, me doy cuenta de que es él.

Él es mi hombre.

Y haré lo que sea para que siga siendo así. Eso significa que no habrá más muertes. Se acabó. Si puedo cometer un error tan grande una vez, podría hacerlo de nuevo. Ni siquiera sé si estoy a salvo todavía.

59

APARTAMENTO DE KITTY, CHELSEA

La inevitable llamada llega unos días después de que Charlie me trajera a casa. Estoy arropada en el sofá con mi manta favorita, viendo una serie sobre un asesino en serie de los años setenta.

—¿Esperamos a alguien? —me pregunta Charlie, y siento un pequeño cosquilleo de placer al oír la palabra «esperamos». Ya no soy solo yo. Pertenezco a alguien. Bueno, ya sabéis, en el sentido más feminista de la palabra.

—Que yo sepa, no —le digo.

Nos miramos perplejos durante unos segundos, pensando lo mismo. Ya nadie se deja caer por aquí. Vuelven a llamar a la puerta y los dos nos sobresaltamos.

—Voy yo. —Charlie levanta mis pies de su regazo, donde han estado descansando, y los mete bajo la manta antes de dirigirse a la puerta. Siento que me tiemblan las manos mientras el sonido amortiguado de las voces resuena por el pasillo.

Entonces les veo. A dos de ellos. No uniformados. Una mujer y un hombre. La mujer debe de tener más o menos mi edad. Es guapa y me pregunto por qué es policía cuando hay otras cien cosas menos traumáticas que podría hacer con su aspecto. El hombre tiene unos treinta años y es anodino. Su lenguaje corporal me dice que está enamorado de ella, a pesar del anillo de oro que él lleva en el dedo. Puede que esté tomando un cóctel de drogas que me marean la cabeza, pero aún puedo detectar estas cosas. Me pregunto si follan entre ellos. O si es un amor no correspondido. Ese es el punto de inflexión, ¿no? Todos tenemos el potencial de hacer cosas muy malas; es si podemos controlar esos impulsos lo que nos hace lo que somos. ¿Engañaría a su pareja? Dios, estoy drogada.

Charlie está charlando mientras los conduce hacia mí.

Habla demasiado rápido y eso me altera.

—Kits, estas personas quieren hablar contigo sobre la noche en que Ruben Reynolds fue asesinado. ¿Te encuentras en condiciones? Les he dicho que no te encuentras bien y que has estado en el hospital. No sé, tal vez podrían volver más tarde...

—No —dice la mujer, abriéndose paso—. Preferimos hacerlo ahora. Son solo algunas preguntas. Estoy segura de que la señorita Collins puede arreglárselas. —Me sonríe. Sus ojos también lo hacen, y así es como consigue que la gente confíe en ella. Es algo que yo también hago.

—Claro, está bien. Siéntense, por favor.

Los agentes se sientan en el otro sofá. Se produce un momento incómodo cuando alguien en la pantalla es violentamente asesinado a hachazos. El ruido de un hacha desgarrando la carne llena la habitación. Busco el mando a distancia y lo apago. Le dirijo a la agente una sonrisa ganadora.

—Lo siento. Es que estaba viendo la tele. ¿Quieren tomar algo? ¿Té? ¿Café?

El hombre abre la boca para decir algo, pero es cortado por su compañera. No me extraña que esté enamorado de ella. Tiene una presencia espectacular. Probablemente yo también estaría enamorada de ella.

—Estamos bien. Gracias por el ofrecimiento. Soy la detective inspectora Taylor y él es el detective sargento Marsden. Estamos investigando lo que pasó la noche que Ruben Reynolds fue encontrado muerto en su casa.

Me mira.

Asiento con la cabeza, manteniendo deliberadamente el silencio.

Marsden saca un cuaderno y ella continúa hablando:

—Según los testigos, usted fue una de las últimas personas que vieron a Ruben con vida. Fue la noche en cuestión, en la discoteca Raffles.

—Sí, así es. —Vuelvo a asentir.

—La señorita Emily Whitely ha dicho que usted y el señor Reynolds estuvieron charlando gran parte de la noche y que él se fue poco después. ¿Es esto cierto?

—Estuve hablando con él, sí, pero no fue durante gran parte de la noche. Solo estuve una hora o así. Y no sé cuándo se fue porque..., bueno, yo me fui antes.

—¿Y recuerda de qué hablaron?

—La verdad es que me da un poco de vergüenza —digo, envolviéndome en la manta para que solo se me vea la cabeza—. Estuve hablando con él unos veinte minutos, pensando que en realidad él era su hermano Raphe. Por eso no me quedé. Fue bastante humillante.

Marsden está garabateando cosas en el cuaderno (¿no tienen iPhones?), pero Taylor sigue mirándome.

—¿Y era con Raphe en particular con quien querías hablar? ¿Por qué?

—También es bastante embarazoso —le digo—. Charlie y yo habíamos roto. Quería darle celos. Cuando vi a Raphe, bueno, a quien yo creía que era Raphe, entrar en el club, pensé que sería una buena idea intentar hacerme fotos con él para Instagram. Ya sé que es algo infantil. —Miro a Charlie con ojos grandes y tristes—. Lo siento. Todavía me dolía mucho. Quería ponerte celoso.

—No te preocupes. —Me sonríe débilmente.

—Vale. Entonces, ¿en qué momento te diste cuenta de que no era con Raphe con quien estabas hablando?

Me viene a la cabeza la imagen de Ruben, desplomado en el suelo, agarrándose el cuello mientras la sangre brota a borbotones. Tengo que cerrar los ojos y sacudírmelos. Cuando vuelvo a abrirlos, los policías me miran con extrañeza. Por suerte, Charlie interviene:

—Está tomando medicación —les explica—. Aún no se ha acostumbrado. A veces le dan descargas cerebrales. ¿Quieres un poco de agua, Kits?

Lo que en realidad quiero es un maldito vaso gigante de vodka y algunos tranquilizantes para caballos. Pero el agua tendrá que bastar. Por ahora.

—Sí. Gracias. Fue unos dos minutos antes de que me fuera. Me había llenado la copa. Le puse la mano en el brazo y le dije: «Gracias, Raphe». Se echó a reír, dijo algo así como: «Acabo de pasar veinte minutos hablando con alguien que cree que soy mi hermano». Le hizo gracia. Yo estaba avergonzada y me fui.

—Entonces, ¿es posible que Ruben fuera detrás de ti para asegurarse de que estabas bien?

—Es posible. —Me encojo de hombros—. Pero no lo sé. No he estado muy bien últimamente. He tenido una especie de crisis nerviosa.

Taylor asiente.

—Sí, lo sabemos. —Taylor asiente con la cabeza—. Hemos recopilado esa información. Intentaste suicidarte, según nos han dicho en el hospital. Debes de haber estado en un lugar muy oscuro para hacer algo así.

—No fue un intento de suicidio. —Creo que debería imprimir algunas tarjetas con esa frase—. Me sentía mal...

—Estaba embarazada, perdió al bebé —dice Charlie. Esta vez lo dejo pasar, pero tendrá que superarlo.

—Estaba muy deprimida y debí de tomar demasiados somníferos por accidente. Y ya sé que dicen que no hay que mezclarlas con alcohol, pero lo hice. Tuve suerte de que Charlie me encontrara.

—De acuerdo —dice Taylor, poniéndose de pie—. Bueno, gracias por su tiempo. Le avisaremos si necesitamos alguna cosa más.

—¿Eso es todo? —pregunta Charlie.

Taylor y Marsden asienten al unísono. Sincronizados. Definitivamente, se acuestan juntos.

—Queríamos hablar con todos los que estuvieron con Ruben esa noche. Todos han dicho más o menos lo mismo.

—¿Y qué pasa con las cámaras de seguridad? —Charlie, cállate la boca.

—Es muy raro, pero las cámaras del club no grabaron nada esa noche. Y las de la casa de Ruben estaban apagadas. Creemos que eso lo convirtió en un blanco fácil.

—¿Un blanco fácil para quién? —pregunto.

—Todo indica que ha sido un robo que se ha ido de las manos. Creemos que Ruben pudo forcejear con ellos. Había signos de lucha y de entrada forzada.

¿Los había?

—De todos modos, gracias de nuevo por su tiempo, señorita Collins. —Taylor me tiende la mano y yo me desenredo de mi fuerte de mantas para estrechársela—. Me alegro de que te encuentres mejor. Espero que te recuperes del todo pronto. Mi hermana pequeña no para de quejarse de que llevas un siglo sin publicar nada. —Vuelve a sonreírme, pero esta vez con sinceridad.

Marsden no dice nada, pero asiente y dejan que Charlie les acompañe a la puerta.

¿Señales de lucha y entrada forzada?

¿Qué coño pasa? ¿Me he vuelto loca?

Agarro el móvil de la mesita y abro Instagram. Le he prometido a Charlie y a mi terapeuta que me alejaría al menos un mes de las redes sociales, pero necesito mirar. Abro la aplicación y los mensajes y, efectivamente, hay uno suyo. Del Asqueroso. Casi me había olvidado del maldito acosador con todo lo que está pasando. Ahora sí que necesito esa copa. Me tiemblan las manos y me preocupa estar a punto de perder el norte. Hay demasiadas bolas en el aire y mis manos están resbaladizas por la sangre.

Añadí unos pequeños toques a la escena de Ruben Reynolds. ¿Cuándo te volviste tan descuidada? No te preocupes, Kitty, yo te cubro la espalda. Pero tienes que empezar a jugar mi juego correctamente a partir de ahora. Estaré en contacto.

Así que el acosador tiene planes para mí después de todo.

60

GREEN PARK, LONDRES

A pesar de estar técnicamente ya en el otoño, la ola de calor persiste. Y ahora que me siento más capaz de afrontar la vida real, Charlie decide que lo que realmente necesito es un pícnic. Odio los pícnics, pero, solo para demostrar lo mucho que este hombre está cambiando mi vida para mejor, estoy dispuesta a hacerlo por él.

—No entiendo qué sentido tiene comer fuera sin servicio de mesa —me quejo mientras empaqueta una cesta llena de comida—. Ahí... sentados en el suelo.

—Es romántico —me dice—. No sé hasta qué punto estás familiarizada con el concepto de romanticismo, pero créeme que lo será.

—Pero... las avispas. Y las hormigas...

—Las mataré a todas por ti.

—¿Hola? Te recuerdo que soy vegana.

—Bien... Pues las ahuyentaré con la mayor delicadeza humanamente posible. ¿Contenta?

Finjo estar enfurruñada, pero, en realidad, estoy feliz. Totalmente feliz.

Nos dirigimos a Green Park en un Uber y preparamos nuestro pícnic en un lugar no demasiado concurrido cuando suena mi teléfono. Es Hen quien llama.

—Papá va a dar una de sus fiestas. Está empeñado en que vengas y traigas a Charlie.

Las fiestas de James Pemberton son legendarias. Siempre organiza fiestas al estilo Gatsby, y lía a algún cantante o grupo ingenuo que sabe que le hará ganar mucho dinero. De pequeñas, vivíamos para las fiestas de James, eran más sonadas que las de mis padres y solían estar llenas de famosos y modelos. Y de drogas.

—El padre de Hen va a dar una fiesta —le digo a Charlie—. Quiere que vayamos.

—¿A ti te apetece?

Lo pienso durante un momento.

—¿Sabes qué? A mí sí. Pero ¿y a ti? Quiero decir, suelen ser bastante salvajes...

Charlie se ríe.

—Iremos. Llevamos demasiado tiempo encerrados en tu piso. Necesitamos recordar cómo socializar con otros humanos. Además, creo que aún somos relativamente jóvenes para aguantar una fiesta.

—Allí estaremos —le digo a Hen—. ¿Alguna temática?

A James le encantan las fiestas temáticas.

—Oh, sí, cine de los ochenta. Flipa, bonita.

Uf... Va a ser más doloroso de lo que pensaba.

Extrañamente, a Charlie le gusta la idea.

—Es una buena oportunidad para conocer mejor a tus amigas —dice Charlie cuando corto la llamada.

—¿En serio? Creía que pensabas que eran unas cabezas huecas a las que no les importo.

—Siempre me alegra que me demuestren lo contrario. —Sonríe—. Y es muy fácil acertar con un *cosplay* de los ochenta. Bueno, entonces, ¿de quién iremos? ¿De dos de los cuatro Cazafantasmas? ¿Doc y Marty? ¿Et y Elliott? Tú tendrías que ser el extraterrestre gracioso, por supuesto.

—Divertidísimo. Para ser honesta, cualquier cosa que implique llevar maquillaje pesado o una prótesis queda totalmente descartado. Me moriría de calor.

Charlie levanta la mirada hacia el sol, que pega fuerte como nunca.

—Sí, tienes razón. ¿Y qué tal de Kim Basinger y Mickey Rourke en *9 semanas y media*? No llevan mucha ropa, que yo recuerde. —Mueve sugerentemente una fresa delante de mis labios.

—Te arrancaré los dedos de un mordisco —le advierto—. En serio, si vas a hacer esto, tienes que hacerlo bien. La gente se esfuerza mucho en las fiestas de James. Es algo grandioso.

—Todavía soy capaz de divertirme, Kits. No voy a estar controlándote.

Observo a Charlie durante un buen rato mientras come y sirve agua con gas para los dos (he dejado la bebida durante un tiempo para que me hagan efecto los antidepresivos que me han recetado) y me hago una promesa. Prometo que no haré nada que lo estropee. Y que no volveré a matar. No solo no podría vivir conmigo misma si cometiera otro error, sino que este hombre maravilloso que me ha salvado la vida no debe saber nunca el monstruo que soy.

Me inclino hacia él y le beso.

—Te quiero —le digo.

Me mira, inclina ligeramente la cabeza y me roza la mejilla con el pulgar.

—Yo también te quiero.

Y solo por ese momento, todo es perfecto. Pero todavía hay algunos pequeños cabos sueltos que tengo que resolver antes de que pueda echarme a dormir.

Y mantenerlo ahí.

61

RESIDENCIA OAKTREE, OXFORDSHIRE

El corazón se me acelera en el pecho cuando me dirijo hacia la entrada de la residencia. No había estado antes, pero sí he visto varias veces en Internet el edificio, catalogado de grado II, intentando imaginármelo allí, su vida en ese lugar. Parece bastante bonito. La hiedra trepa por los muros y los jardines son preciosos. Hay muchas plantas en flor y el césped de la entrada está sorprendentemente verde, incluso con este calor.

A Adam siempre le han gustado las flores.

Estoy segura de no es barato, pero tampoco creo que el dinero haya sido nunca un problema.

Inspiro hondo, cuento hasta cinco, exhalo, cuento hasta cinco y me siento sobre las manos para que no me tiemblen. De todos mis demonios, este va a ser el más difícil de afrontar. Sigo respirando mientras salgo del coche y entro a través de unas puertas dobles de roble.

Una recepcionista está sentada detrás de un enorme escritorio de caoba, rodeada de orquídeas falsas. Hay un gran sofá azul en el vestíbulo, así como un par de sillones un tanto gastados. Las paredes están pintadas de un cálido amarillo y tienen un montón de láminas enmarcadas. Todo son colores cálidos y escenas acogedoras. Todo parece muy hogareño, que es obviamente la intención. Parece más el vestíbulo de un hotel que una residencia. Dejando a parte el olor a lejía y miseria. Apesta a hospital. Me acerco al mostrador de la entrada y la recepcionista, más joven que yo y con una piel de infarto, me dedica una sonrisa enorme pero inquietante.

—Hola —me dice con una voz unas octavas más alta de lo que esperaba—. ¿En qué puedo ayudarla?

—He venido a visitar a Adam Edwards.

—Ah, sí, Adam. —Ella se levanta—. Te mostraré su habitación.

La sigo por un pasillo enmoquetado.

—No habías estado aquí antes, ¿verdad? —me pregunta, no con curiosidad, solo para entablar conversación.

—No... Yo... Bueno, no. Estoy un poco nerviosa, la verdad.

—Vale, pues, en ese caso, será mejor que te prepares. Ha trabajado con algunos de los mejores fisioterapeutas del país, pero sigue siendo incapaz de hacer algo más que comunicarse parpadeando. —Me dedica una sonrisa triste y me da unas palmaditas en el brazo—. ¿Lo conoces bien?

—Oh. No sé qué decir. Éramos... amigos íntimos.

Abre la puerta de la habitación y no puedo evitar una brusca inspiración. Me da otra palmada en el brazo, probablemente para tranquilizarme.

—Mira, Adam, tienes visita. Es la segunda esta semana. ¿No es agradable? —Se vuelve hacia mí. Su placa dice Laura—. Te haré una taza de té, ¿de acuerdo?

Asiento con la cabeza, agradecida, y veo cómo se da la vuelta, dejándome a solas con la parte más dolorosa de mi pasado.

Y no estoy preparada para esto. Se me traba la respiración cada vez que intento inhalar.

Adam está apoyado en una silla, sostenido por una especie de arnés. No le he visto desde aquella noche en su casa. La noche en que me puse furiosa tras ver los mensajes de Saskia.

Han pasado casi ocho años desde la última vez que vi a este

hombre, este hombre del que una vez estuve completamente enamorada. Sigue siendo guapo, más delgado, pero eso hace que sus pómulos parezcan aún más increíbles. Sus ojos no han cambiado, esos pozos oscuros en los que solía pensar que sería capaz de ahogarme. Pero cuando se fijan en mí, de pie en la puerta, la única expresión que muestran es la de terror. Tiene un tubo de traqueotomía en el cuello para respirar y otro en el estómago, que supongo que es como se alimenta.

Yo le hice todo eso.

—Hola, Adam —digo acercándome a su silla. Empieza a parpadear frenéticamente, pero ahora solo estamos él y yo y no sé qué intenta decir—. No tengas miedo —le digo en voz baja—. No he venido a hacerte daño.

Me siento en la cama, asegurándome de estar en su línea de visión. Nos miramos fijamente durante lo que parecen varias vidas. Un hilo de saliva sale de un lado de su boca. Echo un vistazo a la habitación y veo una caja de pañuelos en una mesa junto a su cama. Saco uno y le limpio la baba de la cara con cuidado. No se inmuta, porque no puede, pero cierra los ojos, intentando evitarme.

—Adam. Lo siento mucho.

Sus ojos permanecen cerrados y me pregunto si también estará pensando en la última vez que nos vimos.

Estaba furiosa, llena de una ira descontrolada después de ver los mensajes entre él y Saskia. Llevaba meses mintiéndome. Me mentía incluso cuando yo me esforzaba por cuidarle mientras estaba sumido en la depresión. Había dedicado tanto tiempo y tanto de mí misma a amarle. La humillación me escocía tanto como la rabia y, cuando se me puso delante, listo para salir esa noche, enloquecí. Yo había agarrado uno de sus horribles trofeos de fibra de vidrio (una especie de premio a la mejor novela debut) mientras él se sentaba en el sofá, esperando a que le trajera la bebida que había fingido prepararle, y le di con él en la nuca. El hueso de la base del cráneo crujió y se hundió. Aulló de dolor y se tambaleó hacia delante, intentando agarrarse al brazo del sofá. Pero su cerebro ya no enviaba las señales adecuadas a las partes correctas del cuerpo y acabó deslizándose hacia abajo hasta desplomarse contra el suelo, con los ojos clavados en los míos, preguntándome por qué.

—¿La jodida Saskia? —Me puse de rodillas para estar a su altura—. La puñetera Saskia. —Siguió mirándome—. Bueno, al menos di algo. Intenta negarlo por lo menos.

Pero no salió ninguna palabra. Solo un hilo de sangre de su boca.

Me levanté y retrocedí, horrorizada. Presa del pánico, metí el arma homicida en mi bolso. Miré frenéticamente por la habitación, agarré también su ordenador portátil y un par de objetos de aspecto caro (unos auriculares, creo) y su teléfono, que se le había caído al suelo, y huí.

Salí corriendo a la calle, pensando que debía llamar a una ambulancia o algo así.

Quería hacerlo, pero, sinceramente, pensé que lo había matado.

Pensé que era demasiado tarde.

Fue Saskia quien lo encontró, por supuesto. Seguramente le había entrado el pánico de que hubiera cambiado de opinión y no fuera a dejarme después de todo.

Pero no estaba muerto.

No le visité en el hospital mientras los cirujanos intentaban recomponer su brillante y roto cerebro. En lugar de eso, lo leí en Internet. La Policía supuso que había sido un robo que había acabado mal, que Adam les había molestado en pleno saqueo. Que le habían atacado y dado por muerto. Pero no lo habían golpeado tan fuerte como para matarlo. El golpe en la cabeza había causado un derrame cerebral masivo, que era lo que lo había dejado... así.

Pasó un tiempo hasta que volví a leer algo sobre él (aunque pensaba en él constantemente). Un artículo en un suplemento dominical. Una sesión fotográfica en casa de Saskia. Resultó que su brillante cerebro no estaba dañado en absoluto. Estaba bien. Pero no podía caminar ni hablar. Ni escribir. De hecho, todo lo que podía hacer era parpadear y pensar. Y yo sabía lo mal que le sentaban esos periodos de «solo pensar». Recuerdo que pensé que, para alguien como Adam, eso era peor que la muerte. Toda esa creatividad y brillantez combinadas con toda esa oscuridad y dolor. Y ahora sin ninguna salida. Una vez me dijo, durante una depresión particularmente oscura, que su cabeza era el lugar que más miedo le daba.

Ahora estaba atrapado en ella, hasta la muerte.

Saskia había sido su cuidadora durante un tiempo, pero pronto se cansó de tener que darle de comer con una pajita y de limpiar su mierda. Supongo que a sus padres tampoco les gustaba hacerlo. Y así fue como acabó aquí.

Los suaves golpecitos de la recepcionista en la puerta me sacan de mi ensoñación.

—Aquí está tu té, amor. Le puse un par de azucarillos para el *shock*. Estás pálida como un fantasma. Por un momento pensé que te desmayarías. —Noto que tiene un ligero acento irlandés. Deja el té en la mesilla, entre Adam y yo—. Puedes charlar con él, ¿sabes? Parpadeamos una vez para decir «sí» y dos para decir «no». ¿Verdad, Adam?

Adam parpadea una vez.

—Es una pena lo que le pasó. Escribió un gran libro hace unos diez años. Pensaban que iba a ser el próximo Dan Brown. —Me da otra palmadita en el brazo y sale de la habitación. Adam la sigue con la mirada. No puedo evitar una pequeña sonrisa.

—¿Sigues pensando que Dan Brown es una mierda comercial? —Adam parpadea una vez.

—Siento no haber venido a verte —le digo—. ¿Te gusta estar aquí? —La habitación es bastante bonita, pero nada comparable con su casa de Londres. Es una pregunta ridícula y los dos lo sabemos. Hay una manta de flores sobre la cama, que no disimula el hecho de que es una cama de hospital. Hay pocos muebles, algunas estanterías con sus preciados libros. Supongo que uno de los cuidadores debe de leerle o algo así. Hay algunas fotos de su familia. Ninguna de Saskia. Hay un televisor de pantalla plana en la pared. Me pregunto cómo cambia de canal o si solo se sienta delante de lo que le pongan los cuidadores.

Parpadea dos veces.

Ahora siento que las lágrimas caen de mis ojos y me las seco con la manga. No son lágrimas de autocompasión, son lágrimas por ese hombre al que una vez amé tanto. Con el que había bailado, bebido y follado por todo Londres, teniendo (lo que pensábamos que eran) conversaciones increíbles, pero que probablemente eran gilipolleces como las de todo el mundo. Aunque eran las gilipolleces que a nosotros nos importaban, y yo las había arruinado.

Yo le había arruinado.

—Lo siento mucho, Adam. De verdad. No quería hacerte esto. Estaba tan enfadada. Te quería tanto. Habría hecho cualquier cosa por ti. —Agarro el té, pero el movimiento brusco hace que se sobresalte, que tenga miedo. Me sorprende su reacción—. ¿Me tienes miedo?

Parpadea una vez.

Me come la vergüenza. Había pensado que era un castigo apropiado para él, pero aquí sentada, mirando al hombre que una vez adoré con todo mi corazón, un hombre que una vez fue tan brillante que podía mantener la atención de toda una sala llena de gente, un hombre ahora reducido a comunicarse en parpadeos, haría cualquier cosa por cambiar el pasado.

—¿Por qué no le dijiste a nadie que había sido yo? —Mi voz es infantil y quejumbrosa—. No lo entiendo.

Vuelven a llamar a la puerta y entra una señora mayor. Debe de tener unos cuarenta años, el pelo teñido de un rojo muy llamativo y peinado como el de una *pin-up*. Lleva una máquina con una bolsa de fluidos. Impresiona.

—Hola, Adam, amor, ¿estás listo para el almuerzo? Oh. Tienes visita. Hola, corazón. ¿Eres amiga de Adam?

—Soy Kitty —le digo.

—Bueno, es agradable ver a alguien aquí. No recibe muchas visitas ahora que sus padres se han mudado al extranjero, pobrecito. Pero habla con él. Eso le gusta. También le gusta que le lean. Estamos con las obras de James Joyce en este momento, ¿no es así, Adam? Estamos leyendo *Dublineses* ahora. ¿Por qué no le lees algunos capítulos? Volveré un poco más tarde con esto. Seguro que le gustará que le lea alguien que no seamos Elise o yo. —Me da un ejemplar gastado de *Dublineses* y me imagino dónde estaba en sus estanterías hace tantos años.

Me tiemblan tanto las manos que parece que estoy teniendo un ataque.

—¿Podrás perdonarme alguna vez?

Un parpadeo y medio. Mi corazón da un salto. Le quiero. Y me odio a mí misma.

Ha sido una idea terrible venir aquí.

—No sé qué decirte aparte de que lo siento de verdad. Si pudiera arreglarlo, lo haría.

Me mira fijamente. Frío.

—Vale, me voy. ¿Puedo preguntarte algo antes de irme? ¿Puedo acercarme?

Un parpadeo.

Me arrodillo a sus pies, mis manos en sus rodillas, mirando a esos ojos. El hombre por el que habría hecho cualquier cosa. El hombre que me hizo pedazos.

—¿Alguna vez me quisiste de verdad?

Hay una larga pausa y, por un breve instante, veo un destello de algo en esos ojos oscuros, un pequeño atisbo de mi primer amor. Parpadea una vez.

No me doy cuenta de que estoy llorando hasta que vuelvo al coche.

62

APARTAMENTO DE KITTY, CHELSEA

Charlie está cocinando algo cuando llego a casa. Huele de maravilla, pero sé que no podré comer. No dejo de pensar en Adam y en lo que le hice, intencionadamente o no, no importa. He arruinado su vida porque me engañó. Sí, fue un asco y dolió una barbaridad, pero podría haberle rayado el coche o haberme acostado con su mejor amigo como una persona normal. No se merece estar donde está. De alguna manera, tengo que hacer algo para que su situación mejore.

—Un penique por tus pensamientos —dice Charlie mientras se acerca por detrás y me rodea con sus brazos.

—¿Umm?

—Estabas ensimismada. —Me acaricia la nuca e inspira—. Te echaba de menos. ¿Dónde has estado? Intenté llamarte.

Me doy la vuelta y le rodeo la cintura con los brazos, dejando que mi cabeza descanse sobre su pecho.

¿Hasta qué punto puedo ser honesta?

—Fui a ver a un viejo amigo, bueno, a un ex. —Miro a Charlie a los ojos, midiendo su reacción—. Mi único ex, en realidad.

Frunce ligeramente el ceño, con un pequeño pliegue de confusión entre las cejas.

—¿Algo de lo que deba preocuparme?

—No. —Sacudo la cabeza—. Está en una residencia. —Charlie

enarca las cejas—. Tuvo un accidente, bueno, fue atacado, en su casa hace unos años. Se ha quedado con síndrome de enclaustramiento. Es horrible.

—Recuerdo haber leído algo sobre lo sucedido, creo. ¿No era un autor conocido, un dramaturgo o algo así?

—Sí. Adam Edwards. No le había visto desde que le pasó eso. No estaba preparada para soportarlo.

—¿No estabas con él entonces? ¿Estabais juntos cuando ocurrió?

—No. Ya nos habíamos separado. Me dejó por otra. Fue una época de mierda, la verdad.

—¿Quién en su sano juicio te dejaría? —Me besa la cabeza.

—Bueno, muchos dirían que no —intento esbozar una débil sonrisa—, pero él tenía serios problemas de salud mental.

—Es la única explicación que se me ocurre para elegir a otra antes que a ti. Entonces, ¿fue un *shock*?

—Sí. No estaba realmente preparada. La última vez que lo vi tuvimos una gran pelea porque me estaba engañando. Fue raro verlo así.

—¿No puede hacer nada?

—Puede comunicarse con parpadeos, pero eso es todo.

—Siento mucho que te haya afectado tanto. —Charlie me acerca más a él—. ¿Necesitas una copa de vino?

—Por favor. —Asiento con la cabeza.

Se dirige a la nevera y saca una botella de Sancerre.

—¿Por qué ahora?

—¿Por qué ahora qué?

—¿Por qué decidiste verle ahora? Después de todo este tiempo.

—Sentimiento de culpa —le digo. Y no es mentira.

Charlie me da la bebida y vuelve a mirarme con ese arqueo de cejas, con ojos interrogantes.

—Me siento culpable por no haberle visitado antes. Han

pasado años, su novia le ha metido en esa residencia y sus padres se han mudado al extranjero. Le han dejado tirado. Atrapado en su propia mente. Me siento fatal.

—¿Sabes cuál es tu problema, Kitty Collins? Tu corazón es demasiado grande. —Me atrae para darme un beso y me dejo llevar por su bondad, con la esperanza de que tal vez algo de él se transfiera a mí.

63

MANSIÓN PEMBERTON, KENSINGTON

—¿Estás segura de que te sientes bien para esto? —pregunta Charlie cuando nuestro coche se detiene frente a la gigantesca casa de los Pemberton—. Pareces deprimida desde que viste a tu ex ayer. Me da miedo que recaigas cuando ya ibas tan bien.

Le miro, con la nariz un poco arrugada. ¿Preocupación o desagrado? Ojalá supiera descifrar mejor a la gente.

—Estoy bien —le digo—. En realidad, lo que necesito ahora es una fiesta. Olvidarme de mis pensamientos durante un rato.

Frunce el ceño.

—Sé que tengo que tomármelo con calma, tranquilo.

—Eso depende de ti. Como ya te dije, no estoy aquí para controlarte. Pero te quiero y no quiero volver a verte tan deprimida como estabas. —Le doy un beso en la mejilla y le dejo que salga primero del coche para que me abra la puerta. Estoy a favor de la igualdad y esas cosas, pero aún queda sitio para la caballerosidad a la antigua. Cuando me tiende la mano para ayudarme a salir del coche, siento una sacudida de placer y orgullo posesivo. Es mío.

Nos decidimos por ir de She-Ra y He-Man y, cuando él se probó el traje completo antes de salir, me quedé encantada con la elección. Su traje consiste en unos pantalones rojos, una placa en el pecho y... eso es todo.

Le guiño un ojo mientras me rodea la cintura con el brazo y subimos por el camino hasta la casa.

—¡Deja de mirarme lascivamente! —Se ríe—. No soy un trozo de carne. Sin embargo, tú estás sensacional.

Hago un pequeño giro para él.

—Vamos entonces, Amo del Universo, acabemos con esto.

—¿Está mal que me guste que me llames así?

—No te acostumbres.

La fiesta es tan horrible como esperaba. Al entrar, siento los dedos de Charlie rozar los míos y nuestras manos se deslizan una sobre la otra.

Esta vez James (o más bien su equipo) se ha pasado tres pueblos, incluso para lo que nos tiene acostumbrados. Charlie se detiene ante el DeLorean de verdad que ocupa un lugar privilegiado en la sala principal. Alrededor de la sala hay figuras de cera de personajes famosos de los ochenta. Incluso hay una enorme luna proyectada en el techo, con una bicicleta suspendida en el aire para recrear la famosa imagen de *E.T.*

—¿Por qué los ochenta? —me susurra Charlie mientras pasamos con dificultad por detrás de un Freddie Mercury que conversa animadamente con la princesa Diana para conseguir una copa de Tom Cruise, que está lanzando cocteleras detrás de una barra de bar.

—Fue cuando James creó su sello discográfico. Todas sus fiestas son básicamente él pajeándose sobre su propio éxito. Pero shhh. No se puede hablar de eso en público.

—Está bastante bien conseguido. Es una pena que haya tantos iPhones y palos de selfi. Estropean el ambiente.

—¿Estropearlo? Lo están matando y bailando sobre su puta tumba.

Charlie se ríe mientras miro a la multitud de cazafantasmas y bailarinas de *Flashdance*. Veo a Hen (Madonna de los ochenta) y a Tor (Lisa Lisa) y arrastro a Charlie hacia ellas.

—Hola, zorras ochenteras —les digo—. Vais genial.

Hen nos echa un vistazo a Charlie y a mí y sonríe.

—¡Vaya! Habéis venido disfrazados en pareja. Qué tierno. Pero supongo que sabéis que en realidad eran hermanos, no amantes, ¿verdad? —Su tono está cargado de algo que no puedo adivinar.

—No le hagáis caso —dice Tor—. Está cabreada porque Grut no le ha mandado mensajes en toda la semana y está convencida de que se está acostando con una de sus grupis. Lo que probablemente sea cierto.

Hen la fulmina con la mirada.

—¿Qué? Tú misma lo has dicho hace unos diez minutos.

—No te lo he dicho para que se lo repitas a todo el mundo.

—Es Kitty, por el amor de Dios. ¿A quién se lo va a decir? Las dos estamos aquí, y Maisie..., bueno. —Señala un rincón, donde Maisie y Rupert se dedican a acariciarse... en profundidad.

—Ah, ¿entonces han vuelto? —pregunto.

Charlie abre mucho los ojos.

—Iré a por bebidas.

—Yo tomaré un Martini McFly y Kits un té helado Long Island. Creédme. Son inseparables desde lo de Ruben —añade mientras Charlie se va a la barra.

—¿Pero nadie sabe lo que pasó?

—Nadie tiene ni idea. —Hen se encoge de hombros—. Tú has sido la última persona en verlo. Todos creen que fue un robo que acabó mal.

Eso era nuevo para mí.

—¿En serio?

—Sí. La Policía cree que quien mató a Ruben pensó que Raphe estaba en Marbella. Pero Ruben estaba cuidando la casa y los sorprendió. Qué horrible. Raphe está creando una organización benéfica, algo relacionado con familias que están pasando un duelo. —Pone los ojos en blanco.

—No hay nada malo en hacer algo por caridad —dice Charlie, mientras vuelve con unos cócteles de aspecto alarmante.

Hen se bebe de un trago la copa que tiene en la mano antes de empezar con otra.

—Sí lo hay cuando es un noventa por ciento por razones egoístas.

Observamos en silencio cómo se marcha a la barra a por otra copa.

Tor se vuelve hacia Charlie y hacia mí:

—Está de mal humor. No sé lo que está pasando, pero creo que hay algo más que un polvo casual.

—¿Crees que se ha enamorado de él?

—¿De Grut el Peludo? Lo dudo mucho. Creo que tal vez está enfadada con Maisie por ser tan tierna con Roo. Pero no lo sé.

—Ah. Eso tiene sentido. —Miro hacia la barra, donde Hen está hablando con Jane Fonda, pero con la mirada perdida hacia donde están sentados Maisie y Rupert—. Hablaré con ella más tarde.

La fiesta está resultando muy divertida. Tengo que vigilar cuánto bebo debido a las pastillas que tomo, pero disfruto viendo a la gente borracha tambalearse. Hay un momento particularmente surrealista en el que entro en un baño y me encuentro con un Bananaman totalmente cabreado sujetando el pelo de una Fraggle mientras vomita en el retrete.

—Iré a otro baño —le digo a Bananaman, que tiene el rostro descompuesto.

Al subir por unas escaleras, veo a Hen. Está sentada en un escalón, dando vueltas a un vaso delante de sus ojos, con cara de estar bastante cabreada con la vida. Sé que es difícil de entender, pero incluso las chicas ricas se deprimen. Así que me dejo caer a su lado.

—¿Qué te pasa?

Me mira con los ojos entrecerrados.

—¿Dónde está tu compinche? —Está muy borracha. Tiene problemas de dicción y le baila la cabeza a un lado y a otro.

—Si te refieres a Charlie, anda por ahí. ¿Es por eso por lo que estás molesta?

Suspira y se deja caer contra mí.

—Siento que soy la única infeliz. ¿Por qué nadie me quiere?

Le sujeto la cabeza con las manos y miro sus ojos borrachos y vidriosos.

—Henrietta Pemberton. Te quiero. Tor te quiere. Y Maisie también te quiere.

—¡Ja! —se mofa y aparta la cabeza de mí—. Vosotras con vuestras vidas perfectas. Vidas amorosas perfectas. Todo tan jodidamente perfecto.

—Hen —le digo—. Odio tener que llevarte la contraria, pero sabes perfectamente que ninguna de nosotras tiene una vida perfecta. Quiero decir, mi padre...

—¡Tu padre! —Agita el vaso en el aire y el líquido salpica la escalera de madera. La madera se decolora de inmediato, algo en lo que debería pararme a pensar porque, ¿qué demonios hará entonces en el interior de nuestro cuerpo?

—Mi padre ha desaparecido, Hen. No sabemos si está vivo o no. Y te aseguro que eso es un infierno diario.

Me mira fijamente y por un momento me parece que no le gusto nada.

—Al menos tu padre te quería —dice por fin antes de dejar caer la cabeza en mi regazo. Le acaricio el pelo y la dejo sollozar durante un rato. Al final, la oigo respirar hondo y sé que se está dando ánimos a sí misma. Levanta la cabeza—. Hasta mi padre te quiere. Y yo siento que soy invisible para él.

—¿Qué?

Ella asiente. Se pasa el brazo por la cara.

—Tu padre te adora. Cualquiera puede verlo —le digo.

—Él adora el dinero. Y el poder. No a nosotras. Bueno, a mí no.

—Hen, estás de mal humor y creo que la bebida... —Hago una pausa y le miro la nariz. Hay un ligero rastro de polvo blanco alrededor de su fosa nasal derecha—. ¿Has pensado en buscar ayuda profesional si realmente te sientes así?

Sus ojos tristes y cansados de repente arden de furia.

Dios mío.

Está a punto de empezar.

He visto esa cara antes muchas veces.

—¿Un terapeuta? —Se levanta y me mira como si estuviera por debajo de ella en muchos aspectos—. Un terapeuta... Vaya. Un intento de suicidio fallido y de repente Kitty Collins es una psicoterapeuta cualificada.

—Hen. —Me levanto para mirarla—. Sabes que no lo he dicho de manera despectiva. Yo solo...

—¿Qué? ¿Solo qué? ¿Querías recordarme otra vez que eres mejor que yo? ¿Ahora eres tan amable y compasiva?

—Solo intento ayudarte —digo, impotente.

—Ahórratelo, querida Kitty. Voy a buscar drogas. —Me empuja y baja las escaleras.

Eso ha sido demasiado.

La dejo un par de minutos, respiro hondo y voy tras ella, esperando que se haya calmado lo suficiente como para dejarme hablar. Se está volviendo una borracha bastante agresiva.

Cuando la alcanzo, está medio arrastrando a una de Las Extras por la puerta principal.

La oigo gritar.

—Ni siquiera te han invitado, así que deja de intentar usar mi fiesta y mi hashtag para mejorar tu triste cuenta. Pero si ni siquiera tienes diez mil seguidores. ¿Por qué estás aquí?

La chica (creo que se llama Tasha) parece mortificada mientras Tor intenta calmar a Hen. La verdad es que no estoy de humor para esto.

Y aún tengo que hacer pis.

64

ESTUDIO DE GRABACIÓN DE JAMES PEMBERTON, SÓTANO DE LA MANSIÓN PEMBERTON

Continúo mi camino hacia el estudio del sótano y me complace comprobar que está completamente vacío.

Bien.

Me vendrán bien unos minutos a solas para despejarme después de la desagradable bronca que acabo de tener. Dudo que nadie más se atreva a bajar aquí.

La cabina de grabación parece triste y abandonada, con un solitario micrófono en medio. Me dirijo al baño, al fondo del estudio, hago pis, tiro de la cadena y me lavo las manos. Me miro en el espejo y veo que no tengo rímel bajo los ojos. Me alegro.

Vuelvo al estudio principal, me dejo caer en uno de los asientos junto a la mesa de mezclas y respiro hondo. Miro hacia abajo y me doy cuenta de que me tiemblan las manos. Quizá Charlie tenía razón y venir a una fiesta multitudinaria era demasiado pronto. Iré a buscarle y nos iremos a casa. Lo único que quiero es mi manta, mi cabeza en su regazo y ver cualquier programa basura en la tele.

Estoy a punto de levantarme cuando oigo la puerta cerrarse suavemente detrás de mí. Me doy la vuelta y me sobresalto al ver a James de pie, con un vaso de algo en la mano y una mirada extraña. Tiene los ojos ligeramente vidriosos.

—Kitty, Kitty, Kitty. Sabes que no deberías estar aquí abajo, niña mala. —Mueve el dedo, riñéndome.

—Lo sé, lo siento. Bajé aquí para usar el baño. Los otros estaban ocupados.

—Sí, está empezando a ponerse un poco salvaje la cosa allá arriba. Mi maldita hija montándole un numerito a otra chica. He bajado en busca de un poco de paz. —Saca una bolsita de polvos blancos del bolsillo de la camisa y la agita hacia mí—. Pero tú estás aquí.

—En realidad ya me iba. Solo he estado aquí cinco minutos de reloj. Lo siento.

—No te disculpes. Ha sido una agradable sorpresa encontrarte. ¿Te apaciguas conmigo cinco minutos? —Vuelve a agitar la bolsita.

—*Nah*, ya no hago esas cosas.

—No hay coca suficiente para ti, ¿eh?

—Ja. No es eso. Digamos que acabo de tener algo así como una experiencia que te cambia la vida. Pero me alegro de verte. Ya nos pondremos al día en otra ocasión.

—No, no. —Tiene un tono de voz que no me gusta—. Quédate y tómate una copa y una raya conmigo. No hemos hablado en años. Me preocupo por ti, Kitty. Tu padre siempre me decía que cuidara de ti si a él le pasaba algo.

Se sienta en el sofá de cuero y da una palmada en el asiento de al lado para que me siente. Tengo muchas ganas de encontrar a Charlie e irme a casa, pero me siento lo más lejos posible de él sin parecer maleducada.

—¿Cómo te van las cosas, Kitty? He oído que has estado en el hospital. —Se inclina sobre la mesita, que parece más una obra de arte moderno que un mueble, y vacía en ella el contenido de la bolsa. Vuelve a rebuscar en el bolsillo y esta vez saca una tarjeta bancaria. Empieza a picar el polvo, separándolo en finas líneas blancas.

—Sí, pero fue accidental. Y ahora estoy bien. Charlie ha estado cuidando de mí.

Él asiente con la cabeza.

—Así es. El pequeño Charlie Chambers. Tengo que decir, Kitty, que siempre pensé que preferirías un hombre a un niño. —Se echa hacia atrás en el sofá, cruzando las piernas de modo que su tobillo derecho está sobre su rodilla izquierda. Sus ojos recorren mi cara, bajan por mi cuerpo y vuelven a subir. Ese repaso visual es mucho más sexual que escrutador. Se me eriza el vello de la nuca en señal de advertencia.

Esto no está bien.

Es James. Mi padre sustituto James.

—Charlie es un hombre —digo, y me levanto para irme.

—Eh, no te precipites. —Me sobresalto cuando me agarra del brazo y me devuelve al sofá—. Vamos. Quédate un rato conmigo. Métete una raya y yo iré a buscar algo especial para beber. Luego podrás contarle a tu tío James todas tus preocupaciones. ¿Qué te parece?

—James. De verdad que tengo que irme.

—No, no. Has sido tú la que ha bajado aquí, Kitty. Viniste a mi zona privada, y eso significa que me estabas buscando. Así que yo te diré cuándo puedes irte. ¿De acuerdo? —Me pone un billete enrollado en la mano.

—Ese no es el caso. Ya te he explicado que necesitaba ir al baño.

—Quédate. —Él entorna los ojos hacia mí—. Podemos divertirnos un poco antes de que te vayas corriendo. —Me pasa una mano por el brazo, haciéndome estremecer—. Has crecido mucho, te has convertido en una mujer muy guapa, Kitty Collins. Muy guapa. Y le prometí a tu padre que cuidaría de ti.

Intento zafarme de su agarre, pero no me suelta. Mi corazón empieza a martillear y me preocupa estar a punto de sufrir un ataque de pánico. Siempre he sabido que James era bastante sobón, pero no con las amigas de Hen, no conmigo. Soy prácticamente de la familia.

—Tienes que dejarme ir —le digo—. Si no lo haces, gritaré.

Se ríe y aplaude como si yo hubiera hecho un chiste encantador.

—Pero, cariño, si esto está insonorizado. Aquí nadie podrá oírte gritar.

Intento levantarme de nuevo, pero me agarra del brazo y me arrastra hacia abajo. Esta vez lo hace con más fuerza y sé que por la mañana tendré moratones.

—Ahora, compórtate. Métete una raya. Luego te ayudaré a relajarte. No puede ser bueno para tu salud mental estar tan tensa.

Bastardo.

Da unos golpecitos en la mesita y yo me inclino de mala gana hacia delante. Con la fosa nasal izquierda cerrada, apoyo el billete en la otra e inhalo una raya. Mientras lo hago, James se levanta y se pone detrás del sofá. Cuando vuelvo a sentarme, siento sus manos sobre mis hombros desnudos. Me aprieta y me masajea la piel. No puedo moverme. Me pasa las manos por los brazos y baja hasta los pechos, por debajo del top. Me aprieta la carne allí también. Sus labios rozan mi cuello. Sigo sin poder moverme. Estoy totalmente paralizada por el miedo.

—Apuesto a que puedo hacer ronronear a esta gatita.

El sonido de un portazo lo hace alejarse de mí de un salto.

—¿Qué coño está pasando aquí? —La voz de Hen es estridente por la indignación.

—Estaba poniéndome al día con Kitty —dice James.

Me arreglo la ropa, agarro el móvil y aparto a Hen de mi camino. Abro la puerta de un empujón y subo corriendo las escaleras, directa hacia Maisie.

—¿Dónde está Charlie?

—Lo vi hablando con Roo hace un rato —me dice—. ¿Qué te pasa? Parece como si hubieras visto un fantasma. ¿Estás bien?

—Necesito a Charlie.

Lo encuentro en un rincón hablando con Rupert.

—Quiero irme a casa —le digo.

—Eh, ¡hola!, me preguntaba dónde te habías metido. Claro, deja que termine mi bebida y pediré un coche.

—No, Charlie. Quiero irme ahora mismo.

Charlie me mira, desconcertado.

—Kits, ¿qué pasa?

—Te lo diré más tarde. Por favor, necesito salir de aquí ya. Ahora mismo.

—¿Tienes que ser siempre tan dramática, Collins? —me espeta Roo—. ¿No puedes dejar que el chico se divierta?

Charlie se vuelve hacia él.

—No te pongas así con ella. Está claro que le ha pasado algo.

—A Kitty siempre le pasa algo... —Roo se levanta y tiende la mano para estrechar la de Charlie—. Bueno, ha sido un placer charlar contigo, viejo amigo. —Charlie le ignora y Roo se encoge de hombros antes de irse borracho cantando una vieja canción de *rugby*.

—Me estás preocupando, Kits. ¿Estás bien?

—Estoy bien, de verdad. Y te lo diré en el coche. Pero ¿podemos salir de aquí?

Un coche tarda unos veinte minutos en recogernos y Charlie no deja de preguntarme qué me pasa mientras esperamos fuera.

—Vamos, ¿qué ha pasado? He oído que Hen y tú os habéis peleado. ¿Es por eso?

Nuestro coche se detiene y Charlie mantiene la puerta abierta antes de sentarse a mi lado.

—No es eso —digo mientras nos alejamos de la mansión Pemberton.

—Entonces, ¿qué?

—Tuve un encontronazo con James.

—¿James? —Hay un inesperado tono cortante en su voz—. ¿Qué quieres decir?

—Bueno, necesitaba ir al baño y todos los de la casa estaban ocupados, así que bajé a su estudio en el sótano porque sé que tiene un baño allí abajo. Sabía que estaría vacío.

—Bien, continúa. —No reconozco ese nuevo tono. Y no me gusta.

—Estaba a punto de irme cuando entró James. —Ahora, Charlie frunce el ceño—. Estaba completamente borracho y no me dejaba irme. Quería que me quedara y me tomara una copa, una raya y que me «divirtiera» con él. Estaba muy asustada. Le decía que no, pero no me dejaba marchar.

La mandíbula de Charlie se estremece.

—No paraba de hacer comentarios inapropiados sobre lo mucho que he crecido. Por suerte apareció Hen. No creo que me hubiera dejado ir de otra manera.

La expresión de Charlie se ensombrece y golpea con las manos el asiento que tiene delante, haciéndome dar un respingo.

—¿Estás bien? ¿Te ha hecho daño? —Sus ojos están furiosos cuando se cruzan con los míos.

—Estoy bien. Solo me agarró con fuerza en un momento. Pensé que no podría salir de allí.

—Ese hombre. Nunca aprende.

—¿Qué quieres decir?

Charlie suspira.

—¿Me estás diciendo que no sabes que James tiene muy mala reputación? Hay muchos rumores sobre él en su sector. Y hacía pasar un mal rato a algunas mujeres que trabajaban para la organización benéfica cada vez que entraba en las oficinas. Recibí varias quejas sobre su comportamiento inapropiado.

Miro a Charlie atónita.

—¿Qué? No lo sabía. Pero sigue siendo mecenas. ¿Por qué?

Charlie suspira de nuevo, mucho más fuerte esta vez.

—¿Tú por qué crees, Kitty? Porque trae mucho dinero. Y también da mucho. La mitad de los proyectos que hemos hecho no habrían sido posibles sin su dinero. No me enorgullezco de ello, pero nuestra asociación con James es un jodido gran negocio, ¿vale?

Le miro fijamente, sin creerme lo que estoy oyendo.

—Así que, para que me quede claro, ¿me estás diciendo que está bien que acose sexualmente a tu personal porque te da dinero? Básicamente, ¿las estás prostituyendo?

—No, no es así. —Él sacude la cabeza enérgicamente—. Le han advertido varias veces que no puede actuar así. Parece que lo ha asumido, incluso se ha disculpado con las mujeres en cuestión. Pero se ve que no puede evitarlo.

—¿Y cuáles son esos rumores? Esos que dices que circulan en su sector.

Charlie parece dolido.

—Son habladurías. Odio hablar de una persona cuando no está presente para defenderse. Y nunca se ha planteado nada de manera oficial.

—¿Qué rumores, Charlie?

Suspira por tercera vez.

—Dicen que ofrece oportunidades a mujeres, chicas jóvenes que quieren ser la próxima gran estrella de la música, a cambio de algunas cosas. Fotos desnudas, favores sexuales... Ese tipo de cosas.

—Vaya.

—Sí. E incluso dicen que él se aprovecha de esas mujeres igualmente aunque ellas le digan que no.

Estoy que no me lo creo.

—¿Y este es el hombre que elegiste para asociarte en tu proyecto caritativo?

—Como ya he dicho, no estoy orgulloso de ello. Y son solo habladurías, por lo que yo sé. Nunca lo han detenido para interrogarlo ni nada por el estilo. Nadie le ha denunciado. Para serte sincero, siempre pensé que esos rumores venían de alguna discográfica rival para manchar su nombre. —Se vuelve hacia mí—. Pero ahora ya no estoy tan seguro.

—¿Tú me crees? ¿Crees a las mujeres que trabajan para ti?

—Claro que sí. —Me enmarca la cara con las manos—. He sido un idiota, está claro. Mira, intenta no estresarte demasiado ahora. Tendré una especie de reunión de crisis conmigo mismo mañana y veré si hay algo que pueda hacer sobre la participación de James en el futuro. —Me besa la cabeza—. Me encanta lo mucho que te preocupas por la gente. ¿Seguro que estás bien? ¿No quieres ir a la Policía o algo así?

—¿Qué sentido tiene? Se limitaría a negarlo —digo sacudiendo la cabeza mientras nos detenemos frente a mi apartamento. Cuando entramos, Charlie agarra su portátil y se va a una habitación libre, que hace las veces de despacho y de ropero, diciendo que tiene que enviar unos correos electrónicos y hacer unas llamadas.

Preparo té para los dos y reviso mis mensajes de Instagram, saltándome la habitual avalancha de solicitudes pidiéndome que promocione un té para adelgazar o cualquier otra mierda, cuando aparece una nueva notificación.

Es del Asqueroso, por supuesto. Quiero decir, ¿qué otra cosa podría esperar para rematar la noche?

Duerme bien, Kitty. Mañana va a ser un día ajetreado para ti.

¿Qué? ¿Qué significa eso?

¿Qué?, le escribo, pero ya está desconectado.

Agobiada, tomo un par de pastillas de Diazepam, las trago con un buen lingotazo de vodka y me voy a la cama.

65

APARTAMENTO DE KITTY, CHELSEA

A la mañana siguiente me despierto con un sobresalto. Me siento en la cama, entrecierro los ojos e intento averiguar qué me ha despertado. Charlie no está en la cama conmigo. Ni siquiera estoy segura de que anoche se acostara. Me pongo una bata y salgo al salón. Está en la cocina, barriendo trozos de cristal del suelo. Algo se ha roto. Eso es lo que me ha despertado. Exhalo lentamente. Siento alivio.

—Buenos días —le digo al entrar—. ¿Qué ha pasado?

—Se me ha caído un jarrón. Perdona. ¿Era caro?

—Ni siquiera sabía que tenía un jarrón. Aunque sí me ha despertado. ¿Viniste a la cama anoche?

Él niega sacudiendo la cabeza.

—Kitty, siéntate, anda. Te prepararé un café. Pero, por favor, no mires las noticias ni las redes sociales antes de que hable contigo. —Me mira fijamente—. Por favor, cariño.

—¿Va todo bien?

—Ha pasado algo. Es, eeh... Mira, tú solo prepárate, ¿de acuerdo? Es bastante gordo. Respira un poco.

Me siento en uno de los taburetes de la isla de la cocina. Charlie me da una taza de café unos instantes después y enciende la Smart TV integrada en los muebles de la cocina para que parezca un microondas. Una guapa rubia habla seriamente a la cámara desde un lugar exterior. Doy un sorbo a mi café. Tardo unos instantes en darme cuenta de que reconozco el lugar desde el que está informando.

—Esa es la casa de Hen —digo, volviéndome hacia Charlie—. ¿Qué...? —Él me señala la televisión con la cabeza.

—*El señor Pemberton permanece bajo custodia policial desde esta mañana. A última hora de hoy se sabrá si será puesto en libertad bajo fianza. Un portavoz de la familia ha declinado hacer comentarios sobre las acusaciones, aparte de calificarlas de «absolutamente ridículas». Tendremos más detalles a medida que vayan llegando. Ahora, volvemos al estudio.*

Pero... ¿¿qué cojones ha pasado??

—¿Qué ha pasado?

—James fue arrestado esta mañana temprano —dice Charlie—. Ha sido acusado de algunas cosas bastante horribles.

—¿Ha sido por lo que estuvimos hablando ayer?

Asiente con la cabeza.

—Alguien se ha presentado y ha hecho una declaración oficial.

Me quedo de piedra.

—Tengo que llamar a Hen —digo alcanzando el teléfono. Charlie me agarra suavemente las manos, retira el teléfono y lo deja sobre la isla de la cocina.

—Ahora no. Deja que las cosas se calmen un poco.

—Necesito que sepa que estoy aquí para lo que necesite. Ella me apoyó cuando mi padre...

—¿Tomamos un café y comemos algo antes? Creo que puede ser un día largo. Para los dos.

Asiento con la cabeza, pero mientras él va a preparar más café y el desayuno, yo agarro mi teléfono de nuevo. Es una de mis mejores amigas. No puedo fingir que esto no está pasando.

Intento llamar a Hen un par de veces, pero salta el buzón de voz. Le envío un mensaje de texto:

Hen, siento mucho lo de tu padre. He intentado llamarte. Por favor, llámame. Besos.

También tengo mensajes de Tor y Maisie, ambas estupefactas por el arresto de James. Les respondo a ambas, expresando también mi sorpresa.

Charlie y yo nos plantamos frente al televisor del salón y vemos en las noticias las imágenes de James dentro de un coche de Policía. Hay un gran revuelo en las redes sociales, como era de esperar, que Charlie sigue por su teléfono.

—Creo que esto puede ser el principio de una avalancha —se lamenta.

Tiene razón.

El primer *post* aparece en Instagram ese mismo día, de una joven y bella cantante llamada Maribelle Mason, junto a una foto de un corazón roto y ennegrecido.

Se me parte el corazón mientras escribo esto, pero sé que tenemos que mantenernos unidas y fuertes. No puedo nombrar a este hombre porque me han amordazado por orden judicial, pero todo el mundo sabrá de quién hablo. Le conocí hace dos años, cuando actuaba en Londres. Vino a verme a un club y me dijo que le habían avisado de que yo era buena.

Me prometió el mundo, me dijo que podría ser la próxima Ellie Goulding. Yo era lo bastante joven e ingenua para creerle.

Las cosas no tardaron en torcerse. Me había invitado a un hotel para firmar un contrato. Estaba muy emocionada. Se lo había dicho a mis padres, que querían venir a Londres conmigo, pero pensé que no estaría bien ir con mis padres. Así que fui sola. Y fue el mayor error que he cometido nunca.

Cuando llegué a la habitación del hotel, no había nadie más que él. Ni secretarias ni asistentes, nadie. Pero no le di importancia. Me sirvió dos copas de champán y me dio una, que me bebí. No suelo beber y se me subió rápidamente a la cabeza.

Recuerdo que le pregunté por qué teníamos que estar en una habitación de hotel y fue entonces cuando supe que estaba en peligro. Se rio de mí y me preguntó por qué creía que estábamos en una habitación de hotel. Intenté excusarme educadamente y marcharme. Incluso en ese momento no quería disgustarle. Me agarró y me apartó de la puerta. Luego intentó besarme y metió la mano en mis vaqueros. Yo forcejeaba y lloraba, pero él no me soltaba. Metió la mano en mis bragas y al menos dos dedos en mi vagina mientras yo sollozaba. Me dijo que me relajara y disfrutara y que había cientos de cantantes que le dejarían hacer lo que quisiera, que yo tenía suerte.

Cuando se cansó de tocarme, me bajó los vaqueros y se sacó el pene de los pantalones. Yo aún estaba demasiado asustada para moverme. Entonces empezó a masturbarse hasta que se corrió sobre mis muslos. Cuando terminó, me dio unas toallitas para bebés y me dijo que me limpiara. Me dijo que no tenía sentido decírselo a nadie porque, ¿quién creería que una mujer se había metido en una habitación de hotel a solas con él y sin saber qué esperar? Me hizo sentir humillada y estúpida al mismo tiempo. No se lo conté a nadie. Estaba demasiado asustada. ¿Y adivinad qué? Ese contrato nunca apareció. De hecho, toda mi carrera pareció detenerse abruptamente tras mi encuentro con él. Fue casi como si hubiera manchado mi nombre.

Charlie y yo leemos horrorizados el *post* de Maribelle. Me agarra la mano con fuerza, sosteniéndola entre las suyas.

—Joder —dice en voz baja.

El *post* de Maribelle es solo el principio. Después de eso, hay de todo. Instagram y Twitter no tardan en inundarse de mujeres (cantantes, modelos, actrices, algunas de hace muchos años), todas con historias sobre James. Todas bajo el hashtag #TúSabesSuNombre. Hay acusaciones de violación, historias de atenciones no deseadas, de coacción sexual, de que nunca acepta un no por respuesta. Charlie y yo estudiamos detenidamente los relatos de las mujeres sobre el comportamiento vil y depredador de James.

Más tarde se publica otra, de una persona anónima.

He estado viendo cómo se desarrollaba todo esto y no siento más que admiración por las mujeres que se han levantado y han renunciado a su anonimato. Sois todas muy valientes. Yo no me siento lo suficientemente valiente como para poner mi nombre y mi cara ante todos. Pero quería compartir mi historia. Empezó cuando yo tenía catorce años y había ido a ver a uno de los grupos más populares de la discográfica de James. Tampoco voy a nombrarlos, pero era su boyband más importante en aquel momento. Estaba cerca de la entrada con mi amiga y no podíamos creer nuestra suerte cuando alguien del equipo se acercó y nos dio dos pases para el backstage. Vimos el resto del concierto desde un lateral del escenario y después pudimos conocer al grupo. Estábamos muy contentas. Mi padre nos recogió en el local, pero, antes de irnos, James se me acercó. Me preguntó si alguna vez había pensado en ser modelo. Nunca me lo había planteado, pero me dijo que podía ponerme en contacto con la gente adecuada si estaba interesada. Recuerdo que mi amiga se puso verde de envidia cuando me pidió mi número y me dijo que me llamaría cuando hubiera hablado con uno de sus contactos. Me llamó dos días después. Me dijo que había hablado con un amigo suyo y que estaría encantado de hacerme unas fotos y ayudarme a preparar un dosier de presentación.

James incluso habló con mi madre y se las arregló para que estuviera allí porque yo tenía menos de dieciocho años. Nos fuimos a Londres y yo estaba muy emocionada. Hacerme las fotos fue lo mejor que me ha pasado nunca. Nos trataron como a estrellas, incluso un coche nos recogió en la estación de tren. Hubo comida y bebida. Fue un día increíble, que nunca olvidaré.

Conseguí algunos trabajos de modelo gracias a las fotos que James me organizó. Durante dos años mantuvimos el contacto, me mandaba mensajes y me decía lo especial que era y que iba a ser la próxima gran estrella del modelaje. Me dijo que no le contara a mi madre que hablábamos a menudo, porque no entendería lo buenos amigos que habíamos llegado a ser.

Entonces, justo después de mi decimosexto cumpleaños, James me mandó un mensaje sobre una fiesta que iba a dar en Londres. Le dije que de ninguna manera podría ir, que mi madre nunca lo permitiría. Me dijo que inventara algo, que dijera que me quedaba en casa de una amiga y que él me enviaría un coche. Así lo hice.

Odiaba mentirle a mi madre, pero lo de la fiesta sonaba increíble, no paraba de darme pequeños detalles sobre quién estaría allí.

Solo que no hubo ninguna fiesta.

Cuando el coche me dejó en casa de James, solo estaba él. Me sentí incómoda de inmediato, pero me dijo que me tranquilizara y que pronto empezarían a llegar todos. Me dio una copa de champán y, para no parecer una niña pequeña, me la bebí.

Realmente no recuerdo mucho después de eso. Lo siguiente que recuerdo es que me estaba despertando en una cama. Estaba totalmente desnuda. No había nadie más allí. Y lo único que sentía era un dolor punzante entre las piernas. Conseguí arrastrarme hasta el baño y me horroricé al ver que estaba sangrando.

Lloré cuando me di cuenta de lo que había pasado. Me acurruqué en el suelo del baño y lloré. Yo era virgen.

No sé cuánto tiempo estuve allí, pero al final James entró con mi ropa. Actuaba como si nada hubiera pasado. Me dijo que me vistiera y que me pediría un coche. Me dolía tanto y estaba tan confusa que hice lo que me dijo.

Estaba muy avergonzada. Pensé que había hecho algo para

provocarle. La vergüenza fue suficiente para mantener mi silencio. Ni siquiera tuvo que amenazarme.

Después dejé de modelar porque me recordaba a él. También empecé a sufrir ansiedad, algo que todavía sigo padeciendo a día de hoy, después de más de quince años.

Debería habérselo dicho a alguien. Debería haber ido a la Policía. Podría haber evitado todo esto. Me siento responsable por cada mujer después de mí.

Nos sentamos en silencio, intentando procesar lo que acabamos de leer. Charlie tiene la cabeza entre las manos mientras yo dejo que unas lágrimas silenciosas resbalen por mi cara y goteen por mi barbilla.

Pienso en la promesa que me había hecho a mí misma. La promesa que le hice a Adam. El futuro seguro y feliz que he planeado con Charlie. Pero no hay forma de que deje que James se salga con la suya, y mientras Charlie y yo estamos allí sentados, observando en silencio cómo se revela la horrible verdad, ya estoy afilando los cuchillos en mi mente.

James Pemberton. Voy a por ti.

66

APARTAMENTO DE KITTY, CHELSEA

Hen llama esa misma tarde. Solloza cuando me dice que James ha salido bajo fianza.

—Había muchos *paparazzi* y periodistas esperándole cuando llegó a casa —me dice angustiada—. Eran como una manada de animales. Realmente pensé que iban a hacerle daño. Tuvo que quedarse en el apartamento de Belgravia. Tuvimos que enviar un señuelo en coche para que lo llevaran allí en una furgoneta.

Por el momento han conseguido burlar a los medios de comunicación, que llevan horas retransmitiendo árboles y paisajes desde la casa de los Pemberton en Surrey Hills. Pero es solo cuestión de tiempo hasta que alguien descubra dónde está realmente.

—¿Y ahora qué? —le pregunto.

—No lo sé. Realmente no lo sé. La prensa quiere sangre. Probablemente todos tengamos que irnos y escondernos en otro sitio también. —Oigo murmurar a otra persona de fondo—. Mamá dice que va a tener que dar una entrevista o nos acosarán hasta el juicio. ¿Has visto Twitter?

—Sí. No está muy bien la cosa. No tiene mucho apoyo.

Esto es claramente un eufemismo: no hay ningún apoyo. En Twitter circulan varias versiones sobre la detención de James.

#MeToo #YoSíTeCreo #JamesPembertonsSeAcabóLaFiesta #QueremosLaVerdad son tendencia y no parece que vayan a desaparecer.

—Kits, tengo que irme. Antoinette está teniendo un colapso a gran escala. Mantén tu teléfono encendido. Te llamaré pronto.

—De acuerdo. Adiós.

—¿Está bien? —dice Charlie, acercándose y rodeándome con sus brazos.

—Sí. Bueno, no. Pero teniendo en cuenta todo lo que está pasando, parece que lo está gestionando bien. Hen es increíblemente hábil para manejar una crisis. Le he dicho que dejaré mi teléfono encendido por si me necesita. —Me besa la base del cuello—. Me pregunto quién ha sido el que ha dado el soplo. —Me giro para mirarle—. ¿Cómo afectará todo esto a tus proyectos de beneficencia?

—Bueno... —Charlie suspira profundamente—. No le hará ningún bien. Es evidente. Hablaré con Kaitlyn, que se encarga de las relaciones públicas, ya que tendremos que publicar un comunicado diciendo que ya no contaremos con él como embajador. Lo que obviamente significa que no recibiremos más dinero de él.

—Pero tienes otros embajadores. Y gente que hace donaciones, ¿no?

—Sí, pero James ha puesto mucho dinero. Probablemente por mi padre. Pero esa no es la cuestión aquí. La cuestión es hacer justicia. Debería haber hecho más caso a esos rumores. Lo siento. Siento que he defraudado a las mujeres.

—Con algunas ocurrió hace mucho tiempo —intento tranquilizarle, pero tiene razón. Ha decepcionado a las mujeres. El silencio es obediencia y todo eso—. Pero sí. Probablemente deberías haberlo hecho.

—Pero entonces ninguna de las mujeres y niños a los que hemos ayudado a construir sus vidas lejos de Siria y otros lugares no estarían donde están ahora. —Se sienta y golpea un cojín. Me doy cuenta de lo firmes y musculosos que son sus brazos. En realidad, no es algo que mi mente debería estar pensando ahora—. Es una táctica tan jodidamente enferma.

—¿A qué te refieres?

—A los malditos pervertidos como Pemberton, involucrándose tanto en obras de caridad para que nadie crea lo repugnantes que son verdaderamente. Es el típico movimiento de gente de esa calaña.

Charlie tiene la cara llena de preocupación. Tampoco puede estarse quieto. Sigue de pie y paseando. Se sienta y da golpecitos. Luego de pie y caminando. Me mareo solo de verlo. Quiero sentarlo y usar mis pulgares para relajar la preocupación de su rostro. Tampoco quiero que acabe con arrugas a lo Gordon Ramsay.

Lo empujo suavemente hacia el sillón (Feather & Black, color crudo) y le vuelvo a besar los labios, los lóbulos de las orejas, la nariz y otra vez los labios.

—Está demasiado estresado, señor Chambers —le digo arrodillándome ante él. Veo una pequeña batalla interna dentro de su cabeza, gana la parte de su cerebro que yo estaba convencida de que ganaría, y suspira profundamente cuando le bajo la cremallera de los pantalones y me la llevo a la boca. Al principio me acaricia la cabeza con suavidad, pero enseguida me araña y tira de mí, metiéndomela hasta el fondo de la garganta. Me dan arcadas y me lloran los ojos, pero mi propia mano se ha colado entre mis muslos y, antes de darme cuenta, me corro cuando Charlie se corre en lo más profundo de mi garganta.

—¿Acabamos de corrernos después de leer unas horribles confesiones de agresión sexual? —me pregunta un minuto y medio después, un poco molesto.

—No —le digo con firmeza—. Solo nos hemos relajado un poco para distraer la mente.

—Es que hay mucho que asimilar —me dice.

—La verdad es que sí. Tu diámetro es superior a la media.

Él se ríe por mi comentario estúpido y me sube a su regazo.

—Te quiero, Kitty Collins —me susurra en el pelo. Yo asiento con la cabeza. Pero él no es el único que se siente roto por dentro. Prometí que mis días de justiciera habían terminado. No puedo arriesgarme a otro Ruben Reynolds. Es pronto con Charlie, lo sé, pero ya estoy aprendiendo que no es Adam y que no está escrito en las estrellas que vaya a hacerme daño. Pero si hay alguna posibilidad de que Pemberton se salga con la suya (y podrá permitirse los mejores abogados del planeta, sobornar a gente, etcétera), si hay alguna posibilidad de que le haga esto a otra mujer, entonces tendré que hacer mi parte. Y soy una de las pocas personas que saben dónde está.

Es un blanco fácil. No podría ser más fácil.

Siento que el corazón empieza a latirme con más fuerza en el pecho cuando pienso en lo bien que me sentiría apuñalando a ese hombre, enviándolo a uno de los círculos del infierno de Dante, reservado para monstruos como él. Imagino su sangre brotando de su cuello, salpicando las paredes blancas del apartamento en el que se esconde. Imagino el alivio que sentirán los corazones de todas las mujeres y niñas a las que ha tocado sabiendo que su dragón ha sido asesinado y ya no las perseguirá en sus pesadillas. Es solo uno más, una especie de último grito triunfal antes de colgar el cuchillo deshuesador para siempre.

No hay más que hablar.

—Voy a tener que hacer algunas llamadas —me dice Charlie—. ¿Te parece bien si uso tu oficina? Debo hacer un control de daños.

—Sí, claro. Te llevaré algo de comer dentro de un rato. —Me besa la mejilla y me acaricia el cuello.

—Eres increíble. Te quiero.

—Te quiero —le digo, y veo cómo se dirige a la habitación que nunca uso como despacho. Ya es tarde y sé que tengo que ponerme en marcha si quiero tener a James en el punto de mira esta noche.

Y eso es lo que hago.

Ya estoy medio drogada por el subidón de adrenalina. Agarro el móvil y busco el número de James Pemberton. Escribo un mensaje y contengo la respiración al pulsar enviar.

Iré esta noche. A eso de las 7:30 p. m.

Ahora ya no hay vuelta atrás.

La respuesta llega, por supuesto, rápidamente. Puede que esté en libertad bajo fianza, pero está claro que eso no significa nada para alguien como James, que se considera por encima de la ley. Reservo un Uber para ir al piso más tarde, con un nombre falso, y empiezo a prepararme.

Charlie asoma la cabeza mientras estoy en bata, a punto de ducharme.

—¿Vas a salir?

—Sí.

Joder. Odio mentirle.

—Nos reuniremos en casa de Tor para repasar todo y probablemente beber mucho vodka. La pobre Hen tiene mucho que pensar. ¿No te importa?

Sacude la cabeza.

—No, tranquila. —Sacude la cabeza—. Tus amigas te necesitan. De todas formas, voy a estar haciendo números, actualizando páginas web y otras cosas aburridas el resto de la noche. Es una mierda más grande de lo que pensaba. —Su ceño se frunce de nuevo y mi corazón intenta saltar de mi pecho para calmarlo—. Voy a pedir comida a domicilio. Joder. Puede que incluso tire la casa por la ventana y pida una hamburguesa.

—Pobre Charlie. —Me acerco a él—. Pobrecito —le digo, poniéndome de puntillas para acercar mis labios a los suyos. Me mete una mano bajo la bata. Su pulgar roza mi pezón derecho, que se pone rígido inmediatamente. Tira del cordón de la bata, que cae al suelo. Luego me da la vuelta y sus dos manos se posan en mis tetas, apretándolas y amasándolas, mientras su boca recorre mi oreja, mi cuello y mi espalda.

Supongo que luego podré seguir preparándome rápidamente.

67

EL APARTAMENTO DE LOS PEMBERTON, BELGRAVIA

Por suerte, sé exactamente a qué apartamento de Belgravia se refiere Hen. Solíamos pasar el tiempo allí cuando éramos más jóvenes, fingiendo ser adultas.

He empezado a pensar en las muertes que he causado como si fueran una especie de actuación. Me hubiera gustado ser actriz. Se trata de fingir, ¿no? Y soy bastante buena en eso. Quiero decir, mirad lo que he hecho. Lo que he conseguido.

Toda actuación necesita un buen traje. Mi disfraz para James es algo especial. Un corsé de encaje de Victoria's Secret, un liguero de Fleur of England y un par de medias negras Wolford de veinte denieres. Completo el *look* con unos clásicos zapatos negros Louboutin. No me vuelvo tan loca como mis amigas con los zapatos, pero hay algo en los Louboutin que me emociona. Creo que es la suela roja. Me recuerda a la sangre. Sangre fresca, directamente del cuerpo, antes de que se oscurezca y se solidifique. Y sí, ya lo sé, es algo un poco raro para un vegano.

Me he peinado y maquillado a conciencia: pestañas, brillo de labios rojo, volumen en el pelo... Cuando termino, me miro en el espejo de cuerpo entero.

Parezco un sueño húmedo andante.

Menudo esperpento.

Por suerte, Charlie no me ve cuando me despido de él y salgo corriendo de casa.

Incluso en los ascensores del apartamento de Pemberton (del que aún tengo la llave), me asalta la tentación de dar marcha atrás. Lo que realmente quiero es irme a casa y acurrucarme con Charlie. Volver a nuestra burbuja donde los hombres no mienten, engañan, violan y abusan. Pero recuerdo las palabras de la declaración de víctima de Maribelle: *Me dijo que no tenía sentido decírselo a nadie porque, ¿quién creería que una mujer se había metido en una habitación de hotel a solas con él y sin saber qué esperar?*

Compruebo que todo lo que necesito está listo: la pistola paralizante de uno de los mataderos, las esposas, los guantes, las jeringuillas... (un pequeño refuerzo por si algo sale mal).

Esta será la definitiva. La más grande. Mi último grito triunfal.

No uso la llave. En lugar de eso, llamo a la puerta del apartamento y James me abre.

—Entra —me dice agarrándome del brazo y tirando de mí hacia adentro. Cierra la puerta tras de sí antes de deslizar tres cerrojos industriales sobre ella y teclear números en lo que parece un iPad en la pared. Me mira como si fuera un bicho raro—. ¿Qué coño haces aquí? ¿Y por qué vas vestida así?

Estoy un poco confusa.

—Sabes por qué estoy aquí. Nos hemos estado mandando mensajes. —Dejo caer el abrigo al suelo y me descubro ante él. No puedo leer la expresión de su cara, pero no es la que esperaba, y de repente me da un escalofrío de vergüenza. Es imposible que me haya equivocado. Estaba sediento como un cabrón en el desierto—. Bueno, ¿no vas a venir a por tu premio? —le pregunto, pero mi voz suena insegura. No es nada sexi.

Me siento incómoda.

—Kitty. Por mucho que aprecie el esfuerzo que has hecho

por mí, y no te lo tomes a mal, estás increíble, no creo que sea el momento de acostarme con las amigas de mi hija. ¿No te parece?

—James. Nos estuvimos mandando mensajes sobre esto. Literalmente hace una hora.

—Puedo asegurarte, Kitty, que a quien le estabas mandando mensajes no era a mí. Estoy escondido, por si no te habías dado cuenta. Sírvete una copa o algo. —Me echa una mirada larga y apesadumbrada—. Y luego vete, ¡por el amor de Dios!

—Nos hemos enviado mensajes —le digo, más mortificada que otra cosa—. Era tu teléfono. Así que, si no eras tú..., ¿entonces quién era?

Ambos nos sobresaltamos al oír un portazo y el ruido de unos tacones que se abren paso lentamente por el suelo de mármol del pasillo.

—Fui yo. Ahora sentaos los dos de una puta vez y os diré cómo va a ir esto.

68

EL APARTAMENTO PEMBERTON, BELGRAVIA

—Kitty —dice Hen—. ¿Quieres un poco de vino?

—No, gracias, ¿qué tal si me dices qué coño está pasando aquí? De todos modos, me sirve un vaso y me lo da.

—Créeme, estarás de acuerdo en cuanto te lo explique. —Luego mira a su padre. Hay odio absoluto en sus ojos—. Maldita fianza. —Casi le escupe.

James está mirando al suelo. No nos mira a ninguna de las dos.

—Todo es verdad —dice Hen, más a él que a mí—. Cada palabra. Y sé que también lo intentó contigo en la fiesta.

—¿Cómo lo sabes?

—Porque lo sé todo, Kitty.

—¿Qué quieres decir?

—Quiero decir que lo sé todo, desde lo del tío que te siguió a casa aquella noche hasta lo de Mykonos. Lo sé todo.

No puede ser cierto lo que parece estar insinuando. ¿O sí?

—¿De qué estás hablando, Hen? Creo que necesitas sentarte. Tómate una copa de vino. Sé que ha sido un día duro para ti.

—Los hombres, Kits. Todos los hombres. —Se vuelve hacia su padre—. Ella es casi tan prolífica como tú, pero al menos hay algún propósito detrás de sus crímenes. Excepto lo del pobre Ruben.

Joder.

—¿Cómo?

—Porque yo soy tu acosador, Kitty. El Asqueroso. He sido yo todo el tiempo.

Doy un gran trago al vino.

En eso también tenía razón. Chica lista.

—¿Qué dices, Hen? ¿Qué coño pasa? ¿Por qué?

Hen me mira fijamente antes de encender un cigarrillo. ¿Desde cuándo fuma? Me ofrece uno. Niego con la cabeza.

—Entonces, ¿has sido tú todo este tiempo? ¿Has sido tú la que me ha acosado, la que me ha amenazado?

Se encoge de hombros.

—Tal vez no seas tan inteligente como crees.

—Pero ¿por qué?

—Curiosamente, empezó como una diversión. Bueno, era divertido para mí. Quería asustarte. ¿Tienes idea de lo repugnante que eres? Tan engreída y tan jodidamente perfecta. Quería asustarte un poco. —Le da una larga calada al cigarrillo, sin dejar de mirarme—. Y funcionó, ¿verdad? Al principio, cuando fuiste a la Policía, me di cuenta de que te había asustado de verdad. Pero entonces él —señala a James con la cabeza— se enteró. Y de repente todo se convirtió en que si «Kitty necesita seguridad», «Kitty debería mudarse aquí» y blablablá.

—Estaba asustada —gruñe James desde el sofá, frotándose con las manos su ya escasa cabellera—. ¿No crees que tener un acosador podría resultar un poco aterrador, Hen?

—No sabría decirte. De todos modos, después de eso se volvió casi adictivo. Sabía que debía dejarlo, pero, cada vez que quedabas conmigo para almorzar o lo que fuera, te veía tan nerviosa, siempre mirando por encima del hombro, que me resultaba divertidísimo. —Se aplaude a sí misma mientras se ríe sola.

—Necesitas ayuda.

—Pero entonces me tocó la lotería, ¿no? La noche en la que

ese perdedor se suicidó con la botella rota. La noche que te dejaste el móvil en el bar. Solo me hicieron falta cinco minutos para instalarte un programa espía. Tus contraseñas son tan predecibles... De repente, todo tu mundo se abrió para mí. Digamos que ha sido más sorprendente de lo que esperaba. Tengo que admitirlo, la verdad es que me dejaste bastante asombrada durante un tiempo. Eliminando a esos monstruos... Quiero decir, todos se lo merecían, ¿no? Y fuiste muy creativa con ellos. Fue divertido verte. Por eso no dije nada. Estaba esperando mi momento.

Da unos pasos hacia mí y luego se sienta en el suelo, a unos centímetros de donde yo estoy.

—Pensaba ir a la Policía. Pero entonces estalló lo de mi padre y pensé que me resultarías más útil si no estabas entre rejas.

—¿De qué estás hablando?

—Fui yo quien le dijo a la Policía lo de James. ¡Yo! —Está emocionada—. ¿Te lo puedes imaginar? —Se ríe, pero esta vez es una carcajada—. Ahora quiero que lo mates. —Señala a su padre, que sigue con las manos en la cabeza.

—Pero es tu padre —digo, odiando lo patética que parezco.

—Por desgracia sí. Pero no es solo mi padre. Eh, tú. James. ¿De qué otra forma podrías llamarte? ¿Qué otra cosa dirías que has sido para mí desde que tenía doce años? ¿Mi amante? ¿Mi abusador? ¿Mi violador? —Ella lo mira fijamente—. La afición de James Pemberton por las chicas jóvenes ni siquiera se quedó fuera de su propia familia, ¿verdad, papi? ¿Puedes recordar la primera noche que entraste en mi habitación y me violaste? Porque yo sí puedo. Probablemente tú no te acuerdes. Todas esas chicas menores de edad. Bueno, déjame que se lo cuente a Kitty porque, aunque yo lo sé todo sobre ella, en realidad, ella no sabe nada de mí ni de mi vida. —Se acerca a mí y me llena el vaso de vino—. Tendrás que prepararte para esto, nena. Es una historia bastante entretenida.

Joder. Madre mía.

James me mira por primera vez.

—Es todo una patraña, Kitty. Ella lo está tergiversando.

—¿Recuerdas las fiestas que daban nuestros padres en los viejos tiempos? Mi padre era especialmente conocido por organizar buenas fiestas. Pero resultó que no eran tan divertidas como creíamos. En todo caso, no lo eran para las chicas. No sé si tengo palabras para explicarte lo que se siente al ver cómo una quinceañera le hace una mamada a tu propio padre porque le ha prometido convertirla en la próxima gran estrella de la música. —Se vuelve de nuevo hacia James—. Ni siquiera lo entiendo. Una niña de quince años no puede hacer una mamada decente, ni siquiera debería saber lo que está haciendo. —Se pasea de un lado a otro delante de mí—. Pero eso no es nada comparado con que tu propio padre entre en tu habitación esa misma noche y te explique que es muy importante que nunca le cuente a nadie lo que le he visto hacer. —Hay un sillón en un rincón de la habitación y ella se sienta allí—. Se metió en la cama conmigo y me dijo que era la chica más especial del mundo. Y que, como era su chica más especial, tenía un regalo igualmente especial para mí. Adivina cuál era mi regalo especial, Kits, vamos.

No puedo contestarle.

—Te daré una pista. No era un puto cachorrito de perro. —Las lágrimas han empezado a correr por su cara, algunas de ellas goteando en el vino.

Empiezo a levantarme para ir a consolarla.

—Quédate donde estás —me ladra—. Deja que esto no se centre en ti por una vez en tu vida, Kitty. ¿Crees que puedes hacerlo?

—Son mentiras, Kitty. Es una maldita lunática.

—¿Y sabes qué es lo peor? ¿Lo que me hace sentir tan mal y por lo que he intentado suicidarme hasta... tres veces? Cuando me hice demasiado mayor para él, cuando vi que empezaba a mirar a otras chicas más jóvenes, incluso a Antoinette, joder..., de esa jodida forma espeluznante... Me puse celosa. Intenté por todos los medios llamar su atención, por eso me tiraba a Grut y a cualquier otro que se me pusiera a tiro. Qué jodida estoy de la cabeza, ¿no? Quería que mi propio padre empezara a violarme otra vez para volver a ser su chica especial. —Se ríe amargamente.

—Hen, no estás jodida —le digo—. Estás herida. Lo que te ha hecho, lo que te ha estado haciendo, te ha hecho daño.

—¿Puedes siquiera imaginar lo que es tener ese nivel de odio hacia uno mismo, Kitty? Incluso en esa estúpida fiesta de los ochenta. Fue a ti a quien buscó, no a mí.

Ella asiente una vez, respira hondo y me da una bolsa.

—Así que ahora necesito que lo mates. Y te voy a decir exactamente cómo vas a hacerlo.

—Hen, no, ya no hago eso. Ya no quiero hacer eso. Por primera vez en mi vida, siento que tengo algo bueno.

—Has matado por menos —dice, casi desafiándome—. Este hombre es un puto monstruo.

—No, no lo voy a hacer.

Me fulmina con la mirada.

—¿Qué pasa con Ruben Reynolds entonces? No lo olvides, Kitty, lo sé todo.

Me giro para mirar a James. Está más encogido que nunca. Muy delgado. Todo en él parece gris. Su pelo, su piel. No duraría ni dos minutos en prisión. Probablemente se suicidaría.

—¿Qué tienes que decir de todo esto? —le pregunto—. Mira a tu hija. Mira lo que le has hecho.

—Es una mentirosa —es todo lo que dice. Ni siquiera se separa la cara de las manos. Ni levanta la vista. El único movimiento son sus hombros, que suben y bajan convulsivamente. ¿Está llorando? Pero, cuando finalmente levanta la vista, no hay lágrimas. Ni una. En su lugar, hay una gran sonrisa de comemierda en su cara. Mueve la cabeza, se ríe.

—¿Qué se supone que tengo que decir? ¿Lo mismo que en mi

comunicado de prensa? ¿Lo mismo que mi carísimo abogado dirá en el tribunal? No hay absolutamente nada de verdad en ninguna de las acusaciones contra mí. Especialmente las de ella.

La furia corre por mis venas como una fiebre. No hay ni una pizca de remordimiento en su cara.

—Nadie la creería. —Señala con la cabeza a Hen, que está encendiendo otro cigarrillo, observándonos como en un partido de tenis—. Irá directamente a un hospital psiquiátrico en cuanto todo esto acabe. Todas las historias de drogas y sexo con menores que me aseguraré de que se filtren a la prensa sobre ella. Ella no es una amenaza para mí. —Me mira de arriba abajo—. Ni tú tampoco. De hecho, la única razón por la que nunca te perseguí fue porque había llegado a un acuerdo con tu padre de que tú estabas fuera de mis límites. —Trago saliva. Ahora no es el momento de mostrarme débil.

—Él no acabó muy bien, ¿sabes? —le digo—. Le rompí la cabeza. —Y ahora me dirijo a Hen—: Tengo preguntas para ti. Muchas preguntas. Pero, antes de nada, ¿estás segura de que quieres que esto acabe así? No se verá en el juzgado ni pisará la cárcel ni un solo día. Las víctimas no tendrán justicia.

—Se declara inocente —casi susurra—. Todas tendrían que revivirlo. Incluso las que no lo han denunciado se verán obligadas a volver a recordarlo todo cuando salga en las noticias. Ya sabes cómo es este país para las mujeres. Toda su historia sexual será sacada a relucir, desmenuzada. Serán avergonzadas. Y esas son a las que aún no ha pagado para que guarden silencio.

Asiento con la cabeza. Lo entiendo.

—E incluso si es declarado culpable. Entonces, ¿qué? Ya es un viejo. Y la mayoría son crímenes de hace mucho tiempo. Le caerían unos ocho o diez años. Cumpliría la mitad. Luego sale y vive el resto de su vida de lujo con el dinero que sé que tiene escondido en algún paraíso fiscal. Se ha estado preparando para este día desde que abusó de su primera víctima.

—Lo destruirían en la cárcel —le digo—. ¿Famoso y pedófilo? Sería un blanco andante. Le harían mucho más daño del que yo podría hacerle.

—¿Tú crees? Es un maldito psicópata. Un manipulador de marionetas. Sabe cómo jugar con la gente. Cómo hacer amigos e influenciar a la gente. El sí que es un puto influencer de verdad. ¿En serio crees que lo tendría difícil? Apuesto a que muchos de los hombres con los que estaría encerrado estarían cumpliendo condena por cosas parecidas. Para ese tipo de gente la edad no importa.

Mi mente regresa por una fracción de segundo a la página web con la cuenta atrás para mi decimosexto cumpleaños.

—Kitty. Sé que quieres hacer esto. De lo contrario, no habrías venido hasta aquí. Has venido a matar. Lo sé.

Tiene razón, por supuesto. Quiero matarlo. Quiero ver su cara cuando se dé cuenta de que va a morir. Quiero verlo luchar y luchar y que sepa que es su final. Lo que le hizo a todas esas otras mujeres fue suficiente para que despertara mi furia, pero oír (y ver) lo que le ha hecho a su propia hija, mi amiga, es aún peor.

—¿Y si no lo hago?

—Entonces iré a la Policía con una historia diferente. Igual de jugosa, tal vez incluso más. La hermosa estrella de Instagram que ha estado rastreando en Internet en busca de violadores y delincuentes sexuales para alimentar su sed de sangre.

—Entonces, me estás chantajeando, básicamente. Es él o yo, ¿no?

—Míralo —me dice—. Ni siquiera debería haber salido bajo fianza. No debería estar en un escondite de lujo. Todavía se cree intocable.

—A diferencia de mi hija —se burla James.

Es ese comentario el que decide por mí y creo que él se da cuenta en cuanto las palabras salen de su boca.

—Tu padre me contó una historia sobre ti una vez, Kitty —me dice James. Me mira directamente a los ojos—. Me contó una vez que le rogaste que te llevara a uno de los mataderos. Tenías unos doce años, creo. Estabas desesperada por saber qué hacía tu padre todo el día. Me dijo que querías ir.

Sé de qué día habla. La verdad es obviamente diferente a la versión que James ha oído. Pero fue el día en que mi padre aprendió a mantener un ojo en lo que pasaba detrás de él. Me había llevado al matadero de Hampshire tras negarme a comer mi desayuno. Después de tirar el plato contra la pared y gritarme que me vistiera, me obligó a subir a su coche y fuimos hasta allí. Me enseñó los animales que habían sacrificado esa mañana. La mayoría eran pollos, a los que siempre mataban en masa en una cámara de gas. También había terneros, lechones y corderos. Era primavera. Temporada de bebés. Me había arrastrado por el matadero y me había dado una pistola paralizante.

—Dispara a uno —me había dicho—. Veamos de qué estás hecha, Kitty.

A cualquier otra niña de doce años le habría dado escalofríos solo de pensar en matar a un animal, a un bebé arrancado de su madre antes de estar preparado. Pero a mí no. Agarré la pistola aturdidora y me acerqué a un cerdito. Recuerdo cómo me miraba, curioso, no sabía que yo era una amenaza, y le disparé. Justo entre los ojos. Las pistolas paralizantes eran pistolas de perno por aquel entonces. Le acaba de disparar una bala de metal a un lechón en la cabeza y ni me había inmutado. Me quedé mirando, sin sentir nada mientras se convulsionaba en el suelo y los otros cerdos a su alrededor empezaban a asustarse. Yo no sentía nada. No me extraña que mi padre tuviera un pacto con James.

Sabía que lo mataría si me ponía un dedo encima.

—De acuerdo. —Me dirijo a Hen—: ¿Cómo vamos a hacer esto entonces? —Ella sonríe. Es macabra.

—¿Lo ves? ¿Para qué están los amigos?

Hen me cuenta su plan y James se queda sentado. Ni siquiera estoy segura de que piense que soy capaz de hacerlo. No hasta que saco la pistola eléctrica de mi bolso Chloé y le disparo en la cabeza.

69

EL APARTAMENTO DE LOS PEMBERTON, BELGRAVIA

Mientras está inconsciente, tenemos que hacer algunos preparativos, para que todo sea exactamente como Hen quiere. Obviamente, tengo preguntas. Muchas preguntas.

—¿Y por qué cojones me has estado acosando? —le pregunto mientras empezamos a preparar las cosas, comenzando por las esposas.

—Sinceramente, quería divertirme un poco contigo. Sé que es retorcido, pero creo que es algo que viene de que mi padre me violara durante años. Estaba celosa de ti. Quería que mi padre desapareciera. Todo ha sido siempre tan fácil para ti, ¿no? Te lo han dado todo hecho. Y luego tus padres se van, dejándote en un apartamento de lujo, con un montón de dinero.

—No tienes ni idea de lo que pasa a puerta cerrada, Hen. Quiero decir, tú más que nadie deberías darte cuenta de eso. No te he hecho nada aparte de ser tu amiga. ¿Por qué querrías asustarme?

—¿Mi amiga? —Prácticamente me escupe las palabras a la cara—. No has sido mi amiga. Todo gira en torno a ti, Kitty. O Tor. O Maisie. Y ahora Charlie. Dios, incluso a mi propio padre le gustas más que yo. ¿Sabes lo que se siente al estar constantemente a la sombra de alguien? Por supuesto que no, porque nunca lo has estado.

Hace una pausa para respirar y beber un trago de vino mientras levantamos a James del sofá, lo llevamos por el pasillo (agradezco los suelos de mármol, realmente facilitan mucho la tracción) y lo llevamos al dormitorio principal. Hacía tantos años que no venía por aquí que había olvidado lo grande que es.

—Es evidente que lo que ocurrió con Adam te hizo daño. No fuiste la misma después de eso, ¿verdad? Aunque tu cambio no fue tan radical como el de él... Sé que tú también tuviste algo que ver en eso.

—¿Qué? ¿De qué estás hablando?

—Fui a verle después de que mataras a Joel. Tuve una agradable charla con él. Es increíble cuánta información puedes sacar de alguien que solo puede parpadear. Eso sí, lleva toda una vida. No me extraña que nunca hubiera un segundo libro.

La miro fijamente.

—¿Te dijo que fui yo?

Ella asiente.

—Pero no te preocupes. No se lo dirá a la Policía. Cree estar recibiendo una especie de lección de karma por engañarte. Quiero decir, joder, alguien debería decirle a Charlie que no se meta contigo.

—Vas a necesitar ayuda de verdad después de esto —digo, mientras levantamos el cuerpo inconsciente de James y lo esposamos a la cama.

Hen se ríe.

—Una asesina en serie vegana que odia a los hombres me está sermoneando sobre la necesidad de buscar ayuda. Oh, siempre has sido graciosísima, Kits.

—Hablo en serio —le digo—. ¿Tu padre tocó a Antoinette? ¿También la violó?

—Lo dudo. Él creía mucho en esa vieja frase de que tres personas conocen un secreto... Ya sabes, cómo algo solo puede permanecer en secreto si uno de ellos está muerto. Algo así.

Le quitamos los pantalones. Bueno, yo hago esa parte, mientras Hen vomita en el baño. Está claro que ya ha visto lo suficiente a su padre con los pantalones por los tobillos. Ponerle las medias de rejilla yo sola es un poco difícil.

—¿Estás segura de que es así como lo quieres? Podríamos llevarlo a uno de los mataderos y hacerlo allí. Es sorprendentemente fácil.

—Eso es porque has tenido mucha práctica —grita desde el baño entre arcadas—. No. Esto es lo que quiero. La máxima humillación. Es lo que él más odiaría.

Me encojo de hombros.

—Tú decides. Aunque disfrutarías mucho cortándolo en trozos. Es la mejor parte.

Cuando Hen termina de vomitar, yo ya casi he acabado con James y me alejo para disfrutar de mi obra. Está empezando a recuperarse de la pistola eléctrica.

—Por cierto, gracias por la ayuda —le digo.

—No hay de qué. Has hecho un trabajo estupendo.

Estoy de acuerdo con ella. James está ridículo ahí tumbado, esposado a la cama, con un tanga de cuero y medias de rejilla. Tiene una media metida en la boca y otra atada al cuello. Para completar el *look*, incluso he añadido un poco de pintalabios rojo brillante (Charlotte Tilbury, tono Tell Laura, por si os interesa).

Vuelve en sí lentamente, como si fuera un oso despertando de la hibernación. Sus ojos se mueven vertiginosamente entre Hen y yo cuando se da cuenta de la situación en la que se encuentra. Intenta decir algo, pero la media que tiene en la boca le impide pronunciar las palabras.

—¿Quieres oír sus últimas palabras? —le pregunto.

—No hay nada que pueda decir que yo quiera oír. Acaba de una vez. —No se queda a mirar y vuelve al salón. La oigo descorchar algo y beber un trago largo.

Antes de que empezara todo esto, tenía la idea de que acabar con la vida de alguien sería fácil, que se quedaría un poco flácido, como dormido. Pero, en realidad, no es así. Es mucho más complicado de lo que imaginaba. Cuando se dan cuenta de lo que está pasando, ponen esa mirada salvaje e intentan luchar. Es increíble cómo incluso los peores monstruos están tan desesperados por aferrarse a sus vidas.

Aquí tenemos a James. Es un agresor más que reincidente. Realmente no se ha dado cuenta de que es inútil resistirse (teniendo en cuenta cómo está firmemente esposado a la cama) y lo más fácil para él sería dejar que sucediera. Así solo se hace daño a sí mismo. Le doy un fuerte tirón a la media que estoy usando como lazo improvisado y veo cómo sus ojos se abultan, como si intentaran escaparse de su cabeza. A veces incluso estallan (son vasos sanguíneos o algo así) y el blanco se vuelve completamente rojo.

—¿Qué se siente? —le digo—. Está muy apretado, ¿a que sí? Así es como te gusta, ¿verdad?

Puede que Hen no quiera oír sus últimas palabras. Pero yo sí. Quiero oírle gemir y suplicar por su vida. Como ya dije, este es mi último grito triunfal. Le quito la media de la boca.

—Por favor, mis hijas...

—Creo que sabes exactamente lo que sienten por ti en este momento.

—Eres una jodida zorra.

—¿Acaso hemos follado?

Bueno, eso no fue digno de Hemingway. Le vuelvo a meter la media, ya aburrida, pellizcándole la nariz y obligándole a abrir la boca.

Otra cosa sobre la asfixia es que lleva más tiempo de lo que las películas te hacen creer. He estado a horcajadas sobre James Pemberton durante unos seis o siete minutos y acaba de caer en la inconsciencia. Al menos ya ha parado de forcejear. En momentos como este sería muy útil poder pedir algo al servicio de habitaciones, una buena copa de Chablis estaría más que bien ahora mismo. Quizás debería empezar a llevar una petaca encima o algo así.

Echo un último vistazo a James, que por fin parece haberse abandonado a la muerte, y aprieto mi pecho contra el suyo, dejando caer mi oreja sobre sus labios. Silencio. Le bajo los párpados y me siento a admirar mi trabajo. Creo que esta es mi parte favorita. Parecen niños, y tranquilos, antes de que me ponga a cortarlos en trozos para pasarlos por la picadora.

—Hecho —digo mientras camino por el apartamento para reunirme con Hen en el sofá. Me ha servido un vino, un Montrachet bien frío—. ¿Y ahora qué?

—Lo dejamos aquí. Daré un chivatazo a la Policía y a un periódico desde un teléfono desechable. Entonces lo encontrarán. El poderoso y dominante James Pemberton, estrangulado por una media. Viendo que le gustaba tanto follar, es casi poético que todo el mundo piense que ha muerto en algún tipo de juego sexual que se fue de las manos.

Se ríe, pero es una risa hueca.

—¿Y yo qué?

Me mira con desdén.

—¿Qué pasa contigo? ¿Por qué siempre intentas que todo gire en torno a ti?

—Solo quiero decir, ¿cuáles son tus planes para mí, Hen? No estoy tratando de robarte la gloria. Tomaste la decisión correcta. El mundo es un lugar mejor sin algunas personas contaminándolo.

Vuelve a encogerse de hombros.

—Supongo que volverás a tu vida feliz con Charlie mientras que yo tendré que mantener unidos los pedazos de mi familia. —Se detiene un momento—. ¿Puedo preguntarte algo?

—Creo que ya hemos superado la fase de tener secretos entre nosotras. Dispara.

—¿Qué le pasó realmente a tu padre? Está muerto, ¿verdad? ¿Tú lo mataste?

—Sí —le digo—. Le pillé intentando violar a mi madre y le rompí el cráneo con un jarrón antiguo.

—¿También lo pasaste por la picadora?

Asiento con la cabeza.

—Hoy en día no te puedes fiar de la comida procesada.

—Cierto. —Ella suspira y se echa hacia atrás en el sofá, dando dos largos tragos a su vino. Yo también bebo un trago del mío antes de dejar el vaso sobre la mesita y agarrar mi bolso.

—Voy a necesitar mucha terapia para superar esto —me dice, metiendo los pies debajo de las nalgas y cerrando los ojos.

—¿Estás cansada? —le pregunto.

Vuelve a reír con esa risa hueca.

—Curiosamente, sí. Es increíble lo agotador que es tener que mentir así. Menos mal que no he tenido que hacerlo en el tribunal.

—¿Qué? ¿Cómo que mentir?

—En realidad, él no me violó ni abusó de mí —dice, sentándose y sonriéndome como si tuviéramos diez años y estuviéramos jugando a las muñecas—. Solo dije eso porque sabía que sería lo único que te movería a hacerlo. Probablemente esa fuera la única cosa cierta que él dijo. —Se sienta más derecha, abre mucho los ojos y me sonríe—. Como puedes ver, no eres la única que puede ser dulce y psicópata.

Pero... ¡¿qué cojones me...?!

—Espera. ¿Me estás diciendo que mentiste sobre haber sido agredida sexualmente por tu propio padre para que yo lo matara? ¿Después de acosarme durante meses a través de mi teléfono y asustarme en Instagram? Desde luego, no hay duda sobre tu parte psicópata, Hen.

Se encoge de hombros.

—Para saber conviene conocer y todo ese rollo. —Se

acomoda en el sofá, vuelve a cerrar los ojos y parece tranquila y relajada.

La puta loca de mierda.

—Eso me recuerda ese dicho que no recordabas antes sobre los secretos. El de: «Tres pueden guardar un secreto, si dos de ellos están muertos». Lo busqué en mi teléfono.

Sus ojos se abren de nuevo. Justo a tiempo para verme arremeter contra ella con la pistola aturdidora, atravesándole la sien izquierda.

—Lo siento, Hen —le digo—. Pero no pienso correr ningún riesgo.

70

MATADERO COLLINS' CUTS, HAMPSHIRE

Tengo que admitir que no disfruto en absoluto cortando a Hen y pasándola por la picadora. Sobre todo cuando me doy cuenta de que tengo que poner algo en su Instagram para convencer a la gente de que se ha ido por un tiempo. Supongo que eso la relacionará con la muerte de su padre, ya que su ADN está por todo el apartamento. El problema es que su teléfono solo reconoce la cara y ya he tirado su cabeza a la basura, donde acabará como comida para perros o fertilizante.
Dudo que ahora quede algún trozo de ella reconocible.
Frunzo el ceño, preguntándome cuál podría ser su código de acceso. Dice que la mía era predecible. Me arriesgo y tecleo mi fecha de nacimiento en su teléfono. Sorprendentemente, se desbloquea.
Joder.
Realmente estaba como una puta cabra.
Exploro entre sus aplicaciones y abro Instagram. Pongo un cuadrado negro en su *feed* y escribo:

Tras las devastadoras revelaciones sobre mi padre, he decidido tomarme un tiempo lejos de los focos mientras mi familia y yo tratamos de procesar lo ocurrido. Gracias por vuestro apoyo. Aprecio vuestro respeto por nuestra privacidad en estos momentos difíciles. Estaré alejada de las redes sociales en el futuro inmediato mientras me tomo un tiempo a solas para recuperarme.

Sonrío, pulso el botón de enviar y tiro su teléfono al cubo de la basura para que se una con ella.

Bueno, a algunas partes de ella.

Una cosa que voy a decir es que fue mucho más fácil mover y deshacerse de un cuerpo femenino. Encontré una maleta en uno de los armarios y la metí en ella para llevarla al matadero. Tal vez por eso tantos hombres matan mujeres. Es mucho menos molesto que meterse con alguien que realmente tiene la mitad de posibilidades en una pelea contigo.

El sol empieza a asomar por el horizonte cuando entro en el coche y empiezo a conducir de vuelta a Londres. Espero llegar a casa antes de que Charlie se despierte para poder acurrucarme a su lado y fingir que todo ha sido un sueño horrible.

71

NOTICIAS DE APPLE

HALLAN MUERTO A UN MAGNATE DE LA MÚSICA
EN SU CASA DE BELGRAVIA

El magnate de la música, James Pemberton, ha sido hallado muerto en una de sus propiedades de Londres, según ha confirmado hoy la Policía Metropolitana.

Pemberton, de 58 años, se encontraba en libertad bajo fianza tras ser detenido como sospechoso de agresión sexual, delitos sexuales con menores y violación.

Las acusaciones se remontan a la década de 1980, cuando Pemberton estaba lanzando Ripe Records, la compañía discográfica que le convirtió en uno de los nombres más respetados de la industria musical.

Informes no confirmados en las redes sociales dicen que el cuerpo de Pemberton fue encontrado vestido con ropa interior de encaje y medias de rejilla. Las autoridades creen que la muerte se debió a un juego sexual que acabó mal.

Un portavoz de la Policía ha confirmado la muerte: «James Pemberton ha sido encontrado muerto por su esposa hoy por la mañana temprano. La Policía está investigando la muerte, pero en este momento no están buscando a nadie más que pueda estar involucrado».

Pemberton se había declarado inocente de varios cargos de agresión sexual a principios de este mes y estaba a la espera de juicio.

INSTAGRAM

Claire O'Donohue (@ClairyFairy1999): ¿Soy la única a la que le parece un poco raro que no solo hayan encontrado muerto a ese pervertido, sino que ahora Hen Pemberton haya desaparecido? ¿Habéis visto su último post? Es solo un cuadrado negro que (¿Hola? ¿Está tonta o qué?) se supone que es para el movimiento #BLM[22]. En fin, dice que se toma un descanso indefinido de las redes sociales y que se va a «curar». WTF[23]? ¿Y qué pasa con sus víctimas? Son ellas las que necesitan sanar. Sin embargo, quien lo mató es un héroe. #YoTambiénSoyUnaAsesina.

Respuestas:

@Tofiona: Un poco duro, ¿no? Si se descubriera que tu padre es un pedófilo que lleva años abusando y que luego ha aparecido muerto, apuesto a que probablemente también desaparecerías. Pero sí, lo de utilizar el cuadrado negro es una mierda.

@LaraLoo191919: ¡Tal vez fue ella quien lo mató! ¡Ja, ja, ja!

@ClairyFairy1999: Bueno, pasara lo que pasara, me alegro de que ese viejo pervertido esté muerto. Espero que la poli no tarde mucho en averiguar qué ha pasado y que lo entierren cuanto antes. Viejo asqueroso.

@LaraLoo191919: Estoy de acuerdo. Que descanse en el infierno. #RecuperemosLaNoche #RecuperemosLasCalles #YoTambiénSoyUnaAsesina.

---

[22] *Black Lives Matter* («Las vidas de los negros importan»).
[23] *What The Fuck?* («¿Qué diablos?»).

EPÍLOGO

AQUA SHARD EN THE SHARD, SE1, SEIS MESES DESPUÉS

—Juro que cada Nochevieja siempre acabo diciendo: «Vaya año de mierda, menos mal que se ha acabado». No soy solo yo, ¿verdad? —pregunta Tor a la mesa, ya que este año estamos celebrando la Nochevieja como adultos, lo que básicamente significa comer algo de verdad antes de emborracharnos y desmayarnos.

—Definitivamente, no te pasa solo a ti —dice Maisie—. Este año ha sido especialmente horrible en muchos sentidos. —Se queda callada durante unos segundos y mira a Rupert, a su lado, que está probando su entrante de codorniz y huevo de pato—. Pero en otros ha sido el mejor de todos.

El pobre Roo no se ha dado cuenta de que su novia ha brindado por él y levanta la vista, sobresaltado al darse cuenta de que nadie habla. Mira a Maisie.

—Oh, Dios, ¿qué? ¿Qué he hecho ahora?

Ella le sonríe. Si fuera un *emoji*, sus ojos se habrían convertido en corazones.

—Nada, nada. Solo decía que he tenido años peores.

—Bueno, si te parece poco que una de tus mejores amigas haya desaparecido del planeta y que se haya descubierto que su padre, que ha sido asesinado, era un pedófilo de los grandes... Apaga y vámonos.

Bendito sea. Intenta tomárselo con humor.

—¿Demasiado pronto para empezar a reírse del tema? —me pregunta a mí concretamente.

—No estoy segura de que haya un límite de tiempo para estas cosas —le digo—. Pero creo que ella se refería a ti. A mí también me gustaría brindar. Por los amigos, viejos y nuevos. Y por nuestra querida Hen, dondequiera que esté.

Es bastante probable que ahora sea el contenido de una salchicha, pero ninguno de los aquí presentes necesita saber eso.

Los hombres son criaturas divertidas, ya sabéis, me refiero a los adecuados. Los que no sienten la necesidad de gritar, intimidar, empujar y abrirse camino en la vida. Rupert (que todavía no puedo imaginarlo como otra cosa que un chico soso con pantalones rojos) es uno de los buenos. Al principio no estaba segura. Hasta le había puesto la cruz. Pero nunca había visto a Maisie tan feliz. No podría expresar con exactitud la manera en que se miran, pero es como si sus almas hubieran encontrado un hogar. Simplemente encajan. No me malinterpretéis, se pelean y discuten y se quejan el uno del otro, pero cuando están juntos hay un aura de... no sé. Paz o algo así. Cuando los veo juntos, o cuando veo a Charlie mirándome, como lo está haciendo ahora, me doy cuenta de que crecí sin saber lo que es el amor. Cómo darlo. Cómo recibirlo.

Tor está sentada a mi izquierda y bebe champán. Ha traído a su madre como acompañante y, poco a poco, se está recomponiendo tras el horror que sufrió durante el verano.

Las cosas entre Charlie y yo nunca han estado mejor.

Tras la muerte de James, a Charlie le entró el pánico (mucho) por el flujo de dinero de su organización benéfica. No tuve que pensarlo demasiado. Hablo de todo ese dinero que tenía en el banco y que no pensaba tocar nunca. Invertí hasta el último céntimo en The Refugee Charity y ahora están pasando cosas increíbles. Se están construyendo escuelas, hospitales y viviendas. También he dado dinero a las niñas y mujeres que sufrieron a manos de James. Las que querían que sus voces fueran escuchadas, pero no lo consiguieron en los tribunales. Las he animado (de forma anónima, por supuesto) a hablar, a contar sus historias, sus verdades. Ya se han publicado dos libros, y creo que hay tres más en camino. Hay al menos un documental de Netflix en preparación, pero primero tiene que pasar por los abogados de los Pemberton. Otros han escrito los ensayos personales más hermosos y desgarradores y los han publicado en todas partes, desde *The New Yorker* hasta *Metro*. Matar a James no ha silenciado a estas mujeres. Les ha dado el poder y la confianza para hablar de sus experiencias.

En realidad, cuando digo «hasta el último céntimo» no es del todo cierto. Usé una buena parte para enviar a Adam a Estados Unidos. Está participando en un estudio para ver si hay alguna forma de desbloquear su síndrome de enclaustramiento. Es muy pronto, pero voy a hacer todo lo posible para que esté lo mejor atendido posible.

Sin ninguna mala intención.

Os lo prometo.

¿Y yo? Bueno, tengo todo lo que siempre he querido. Charlie ha llenado el enorme agujero de mi corazón, que se supone que rebosaba de una infancia llena de amor. Ninguno de los dos tuvo eso, así que somos felices llenando los agujeros del otro. No digáis nada. No hagáis ningún comentario obsceno de una cosa tan bonita (aunque estoy riéndome por dentro yo también). Joder, incluso hemos hecho planes para ir a ver a mi madre a Francia el año que viene. Quiero decir, ¿quién soy yo? ¿Y esa necesidad ardiente de destruir cada cosa mala que veo, cada persona mala, cada vez que alguien hace daño a alguien que no se lo merece? Estoy aprendiendo a lidiar con esos sentimientos. A sentirlos. A enfadarme por la injusticia que hay en el mundo, pero recordándome a mí misma que hay otras formas de ayudar que no implican mataderos, pistolas paralizantes y una selección de cuchillos de carnicero. La bestia roja que se había despertado en mí ha sido suavemente adormecida por el amor. Lo sé. Es vomitivo.

Después de comer, Charlie y yo nos dirigimos a la habitación que hemos reservado en el hotel para echar una cabezadita (es decir, un par de horas de sueño y sexo lento) antes de ir al bar a recibir el Año Nuevo. Espero que este venga con las manos vacías, sin amigos asesinos, etcétera.

—Sé que parezco un completo imbécil aburrido —me dice Charlie en el ascensor mientras saca una de mis tetas del vestido y empieza a jugar con mi pezón—. Pero me gustaría que este año no hubiera dramas.

Me río mientras llegamos a nuestra planta y me recoloco la ropa. Seguro que hemos montado un buen espectáculo para los de las cámaras de seguridad. Bueno, estamos en época de regalar.

Nos dirigimos a nuestra habitación y Charlie saca una botella de champán de la nevera del minibar.

—¿Preparo la bañera? —me pregunta.

—Claro, ahora voy —digo, aunque me distrae una noticia de última hora en la tele—: Espera, quiero ver esto. —La reportera es una mujer pálida y nerviosa de edad indeterminada. Juguetea torpemente con el micrófono y está de pie en el terraplén, con el Támesis a sus espaldas. Si la cámara se diera la vuelta, mostraría mi edificio. Hay mucha acción detrás de ella. Hombres vestidos con buzos blancos, carpas montadas en plena calle... Un tinglado tremendo. Luego ella habla con el micrófono en la mano:

—*Una vez más, un cuerpo ha sido recuperado del Támesis cerca del Chelsea Embankment, mientras la Policía sigue buscando a Bethany Miller, de treinta y cuatro años de edad, desaparecida desde la Nochebuena. La veterinaria en prácticas fue vista por última vez volviendo a casa después de su fiesta de Navidad, celebrada en un local del Soho. Se cree que la señorita*

Miller podría haber subido a un coche creyendo que era un Uber. Un portavoz de la Policía ha confirmado que se trata de una investigación por asesinato. La Policía insta a las mujeres de la zona de Londres a que extremen la vigilancia, ya que la señorita Miller es la segunda mujer encontrada muerta en las últimas semanas. En noviembre se descubrió el cuerpo de Nala Sidhu, de veintiséis años, en una zona boscosa del suroeste de Londres. En la medida de lo posible, se recomienda no deambular solas por las calles, especialmente por la noche.

Charlie me dice algo desde el baño, pero soy incapaz de prestarle atención. Lo único que oigo es el borboteo de mi sangre, que empieza a circular con fuerza y más deprisa por todo mi cuerpo. En la boca del estómago siento que hay algo que se agita, que abre los ojos y se estira como un animal tras un largo sueño.

CARTA DE KATY BRENT

Muchas gracias por elegir *Cómo matar hombres y salir airosa* como lectura. ¡Espero que lo hayas disfrutado! Si es así y quieres ser la primera persona en enterarte de mis nuevos lanzamientos, haz clic aquí para seguirme en Twitter: https://twitter.com/Littlemisskatyb. Curiosamente, la semilla de *Cómo matar hombres* se plantó mientras veía un episodio de *Made in Chelsea* hace algunos años, y me preguntaba qué pasaría si una de las chicas se convirtiera en Patrick Bateman[24] con todos los hombres infieles. Se quedó en mi cabeza por un tiempo hasta que el movimiento #MeToo comenzó en 2018. Fue en ese momento cuando empecé a tomar algunas notas muy rudimentarias sobre lo que podría pasar si las mujeres devolvieran el golpe. Claramente no estaba encarrilada solo con ese tipo de pensamiento y he leído maravillosos escritos sobre historias de venganza de mujeres en los últimos años. Es evidente que me he inspirado en *Killing Eve*, *Una joven prometedora*, *Podría destruirte*, *Sweetpea*[25] y *Mi hermana, asesina en serie*[26], y debo darles las gracias por haberme ayudado a allanar el camino para la historia de Kitty. Con el tiempo, mis notas se convirtieron en *Cómo matar hombres*. Si eres aficionado al cine negro como yo, también reconocerás el nombre de Kitty Collins[27].

---
[24] Protagonista de *American Psycho*, de Bret Easton Ellis.
[25] Novela de C. J. Skuse.
[26] Novela de Oyinkan Braithwaite.
[27] Personaje de la película *The Killers* (*Forajidos* en España) que fue protagonizado por Eva Gardner.

Espero de verdad que te haya encantado *Cómo matar hombres y salir airosa*, si es así, te agradecería mucho que dejaras una reseña. Siempre me gusta saber lo que piensan los lectores, y también ayuda a que nuevos lectores descubran mis libros.

Gracias,
Katy 😘😘😘

AGRADECIMIENTOS

He estado escribiendo mentalmente uno de estos desde que tenía unos nueve años (obviamente, algunos de los nombres han cambiado por el camino), así que este es un momento un poco fundamental para mí. Uno que no esperaba estar haciendo en bata, comiendo una hamburguesa con queso porque se me pasó la hora de desayuno de McDonald's en UberEats.

En primer lugar, mi mayor agradecimiento es para mi maravillosa editora, Belinda Toor, de HQ. Gracias por arriesgarte con Kitty y darle (a ella y a mí) un hogar. Tu entusiasmo por mis escritos me ha sacado de muchos ataques melodramáticos de desesperación durante el último año. Un «gracias» se queda corto. También a Audrey Linton y a tus ojos mágicos, que detectaron cosas que otros editores no pudieron ver.

Gracias a todos los demás de HQ y HarperCollins por su duro trabajo con la portada, el *marketing* y el engorroso, muy engorroso, título. Lo hemos conseguido. Ahora, abróchense los cinturones.

Gracias a mi brillante agente, Euan Thorneycroft, de AM Heath, por su inquebrantable fe en mi escritura.

Un gran saludo a dos mujeres y compañeras (¡compañeras!) autoras que han sido brillantes mentoras y amigas para mí a lo largo de este proceso, Julia Crouch y Stephanie Butland. Su orientación y sus consejos han sido inestimables. Gracias también a Simon Trewin. Voy a agotarte, ¡todavía!

A mis maravillosos amigos que han seguido empujándome y animándome, incluso cuando me comportaba como una arpía y juraba que no volvería a escribir ni una palabra. Charlotte,

Annaliese, Donna, Becky, Laura, Louise, Gwefs y Craig. Os quiero mucho a todos. Gracias por recomponerme cuando lo necesitaba.

A mis hermanas, Vicki, Luci, Emily y Chloe. Gracias por cubrirme las espaldas.

A mis grupos de WhatsApp/correo electrónico de Faber, que también actuaron amablemente como mis lectores Beta: Beatrice, Josie, Karen, Maysa y Catriona. Vosotros sois los siguientes. Ya he visto de lo que sois capaces, ¡recordadlo!

Gracias a Rob Dinsdale y David Lewis por ser mis lectores con «sensibilidad masculina» (sí, David, suena a trastorno sexual en el pene).

A mi padre, Paul Brent, estoy tan triste de que no estés aquí para ver esto. ¡Lo hice, papá! Si hay vida después de la muerte, espero que estés en la fiesta, levantando una copa y presumiendo con tus amigos de que tu niña ha escrito un libro de verdad. Te echo de menos.

A mi madre, Carla, por apoyarme en todo esto. Creo que las dos estamos de acuerdo en que ha sido más duro que el parto y la adolescencia juntos. Te quiero. Y a mi padrastro, Keith, por aguantarme. Yo también te quiero.

Y sobre todo, a mis hijos, Seb y Sophia. No podréis leer esto durante muchos muchos años. Pero siempre habéis sido la fuerza motriz. Todo lo que hago es por vosotros. Las palabras no son suficientes para expresar lo mucho que os quiero.

También, un rápido saludo a Louise Thompson, Millie Mackintosh, Olivia Bentley, Sam Thompson, Spencer Matthews y todos los demás que han aparecido en *Made in Chelsea*, por inspirar esta novela. Aunque haya sido de manera involuntaria. ☺

www.ingramcontent.com/pod-product-compliance
Lightning Source LLC
LaVergne TN
LVHW091620070526
838199LV00044B/867